기쁨의 섬

기쁨의 섬

인쇄 · 2015년 4월 10일 | 발행 · 2015년 4월 15일

엮은이 · 한국작가교수회
펴낸이 · 한봉숙
펴낸곳 · 푸른사상사
주간 · 맹문재 | 편집 · 지순이, 김선도 | 교정 · 김수란

등록 · 1999년 7월 8일 제2-2876호
주소 · 서울시 중구 충무로 29(초동) 아시아미디어타워 502호
대표전화 · 02) 2268-8706(7) | 팩시밀리 · 02) 2268-8708
이메일 · prun21c@hanmail.net
홈페이지 · http://www.prun21c.com

ⓒ 한국작가교수회, 2015

ISBN 979-11-308-0390-6 03810
값 15,000원

한국작가교수회 소설집

기쁨의 섬

김성렬 | 양영수 | 우한용 | 이강홍
이덕화 | 정소성 | 채길순

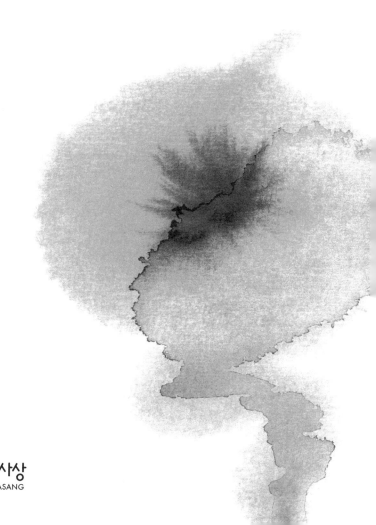

푸른사상
PRUNSASANG

가면의 거리에서

날씨에 마음을 쓰기 시작한 것은 스스로 생각해도 좀 수상쩍다. 글을 쓰자면 바깥 날씨에 마음 졸이지 않고 처박혀 몰두해야 하는 법인데 좀 해이해진 조짐이 그렇게 나타나는 모양이다. 바깥 날씨에 신경올실이 팽팽하게 일어서는 것은 아마도 글보다는 싸돌아다닐 궁리를 하기 때문일 터이다. 아무튼 텔레비전 일기예보를 보기 위해 별 흥미도 없는 스포츠 뉴스까지 거치곤 한다.

그런데 그날이 그날이다. 한파주의보가 내려도, 건조주의보가 발령되어도, 심지어 태풍경보가 나가도 그저 그렇거니 한다. 추상적인 수치로 나타나는 기온이며 바람의 방향, 파도의 높이, 그런 것들을 보고 앉아 있자면 날씨의 실감은 사라지고 그야말로 시니피앙만 화면 위를 흘러다닐 뿐이다.

며칠 전에 죽은 울리히 벡(1944. 5. 15.~2015. 1. 1.)의 '위험사회'에 대한 불감증은 근대화에 대한 성찰을 불가능하게 하는 것인지도 모른다. 그래서 더욱 위험한 것일 터이다. 그런데 그게 아니다. 이른바 기상 캐스터라는 사람들이 누가 누군지 구분이 안 된다. 얼굴이 모두 똑같다. 채널을 바꾸어 보아도 마찬가지이다. 하나같이 얼굴 곱고 몸매 날씬한 마네킹들이 살아 움직일 뿐이다. 여기 이르면 플라스틱 러브라는 불길한 꿈을 꾸게 된다.

바야흐로 성형을 권하는 사회에서 성형공화국에 이른 느낌이다. 제 얼굴 가지고 사는 인간이 안 보인다. 가면을 쓴 인간들이 물밀어다니는 거리에서 맨얼굴들은 주눅이 들어 후줄근히 처져 땅바닥이나 쳐다보며 포도 위를 어슬렁거린다. 문학판에도 성형을 매끄럽게 한 가면들이 넘쳐난다. 안타까운 일이다.

마네킹들 사이에서 맨얼굴로 버텨내겠다고 나서는 이들이 있다. '돈키호테'의 후예들일 터인데, 이들이 소설가들이다. 그런데 소설가들은 자기 맨얼굴을 내놓고 사는 것은 물론 남의 맨얼굴을 드러내게 하는 이들이다. 인간의 맨얼굴을 드러내는 일은 위험부담이 크다. 그래서 돈키호테 이야기를 통해 시대의 맨얼굴을 드러내려 하던 세르반테스는 대리인 시대 아메테 베넹헬리라는 역사가를 내세워 작품을 진행한다. "역사가들은 정확하고 그 무엇에도 쏠리지 않고 흔들리지 말아야 하는 만큼, 그 어떤 증오나 두려움 때문에 진실의 길에서 벗어나지 말아야 한다."(시공사 판, 117) 이렇게 투철한 산문정신에서 다음과 같은 역사에 대한 규정이 나온다.

"역사는 진실의 어머니이며 시간의 그림자이자 행위의 축적이다. 그리고 과거의 증인, 현재의 본보기이자 반영, 미래에 대한 예고인 것이다."

소설이 최소한 역사에 접근하는 인간의 맨얼굴 드러내기 작업이라면, 작가들이 이러한 소명의식을 지녀야 할 것이 아닌가 싶다. 가면의 거리에서 맨얼굴 이야기하는 것 자체가 모순된 행위라는 것 모르는 이가 어디 있을까만, 맨얼굴을 드러내는 거기에서 인간의 진실은 풀잎처럼 돋아나는 것이 아니던가.

독자의 소설에 대한 소망도 이와 별반 다르지 않다는 게 우리 작가들의 믿음이다. 그러한 믿음에 값하는 작품이 되어 독자와 소통하기를 소망한다.

우한용

소설가, 한국작가교수회 회장

차례

우리 사랑 흘러 흘러

김 성 렬

작가, 문학평론가, 국문학박사. 현재 대진대학교 한국어문학부 교수.
저서에 『광복 직후 좌우대립기의 문학연구』, 『문학의 쓸모』,
『최인훈의 패러디 소설 연구』, 『괴물흥망사』(창작집), 『한국문학명작사전』(공저),
『21세기 학문의 전망과 과제』(공저) 등이 있다.

우리 사랑 흘러 흘러

1

간밤엔 마당과 뒷산을 가로지르는 바람이 미친증이 난 여자 원귀마냥 휘파람 소리를 내며 나뭇가지며 풀숲이며 할퀴어 대기를 마지않았다. 그러나 동이 터 현관문을 열고나서니 언제 그 난리를 쳤나 싶게 화창한 햇살이 뒷산과 마당에 그득하다. 제멋대로 휘젓고 다닌 미친 바람 탓에 마당엔 부러진 나뭇가지들, 진 꽃잎들이 우수수하다. 꽃샘바람이라지만 올봄은 유난스럽다. 4월의 기온이 이십오륙 도를 쉽게 넘어 반팔을 입어야지 않을까 하는데 함박눈이 쏟아지기도 하였다. 부쩍 오른 기온 탓에 일찍 눈을 틔운 새싹들이 봄에 퍼부은 함박눈 탓에 오그라들고, 색색으로 화사했던 꽃잎들이 축 쳐져 안타까웠던 것이 열흘 안쪽의 일이더랬다. 지난해에도 4월의 눈이 흐벅지게 내렸고 그 전 해에도 그랬던 기억이니 이제 이상기후도 일상의 일이 되어가는 듯싶기도 하지만 눈·바람 중에도 꽃과 푸나무들은 다시 생기를 찾아 화려한 그림을 이루니 이들의 끈질김도 여간이 아니다. 바람에 후달려 맥을 놓았을 법도 하지만 산비탈 쪽의 철쭉, 개나리, 애기나리, 제비꽃들이나 마당가에 심어둔 금낭화, 얼레지, 싸리꽃 등은 뭐 그런 눈바람쯤이야 하듯이 색색으로 어울려 얼마나 예쁜지.

그나저나 얘들은 언제 일어날런고? 어젯밤 늦게까지 불이 켜져 있던데 뭔 꼬숩은 얘기들을 나누노라 그 시각까지 안 자고 있었을까. 산 속의 아침은 평지보다 일찍 밝아서 여덟시 넘은 지금 벌써 사방이 눈부시게 환한데 젊은 것들은 아직 한밤중인가 보다. 미동도 없는 별채의 현관문을 잠시 바라보다 나는 본채의 내 방으로 돌아왔다. 아침이라도 저들과 같이 먹으려다가 하는 수 없이 혼자서 된장국에 김치, 감자조림, 멸치볶음 등을 내놓고 몇 술 뜨고는 설거지를 했다. 믹스커피를 뜯어서 커피를 한 잔 타고는 소파에 앉았다. KBS의 아침마당을 보고 뉴스까지를 습관처럼 보고 나니 10시다. 이번엔 원두커피를 한 잔 내려 와서 전축을 튼다. 남편이 아끼던 빅터사의 포터블 진공관 전축이다. 1960년대에 나온 물건이어서 CD나 테이프 등은 못 넣고 LP판이나 얹을 수 있다. 나름 음악 마니아이던 남편의 빈티지 취향이 십몇 년 전 사들인 것인데 오디오 운운보다는 전축이란 이름이 더 걸맞다.

양희은의 70년대 노래 모음집을 얹는다. 약하게 우웅 소리가 나다가 판을 올려놓으니 치익치익 간헐적으로 바늘에 긁히는 소리와 함께 노래가 흘러나온다. 꽃잎 끝에 달려있는 작은 이슬방울들 빗줄기 이들을 찾아와서 음 — 어데로 데려갈까 —. 젊은 시절 양희은 특유의 청아한 고음이 커피 내음과 잘 어울려 고즈넉한 거실을 가득 채운다. 아름다운 것들, 가난한 마음, 빈 자리, 세노야세노야. 옛 노래들은 제목들부터가 시로구나. 구성지게 이어지던 노래는 〈내 님의 사랑은〉으로 넘어간다. 이 노래는 별채에 자고 있는 채령이가 잘 부르는 노랜데, 생각하며 따라 흥얼거리다 깜박 잠이 들었나 보다. 딩동, 벨소리가 마치 뇌를 강타하듯 울리는 바람에 화들짝 놀라 깼다. 현관문을 여니 채령이가 배시시 웃음을 띠고 미안한 표정으로 서 있다.

"아유, 사모님, 쉬고 계신데 죄송해요. 일어나서 라면이라도 끓이려고 보니까 김치가 생각나지 뭐예요. 사모님 담근 김치는 라면하고 먹으면 환상이잖아요. 호홋. 아유 죄송해요."

거듭 죄송 타령을 하는 것을 괜찮다며 우선 안으로 들였다. 160cm도 안 되는 작은 체구에 감색 티셔츠와 청바지를 걸치고 있으니 가무잡잡한 얼굴이 더 까맣게 보인다. 머리는 핀으로 찔러 대충 건사한 것이 눈 뜨자 이쪽으로 건너온 행색이다. 아까 아침이나 같이 먹으려구 그 앞까지 부르러 갔다가 곤해 빠진 것 같아 그냥 왔지, 하며 김치 그릇을 챙겨주자 다른 것들은 우리 차에 있는데 아유 미안해요, 손을 비비면서도 김치 그릇을 받아들곤 황급하게 현관을 빠져 나갔다.

에휴, 나이가 사십이 가까워 가는 게 저게 언제 철이 들려누. 별채로 쪼르르 달려가는 뒷모습을 창문 너머로 보며 나는 혼자 한숨을 쉬었다.

2

채령이가, 엄밀하게는 채 령이—성이 '채'요 이름이 '령'인 그녀가 이 년여 만에 우리 집에 들른 것은 어제 늦은 밤 무렵이었다. 밤 열 시쯤 당도했는데 전화로 미리 조금 늦을 것 같다는 전갈은 받았지만 놀랐던 건

웬 뜬금없는 캠핑카가 와르르 마당으로 들어섰기 때문이다. 인가도 별로 없는 산자락에 자리 잡은 집이라 터는 넓고 문도 마당으로 올라오는 언덕받이에 형식적으로 내놓은 지라 웬만한 차는 손쉽게 드나들 수 있게 되어있지만 광고에서나 보던 하얀 캠핑 트럭이 부릉부릉 헐떡이다가 마당에 떡 서는 데는 눈이 휘둥그레지지 않을 수 없었다. 엔진이 멈추자 거기서 내린 것은 채령이와 젊은 남자 한 명이었다. 평소에 남자관계가 어수선하다 싶던 아이기는 하지만 이 년 만에 또 바뀐 남자에 캠핑카까지 몰고 나타났으니 놀랍기도 했으려니와 해괴한 꼴을 보지 않을까 더럭 의심증이 드는 것을 어쩔 수 없었다. 방 세 개짜리 본채에 방 하나와 주방까지 갖춘 별채가 있는 집, 그것도 산자락에 자리 잡은 집에 홀로 지내다 보니 당장 사람 흔적이 아쉽고 은근히 기별도 궁금하던 차라 하룻밤 머물겠다기에 그래 오느라 했다가 나타난 본새에 어안이 벙벙하고 걱정도 되었던 것이 어젯밤의 일이었다.

기척을 살피고 있자 하니 문을 여는 소리가 나고 둘이가 나와서 갔다올게, 응 빨리 와 어쩌고 하는 것이 남자는 어딘가로 나서는 모양이다. 창문으로 넘겨보자니 남자가 채령의 몸을 가볍게 안고 뺨에 다정히 입까지 맞추는 것이 자기들대로는 서로 사랑스러워 죽겠다는 행토였는데 쉰 세대가 된 내 눈에는 가히 눈꼴 시린 장면이 아닐 수 없다. 어젯밤에는 어두워 행색을 잘 볼 수 없었는데 바지짜리는 키도 채령이보다 훤칠하고 얼굴이 허여멀건한 것이 여자깨나 후리게 생긴 생김새다. 남자가 예의 캠핑카를 몰고 사라지자 채령이 내 집 쪽으로 걸음을 옮겨오는 것이어서 나는 얼른 창가에서 물러났다. 딩동, 벨을 누르고 현관에 들어선 그녀가 두 손을 비비며 쭈뼛쭈뼛 입을 열었다.

"아휴, 사장님 저이와 같이 인사드리려고 했더니 어디 급히 갔다 올 데가 있다고 저렇게 나서네요. 죄송해요."

"뭘 죄송은……. 날씨도 좋고 하니 우리 밖에서 차나 한잔 할까?"

우리는 커피를 한 잔씩 들고 마당으로 나왔다. 바람에 다소 찬 심이 박혀 있지만 따뜻한 봄볕을 이길 만하지는 못했고 활짝 핀 꽃들과 물오른 연록의 수목들이 어우러진 풍경을 보니 어젯밤 난리는 언젠가 싶게 환한 봄 꿈 마냥하다. 외진 산자락에 여자 혼자서 억척으로 산장과 같은 집을 지키고 있음은 이런 기쁨을 누릴 수 있는 탓이다. 마당에 드문드문 놓아둔 바위들 위에 앉으니 우리 집의 전경이 눈에 들어온다. 현관문이 달린 건물 중앙부는 세모꼴의 지붕을 얹었고 중앙부 양편으로 창이 달린 하얀색 목조 건물이다. 이국적 풍치를 살리느라 남편이 직접 주문하여 지은 집이다. 낭만파였던 남편은 이렇게 본채를 올려 살다가 나중엔 별채를 하나 따로 지어 자기 혼자 그곳에서 마음껏 파이프를 피우고 음악을 틀어놓곤 하였다. 채령이 지금 머무는 별채가 바로 남편의 공간으로 쓰였던 곳이다.

우리가 앉은 바위 밑에는 새끼 손가락만 한 이름 모를 잡초들이 제 스스로 자라 앙징맞게 자리잡고 있다. 도대체 얘들은 눈길조차도 잘 주지 않는데 무슨 매련으로 이렇게 땅을 밀고 나와 제 존재를 알릴까? 희한키도 하지. 이런 잡념 중에 가까이서 채령을 보게 되니 처음 볼 때보다 얼굴에 기미도 생겼고 눈웃음을 웃으며 상대방에게 부침성 있게 구는 태도는 여전하지만 눈이 푸스스한 게 피곤한 기가 서려있다.

"그래, 그동안 어떻게 지내다가 이렇게 불쑥 나타났어?"

"뭐, 한 이 년 됐나요? 형님 댁을 떠난 게?"

사모님 사모님 하다 이제 형님으로 호칭이 바뀌는 것은 이젠 무렴한 기분도 좀 숙어지고 살가운 감정이 솟아난다는 표현이다. 내가 쉰 중반이고 얘가 이제 서른 일고여덟 되었나, 무려 열예닐곱 차이가 나니 자기한테는 언니라도 상 언니일 터이니 언니라 부르지는 못하고 또 삼 년 전에 우리 레스토랑에 주방 보조로 일을 배우러 들어와 나더러 사모님이라 먼저 부른 터수라 이처럼 호칭이 오락가락한다.

　"그때 형님을 떠나 신촌으로 갈 때 만난 놈은 거의 사기꾼이나 진배없는 놈이었어요. 제가 무슨 액운이 있는지 자꾸 그런 자를 만나서……. 그때 신촌에 반년 있다가 겨우 원금 찾아 지방으로 내려간 게 일 년 반 전이잖아요. 대전엘 내려가서 거기서 작은 밥집을 열었지요. 유성의 먹자골목에 테이블 예닐곱 개 되는 작은 가게 하나 내서 그럭저럭 지냈어요. 참, 그런데 형님은 괜찮았어요? 사장님 돌아가시고 나서 하던 일은 어떻게 하시고? 저도 궁금한 일이 참 많은데……!"

　말이 오가자 아연 활기를 띠며 갑자기 화제를 옮기는 바람에 나는 손사래를 치고, 아유 니 이야기나 먼저 해 봐. 나야 지금 보듯이 혼자서 지금 이렇게 살고 있고. 아까 그 사람은 어떻게 만났니? 대전 내려간다고 할 때 같이 내려간 그 사람이야, 누구야? 하니, 아유 형님은 기억력도 좋으시다, 뭐 별 다른 사연이 있는 것도 아니에요, 짐짓 심상한 양 대꾸한다.

　"대전 갈 때 같이 내려간 사람은 정말 절 도와주고 같이 잠시 있다 헤어졌어요. 유성 근처에 제가 가진 돈에 마침한 가게가 있는데 손님도 제법 든다면서 소개해주고, 실내 설비도 도와주고 그러다 얼마 안 있어 떠났어요. 정말 순수한 사람이었는데 저하고 같이 오래 지낼 형편은 못 되었던가 봐요."

속으로 나는 흥, 가벼운 콧방귀를 뀐다. 어련할라구, 마음이 좋은 사람인지는 몰라도 또 무언 사정이 있는 사람이었을 테니 너하고 어찌 긴 살림을 차릴 수 있었겠니? 얘가 마음은 여려가지고 입에 발린 치사에 당신이 좋아라고 덤비면 제가 손해 볼 일인지 아닌지를 셈하지 못하고 아무나 받아들이는 게 문제지. 우리 집에 처음 온 것도 그런 사단으로 비롯한 것이었다.

3

그 때가 3년 전쯤이던가. 어느 날 서울 시내에 살고 있는 언니에게서 전화가 왔다. 요즘 혹시 너희들 하는 식당에 사람 필요 없니? 내가 아는 젊은 애가 하나 있는데 이혼하고서 자기 살 길 찾느라고 식당을 하나 해보려 하는데 먼저 일도 좀 배우고, 식당 돌아가는 양을 좀 알고 싶다는 구나. 남자 복이 없어 이혼을 하긴 했는데 애가 재바르고 싹싹해서 일은 잘 할 거야. 잠시 좀 거두어 보렴, 하는 것이었다. 마침 우리도 주방 일을 돕던 아주머니 한 사람이 몸이 아파 그만두는 바람에 손이 딸리던 참이라 쉽사리 그러마고 하여 들어온 것이 채령이었다.

처음 찾아온 날 남편과 내가 일종의 면접을 보았다. 키는 158cm나 될까 아담한 체구에 얼굴이 약간 가무잡잡한데 아미(蛾眉)형의 까만 눈썹 아래로 눈웃음을 생글생글 웃는 것이 남자 꽤나 호리겠다 싶었지만 말대답이 사근사근하고 부침성은 있어 보여 잠시 데리고 있는 것은 괜찮겠다 싶었다.

"에—, 잠깐 일을 배우겠다고 하는 이야기를 들었는데, 사실 우린 일

배우고 떠날 사람은 받지 않아요. 에—, 처형이 추천하니 도리없이 받기는 하는데 1년은 일해야 합니다. 에—또, 여기가 외진 곳이고 레스토랑이라 미스 채가 하려는 업종에 가까울지는 모르겠는데 하여튼 인연을 맺었으니 뭐, 부지런히 해주세요."

남편이 파이프 담배의 흰 연기를 파—파 품어대며 뜸적뜸적 주인장으로서의 지침을 밝혔다.

"그럼요, 열심히 할게요. 레스토랑이지만 산채비빔밥, 생선조림들도 메뉴에 있는데요? 열심히 배워 보답할게요. 그리구 레스토랑 분위기가 너무 좋아요. 사장님도 예술가 같으세요, 호홋."

이름이 채 령이라 독특한 외자 이름인 데다 애교스럽게 말하는 품이 밉지 않은지 남편은 헐헐 너털웃음을 웃었다. 남편은 젊었을 적에는 그렇지 않았는데 이젠 나잇살이 들어 머리도 대머리가 된 데다가 얼굴도 둥글둥글, 목에도 한 겹 접히는 살이 붙고 배도 불룩한데 베레모까지 얹고 있으니 영락없이 사람 좋은 음악가나 시인쯤 돼 보일 법하였다. 남편은 그러나 그저 음악 마니아 또는 예술 애호가라 할 수는 있겠으나 예술가와는 거리가 먼, 산자락에 자리 잡은 일개 식당의 사장일 따름이었다. 어쨌든 이렇게 하여 채령은 우리 집에서 일하게 되었다.

우리는 그녀를 미스 채라 불렀다. 이미 이혼한 터수이고 나이도 서른 중반에 가까워서 미스는 어울리지 않았으나 다른 마땅한 호칭도 없고 얼굴도 동안인 데다 성격도 사근사근해서 미스 채란 호칭이 어색하지도 않았던 것이다. 그녀는 주방을 맡아 음식 전반을 총찰하는 나더러는 사모님이라 불렀다. 어쩌다 늦은 밤 주방과 홀에서 일하는 사람들이 모두 모여 회식이라도 하다가 술이 알큰하게 되면 예의 형님이란 호칭이 그

때야 흘러나오곤 했던 것이다. 다른 이들은 모두 사장님 아니면 사모님인데 채령은 저 나름으로는 그럴 만한 친분이 있다 해서 그런 부름을 하나 보았다. 다름 아니라 내 언니를 통해 소개받아 그만큼 더 연이 있다는 나름의 애정 섞인 호의의 표시였다. 나도 그럴 때는 그 정리를 받아주느라 령아, 채령아 부르기도 하였다.

채령이가 우리 집에 오고 보름 뒤쯤인가 하루는 서울에서 언니가 놀러왔다. 이제 예순이 다 되어가는 나이지만 살성도 좋고 몸집도 피둥피둥해서 얼굴엔 별 주름도 없는 언니이지만 목주름은 감출 수 없이 자글자글하였다. 저만 한 나이의 언니가 채령이와는 어떻게 알게 되었는지 궁금치 않을 수 없었다. 채령이가 언니에게 일자리를 잡아준 치사를 잠깐 하고 자리를 뜨자 언니와 나는 커피를 타서 홀에 앉았다. 그 자리에서 언니는 채령이가 듣지나 않을까 홀끔홀끔 눈치를 보며 그녀의 과거사를 들려주었다.

언니가 채령이를 알게 된 것은 의외롭게도 동네의 동물병원에서라고 했다. 언니 네가 키우던 애완견이 탈이 나서 동네의 동물병원을 찾았는데 그녀가 그곳에서 매니저 일을 하고 있었다는 것이다. 언니는 시츄 종을 키웠는데 두어 번 동물병원에 다니다 보니 사근사근하고 동물을 진심으로 아껴주는 그녀의 태도가 맘에 들었다고 했다. 마침 알고 보니 집도 서로 가까워 동네에서도 가끔 마주치는 일이 있고, 그럴 때면 동네 슈퍼 파라솔 밑에서나 마트의 커피숍에서 서로 차를 마시면서 이야기도 나누게쯤 되었다. 언니와는 서른 가까이 나이 차이가 나는지라 사모님 사모님 하며 채령은 언니에게 살뜰하게 굴었다. 처음엔 강아지 이빨 닦는 데는 개껌이 좋고 6개월 주기로 이빨을 직접 닦아주기도 해야 하며,

예방접종은 네댓 차례 해야 하고 구충약은 일 년에 2회 정도는 필수적으로 먹여야 한다는 등 애완견 키우기 막 초보이던 언니에게 이런저런 도움을 많이 줬다는 것이다. 그러다 친해져서 때론 같이 밥도 먹고 하다 보니 채령의 과거사까지도 듣게 되었다.

크진 않지만 동그란 눈, 아미진 까만 눈썹, 살성이 약간 까매 그렇지 귀염상스런 얼굴의 그녀가 이혼녀란 사실은 언니가 예상치 못한 일이었다. 혹 노처녀인가 짐작만 하던 언니에게, 어느 날 채령은 이른 나이에 피해볼 염도 내지 못한 채 운명이란 이름의 폭력에 속수무책으로 당할 수밖에 없었던 아픈 이력을 털어놓았다. 눈물과 한숨을 섞어 털어놓은 이야기에 의하면 그녀는 서른 무렵에 한 남자를 만나 한 삼 년 동안 주부로 살았다는 것이었다. 남자는 그녀가 다니던 직장에서 만났다. 전문대를 나와 어느 컴퓨터 부품 제조회사에서 경리로 다니던 무렵이었는데 그 회사에 자재를 대러 출입하던 영업사원이 넉살좋게 말을 걸어와서는 그녀에게 은근한 데이트 요청에 갖은 선물공세로 온갖 공을 들이는데 넘어가 결국 그와 사귀게 되었다. 반듯하게 생긴 사람이고 술 담배도 즐기지 않는 성실한 사람으로 보여 그의 프러포즈를 받고 결국 결혼에까지 이르게 되었다. 그러나 결혼 전에 그토록 그녀만을 위하고 섬기던 남자가 결혼하더니 숨은 본색을 드러내었다. 아니 그녀만을 위하고 생각한 것은 여전한데 너무 지나친 것이 문제였다. 남자는 의처증이었던 것이다. 처음엔 여느 부부와 다름없이 살았으나 일 년 정도 지나면서 문제가 불거지기 시작하였다. 그녀가 다른 사람과 대화하거나 전화하기라도 하면 홀끔홀끔 던지는 눈길이 심상치 않더니 급기야 조금 전 전화한 놈은 누구냐고 추궁해댔다. 처음엔 이 남자가 보기보다 좀생이네 하고 넘어갔다. 그러나 점차 술을 마시고 들어와 낮에 전화했는데 집을 왜 비웠냐고 트집을 잡고 시비를 걸기 시작하더니 급기야 폭력을 행사하는 횟수가 늘어나면서는 이 남자의 문제가 예삿일이 아니라는 것을 깨닫게되었다. 어떤 날은 밖에 나갔다 들어오는데 뒤통수가 왠지 당기는 기분에 휙 돌아보니 그녀를 미행한 남편이 골목으로 휙 사라지는 꼴까지 보기에 이르렀다. 결혼하기 전 그토록 자상하고 친절하던 남자가 이처럼의심암귀에 걸려 아내 주변을 감시하고 있는 꼴이란 어이가 없다는 정도가 아니라 사람의 넋이 빠질 지경이었다. 남편의 그런 작태가 2년이넘어도 아이가 생기지 않는 사정과 관련이 있다는 것을 알게 되었을 때그녀는 남편과 헤어질 결심을 하지 않을 수 없었다. 젊은 시절 여자를사서 관계를 하다 얻은 성병의 관리를 잘못하여 불임에까지 이른 경위를 그의 술주정 끝에, 그리고 시댁 식구들의 눈물 바람과 함께 듣게 되었던 것이다. 그제야 남편이 보통 맞벌이를 원하는 시체 남자들과 달리집안에 들어앉기를 바란 일이 이해되었고 앞으로 그렇게 집안에 묶여아이도 없이 평생을 남편의 의심에 시달리며 산다는 것은 생각만 해도끔찍한 일이었다. 삼 년 만에 그녀는 남편과 갈라섰다. 남편의 일방적흠결이었기에 그녀는 얼마간의 위자료를 받았다. 그리고 다시 일자리를찾던 중 동물을 좋아하는 그녀가 인터넷에서 우연히 본 동물병원 매니저 구인광고를 보고 일하게 된 것이 언니와 만나는 연의 단서가 되었던것이다. 이야기를 맺으면서, 돈 잘 벌고 멋진 남자를 만나 행복을 누린다는 것은 백마 탄 남자를 만나 공주같이 산다는 것과 같은 허황한 꿈인줄 알기에 큰 욕심도 없이 그저 남만큼만 행복하게 살기를 바란 자신이왜 그런 가혹한 팔자를 만났는지 모르겠다고 눈물을 닦더라는 것이다.

그러나 망망한 바다에 흔들리는 조각배 같은 그녀의 고단한 신세는 그때부터가 시작이었다. 그 고단함이 알 수 없는 팔자탓 때문이라기보다는 자기 스스로 불러들이는 것은 아닌가 하는 혐의를 갖게도 된 것은 우리가 그녀를 지켜보게 된 다음부터였다.

4

우리가 하는 식당은 서울 근교 Y시의 한 산자락에 자리 잡은 산장식 레스토랑이었다. 이름이 레스토랑이지 스테이크, 오므라이스 등의 메뉴에 산채비빔밥, 생선조림도 나가는 잡탕식 식당이었다. 그러나 파전, 오리구이 등과 나가는 동동주는 우리 집의 특미였다. 차를 타고 오솔길을 달려 찾아와야 하는 외진 산자락에 몇 집이 같이 어우러진 카페촌 중 한 집이 우리 식당이었는데 우리는 그 중에도 음식과 술이 입에 붙고 저녁에 공연하는 무명가수들의 노래가 운치 있다고 소문이 나서 손님들이 심심찮게 찾아오는 집이었다. 특히 남편이 시와 음악 애호가인지라 그 방면의 사람들을 챙겨준 탓에 단골로 찾아오는 문인 예술가 그룹이 꽤 되었다. 이러니 주방도 바빠서 채령이도 한동안은 일을 하느라 딴 생각을 할 겨를이 없었다. 박봉에 미래가 없는 동물병원 매니저를 걷어치우고 식당이나 열어보겠다고 식재료 구하기에서부터 음식 만들기, 손님들 시중하기 등을 배우느라 제 깐에는 열심이었던 것이다. 머물 집도 남편이 혼자 쓰고 있던 별채를 우리가 빌려주어 그곳을 거처로 삼았다. 우리집도 역시 식당에서 멀지 않은 산자락에 자리 잡고 있었는데 채령이 바깥 출입도 않고 일만 열심히 하겠노라 다짐을 하는 판에 딸아이가 결혼해 서울로 나가게 되자 아들과 우리 부부만 쓰기에는 공간이 남는 집이라 일 년 기한으로 채령이에게 세를 준 것이다. 그러나 그런 다짐도 반년 정도가 지나자 시들해지는 기미가 드러나기 시작하였다. 도시에서 삼십 년 넘게 길든 몸인 데다 정말 자기 사업으로 키워보겠다고 뛰어든 다음이래야 말이지 그저 자기 한 몸 건사할 업이나 찾겠다고 뛰어든 일이다 보니 육 개월 가량이 지나자 처음의 열심이 시들해지지 않을 수 없는 일이었다.

우리 가게는 한 달에 두 번 정도는 쉬었는데 채령은 처음엔 별채에 붙어 잘 나들지를 않더니 대여섯 달 지나자 근처의 양어장 낚시터로 출입을 시작한 것이었다. 양어장 주인 부부가 우리 가게에 가끔 와서 술도 마시고 하다 보니 어느새 서로 안면을 트게 되었나 보았다. 이 양어장을 출입하다 채령은 틈이 일어나기 시작한 마음의 판지가 더 헐렁하게 들뜰 계기를 만났다. 양어장의 낚시꾼 중에는 고기를 몇 마리 낚으면 그걸 주인에게 맡겨 매운탕을 끓여 달라 해서는 같이 온 패들끼리 먹고 마시는가 하면 고스톱까지 치다 시간을 죽이고 가는 축들이 있었는데 이들에게 음식도 날라주고 담배 심부름, 술심부름을 하는 자리에 쉬는 날 딱히 할 일이 없던 채령이 끼어들어 어울리게 된 것이다. 남자들이야 밉지 않게 생긴, 그것도 젊은 여자가 술시중에 취중의 말상대까지 해주자 이건 무슨 이런 오감스런 덤이 있나 싶었을 터이고 주인 부부들도 채령이 자원해 하는 일이라 말릴 이유도 없을 터였다. 남편과 나는 꽤 시간이 지나서야 이런 사정을 알고 못마땅스러웠으나 좀 더 두고 보자는 마음으로 범연한 양 덮어두었다. 그러나 그 뒤 얼마 지나지 않아 우리가 뭐라 총찰할 틈도 없이 채령이 식당을 떠나겠다고 갑작스런 통지를 해왔다.

역시 어느 휴일의 늦은 밤이었다. 그 날도 채령은 양어장엘 갔는지 늦게 종적이 없더니 밤 늦어서야 자동차 배기음 소리와 함께 웬 남자와 비틀거리며 내리는 것이었다. 둘이가 모두 취한 듯 코맹맹이 소리를 내면서였다. 나는 소파에 누워 텔레비전을 보다 깜박 잠이든 남편을 황급히 불러 깨웠다. 여보 저기 쟤 좀 봐요. 아니 쟤가, 보자보자 하니……. 남편도 창문으로 남자를 부축하며 들어가는 령이를 보고는 혀를 끌끌 차고는 창에서 돌아섰다. 제 앞길 다 갈망할 나이인 여자의 정사(情事)에 감놔라 배놔라 참견할 일은 아니지만, 쟤가 내 집을 무슨 모텔로 아나 싶은 언짢음과 함께 그래도 저를 동생 마냥 생각해왔는데, 하는 서운함조차 은근히 일어나는 것을 어쩔 수 없었다. 불편한 기분으로 잠들었다가 아침에 일어나니 차가 우리 집 마당을 벗어나는 기척이 났다. 차 주인은 얼핏 보기에 사십 중후반쯤으로 보이는 남자였다. 등산용 재킷에 반바지를 입은 게 일반으로 낚시터에 오는 차림새였는데 차는 까만색의 벤츠였다. 저게 어떤 논다리를 물어가지고, 휴—. 속으로 한숨부터 나왔다. 이런 식으로 지내면 우리 방을 계속 줄 수 없다, 좀 더 몸가짐에 주의해 다오, 따끔하게 주의를 주기로 한 나의 결심은 그러나 정오쯤 되어 먼저 찾아온 채령이 아무 생각 없이 던진 돌팔매마냥 내민 통지에 맥없이 스러질 밖에 없이 되었다.

그녀의 말인즉 신촌에 아는 순대국집 사장이 있는데 그 사람이 채령이에게서 오천만 원 정도의 보증금을 받고 식당을 같이 경영하되 한 달에 삼백만 원 정도 되는 월급을 준다는 제안을 받아서 며칠 내 여길 떠나야 한다는 것이었다. 남편에게 받은 위자료와 모은 돈을 더하면 그 정도 보증금은 충분히 감당할 수 있고 이제 식당 경영도 직접 익힐 겸 어차피 서울에서 뭔가 시작해야 하니 좋은 기회라며 일 년에서 두어 달을 못 채우고 나가 미안하지만 양해를 구한다며 손을 조물락거리는 그녀의 눈에는 은근한 열기조차 피어올랐다. 하지만 우리는 뜨악했다. 오천 만 원 보증금에 일 년 삼천육백만 원을 지불하려는 작자가 어디에 있을꼬 싶었고, 원래 세상에 공돈이란 없는 법인데 쟤가 아무래도 무슨 협잡질 하는 자를 만나 자충수를 두려는 것이지, 잔뜩 의심스러웠던 것이다. 알고 본 즉 신촌의 순대국집 사장이란 자는 낚시터에서 술 마시고 화투 치는 패거리 중의 한 명으로 실제 신촌에서 식당을 규모 있게 하는 자란 것이 양어장 주인의 전언이었다. 그러나 채령이가 카운터라도 맡는 식으로 그 집일을 같이 하게 되는 건지 어떤 건지는 자기들도 알 수 없는 일이라는 것이었다. 우리는 그래도 그녀의 판단이 무언가 미심해서 채령이에게 잘 생각해보고 결정해라, 세상일이란 게 그렇게 녹녹치 않다는 언질을 주었다. 그러나 그것이 다였다. 피도 섞이지 않은 남의 앞일을 호의만 가지고서 감 놔라 배 놔라 할 수도 없는 일이고 우리의 판단이 반드시 옳다는 법도 없는 판이니 제 갈 길 제가 가도록 놓아줄 밖에 없는 일이었다. 그렇게 우리 집을 떠난 게 이년 여름 전의 일이었다.

5

그렇게 떠나고 약 육 개월여 그녀는 연락이 없었다. 아니, 삼 개월 뒤쯤 전화를 한 번 해오기는 했으나 갑작스레 떠나 미안하다는 인사치레 전화여서 길게 한 대화는 아니었다. 그러다 잊을 만하자 또 전화를 해 온 것이었다.

안녕하세요, 사모님. 모두 다 잘 계시죠? 하는데 뭔가 기맥이 빠진 느낌이었다. 그러면서 그곳을 그만 두고 다른 데로 옮기게 될 거라는 것이었다. 왜냐고 물으니 긴 이야기는 하지 않고 그 집일이 자기와는 맞지 않고 마침 누가 대전 쪽에 자기 혼자 할 만한 작은 식당을 소개해주는 바람에 그쪽으로 옮기련다는 것이었다. 소개해준 사람은 남자냐? 했더니 아유 사모님 그렇긴 하지만 나쁜 사람 아니에요. 정말 저를 도우려는 사람을 만났어요. 이러고 전화를 끊었던 것이다.

"그래, 신촌 가서는 왜 그만 두었어. 그때 경영도 같이 하기로 하고 돈도 제법 준다고 했었잖아?"

"지난번 떠날 때, 사모님이랑 사장님이랑 은근 말리셨는데, 역시 제가 그 말을 들었어야 했나 봐요. 제가 세상 보는 눈이 없어가지고요."

"아니 왜? 그때 댓바람에 그만두고 갈 때는 뭔가 좋은 업을 만났나 보다 했지? 뭔 일이든 검질기게 달라붙어야 이룰 수 있지. 왜 중도작파했어?"

우리 집에서 갑작스레 튀어나간 일에 대한 은근한 힐난을 얹은 물음에 그녀가 한 이야기를 간추리면 이랬다. 경영에 참여(?)하기로 하고 들어간 식당은 이십사 시간 영업하는 순대국밥집이었다. 오십여 평은 되겠다 싶은 홀에 손님들이 연방 드나드는 게 제법 성업이어서 한동안 벌이는 걱정하지 않아도 되겠다 속으로 앞갈망을 느긋하게 하였다. 그러나 일은 그녀의 기대와는 다르게 돌아갔다. 가끔 행주를 들고 식탁 위는 훔치더라도 카운터에서 계산이나 하는 자리쯤이라도 맡겠지 했더니 그녀는 밤 근무로 돌려졌다. 밤 열 시쯤 나와 아침 일곱 시까지 밤손님을 받는 게 그녀가 해야 할 일이라는 것이었다. 그렇잖아도 잠이 들면 누가 업어가도 모르게 밤잠이 많은 그녀에게 밤일이라는 게 무리기도 했거니와 밤에도 카운터는커녕 쟁반을 들고 손님상을 봐주고 상을 훔쳐야 하는 등 영락없는 식당 아줌마 일이었던 것이다. 벤츠 사장에게 항의를 하지 않은 것이 아니었다. 그러나 내막을 알고 보니 그 남자는 식당에서 기둥서방 정도이고 식당의 실권은 그의 아내가 휘두르는 판이었다. 한 달 일을 하고 나서 받은 월급도 기대한 것의 반 정도밖에 되지 않았다. 여사장에게 항의했더니 남편과 어떻게 약정을 맺은지 몰라도 자기는 그런 돈은 줄 수 없다는 것이고 설사 그런 돈을 주더라도 어느 정도 일을 익힌 다음이지 처음부터 그런 돈을 주는 것은 이 바닥에는 없다며 그녀의 요구를 단칼에 잘라버렸다. 기가 막혔으나 그 길로 박차고 나올 수도 없어 아침이면 흐물흐물 파김치가 되는 일을 몇 달 더 이었다. 쳐다보는 사람이 섬뜩하게 눈 주위는 푸르둥둥한 데다 여간해서 웃음기도 한 번 보여주지 않는 사십 중반 되는 주인여자의 몰인정에 기대할 것은 없겠다 판단하고 남자를 족쳤다. 애초의 약속과 틀리지 않느냐, 보증금을 내주면 나가겠다, 빨리 내 돈 내놔라, 다그치자 그래도 영 사기꾼은 아니었던지 재촉한 지 한 달여 지났을 때 돈을 돌려주었다. 그녀는 뒤도 돌아보지 않고 그 집을 나왔다.

여기까지가 그녀가 털어놓은 육 개월짜리 경영 참여 식당업의 전말이었다. 이야기를 들으며 나는 속으로 그래, 무언가 미심쩍더니 결국 그런 사단이 있었구나. 그리고 보면 네가 남자를 보는 눈이, 아니 사람을 보는 눈이 뭔가 헤프네. 첫 결혼의 실패도 팔자가 헤살을 놓은 게 아니라 네 헤픈 판단 때문에 그런 건 아니니, 속으로 헤아릴 뿐이었다. 그런데 채령이의 인생유전은 그것으로 끝난 것도 아니었다. 그녀는 대전으로 내려갔다. 대전행은 또 순대국집에서 싹이 텄다. 그곳에서 늦은 저녁을 몇 번 챙겨 먹던 남자가 있었는데 살갑게 대해주었더니 대전 근처 유성에 잘 되는 밥집을 하나 소개해주겠노라 나서더란 것이었다. 이번에는 먼저 실제 현장 답사도 해보고 주인 몰래 손님이 얼마나 드는지도 점검한 끝에 웃돈을 얹어주고 그 집을 물려 받았다. 남자는 서울에 사는 집을 두고 가정도 있는 사람이었는데 원래 이곳저곳을 다니는 공사판의 십장 노릇을 하는 사람이었다고 했다. 한동안 유성에서 채령의 곁에 머물렀는데 어느 날 자기도 가정이 있는 사람이라 계속 이러고 살 순 없다며 미안하단 말을 남기고 훌쩍 떠났다 한다. 그래도 다른 작패 없이 그렇게 헤어졌으니 다행한 일이라고나 할까.

그러나 여자 혼자서 하는 식당이라는 게 간단치 않은 일이었다. 식자재를 구하는 일에서부터 음식 만들기, 손님 접대하기 등이 처음부터 끝까지 자기일로 떨어지니 몸과 마음의 고달픔이 여간 아니었다. 심지어 일손을 덜려 사람 하나를 들여도 손발이 맞는 사람이어어야 하고 또 그렇게 이끌어야 하니 그조차도 조련치 않은 일이었다. 여기에 술을 마시고 서로 싸우는 패거리라든지 먹고 마신 값을 못 내겠다고 패악을 떠는 인사를 만나게 되면 정말 이 일을 계속해야 할지 마련이 서지 않았다 했다.

그러던 중에 캠핑카 남자를 만났다. 캠핑카 역시 그녀의 식당에 몇 번 들르면서 눈이 맞게된 경우였다. 남자가 식당에 와서 밥을 시키면서 채령이와 눈도 못 맞추고 곱송곱송하는 게 애틋한 마음을 불러일으키더라는 것이다. 말을 걸어 이야기를 나눈 즉 특이한 이력이었다. 원래는 컴퓨터 프로그래머로 일하던 사람인데 대학을 마친 후 사오 년 일하던 중 인생을 이러고 살 것이냐는 생각이 들어 그동안 번 돈을 털어 캠핑카를 사서 전국을 주유 중이라는 것이었다. 해사한 외양인데 대화중에 가끔 말간 눈동자로 채령을 쳐다보고 있으면 아이 같은 천진함이 그 눈 속에 있어 채령의 마음을 그 속으로 끌어당겼다. 동학사며 갑사며를 다니고 온천욕도 즐긴다지만 대전이 그렇게 오래 머물 만한 곳은 아닌데도 채령의 가게에 계속 나타나는 것은 그도 채령에게 다른 마음이 있다는 증좌일 터였다. 어느 저녁 늦게 채령의 가게에서 늦은 술을 마시고 정념이 통한 남녀는 남자가 외곽에 주차해놓은 캠핑카 안에서 사랑을 나누었다. 차 안은 작은 살림집이라 할 만했다. 둘이가 누울 수 있는 침대도 있었고 TV도 있고 안에서 음식을 해먹을 수 있는 모든 시설이 갖추어져 있었다. 영화나 광고지 등에서나 보던 차를 실제 접한 것이 채령의 로망을 자극하였다. 남자는 두세 살 연하였는데 그녀를 누나 대하듯 무람없이 대하였다. 채령이 식당일의 어려움을 하소연하니 누나 그깟 것 그만두고 나하고 세상 구경이나 다니자고 했다는 것이다. 어휴―, 철딱서니 없는 것들. 나이가 그만들 해가지고 야멸차게 내 코가 석자라 해도 뭐랄 사람 없을 판에 공자의 후예인가 부처님의 제자인가 세상 주유라니, 쯧쯧. 나는 속으로만 혀를 차댔다. 그나저나 채령이 이 아이는 귀가 얇은 것인지, 아니면 눈웃음을 살살 치는 게 남자로 인한 액을 스스로 부르는, 이른바 도화살이 낀 아이인지 남자를 어떻게 그렇게 쉽게 갈아 붙이는고? 이러다 경을 칠 일이나 당하지 않을까?

6

우리는 마당에서 집안으로 자리를 옮겼다. 한참 이야기를 하다 보니 끼니때가 된 것이다. 아침에 먹던 찬에 김 정도를 더해 점심을 때웠다.

"형님, 그때 사장님 돌아가셨다는 얘기를 왕십리 사모님으로부터 듣고 너무 놀랐어요. 그때 저도 늦게 얘기를 듣고 문상은 못 했지만 위로 전화라도 드렸어야 하는데 그게 뭐 어렵다고 해야지 해야지 하다가 결국 때를 놓쳐버리고 말았어요."

왕십리 사모님은 왕십리 사는 내 언니를 이르는 호칭이었다. 아마 언니가 채령이와 통화를 하면서 남편의 죽음을 알린 모양이었다.

"사람 사는 게 덧없다지만 그이가 그렇게 갈 줄은 정말 몰랐지. 이 나이가 되어서 젊어서처럼 살갑지야 않다 해도 죽을 때까지 서로 의지가지나 되어가면서 살아갈 줄 알았는데 어째 그처럼 허망하게 갔는지."

남편이 갑자기 세상은 뜬 것은 작년 이맘 때였다. 비만이긴 하지만 건강하던 사람이 갑자기 어느 날 밤 숨을 헐떡이고 뒹굴더니 병원에 도착하기도 전에 숨을 거두어버렸다. 심장마비였다. 평소에 자기야 스트레스 받을 일도 없이 산중에서 살고 있으니 건강은 걱정할 필요 없다며 너털대던 방심이 화를 불렀다. 가끔 명치 쪽에 흉통이 온다고 했는데 위염 증세가 있어 그쪽 약만 처방받아 넘어가곤 했는데 사실은 심장에 탈이 나 있었던 것이다. 젊어서부터 즐기던 담배와 거의 매일 마셔댄 술이 문제였다. 공기 맑은 곳에 살고 있기야 했지만 파이프 아니면 궐련을 입에 달고 있는 체인스모커에다 늦은 밤 일이 끝날 무렵이면 단골들과 함께 아니면 혼자서라도 꼭 마시고 잠든 술에 운동이라곤 하지 않으니 혈전이 생겼던 모양이었다. 육십이 가까우면 건강검진도 해야 하지만 너무 낙천적이었던지 아니면 그 정도만 살고 가려 작정해 그랬는지 남편은 지나치게 자기 몸에 무심하였다. 하기야 그 나이 되도록 별로 잔병도 없어 옆에서 지켜본 나도 그저 타고난 건강이려니 했던 것도 사실이었다. 그러나 밤중에 갑자기 가슴을 부여잡고 뒹굴다가 집이 외진 탓에 뒤늦게 도착한 구급차에 실려가다 그렇게 명을 놓아버리고야 일병장수(一病長壽)란 말을 뒤늦게 절감한 것은 우리들의 대책 없는 무지였다.

남편은 낭만주의자였다. 음악, 시와 함께 하는 삶을 살겠다고 남이 부러워하는 직장도 걷어치우고 이 산자락으로 찾아든 사람이었다. 남편과 연애할 때만 해도 그의 성향이 그처럼 돌올하지는 않아서 내가 이처럼 산중에서 살 줄은 미처 예상 못한 일이었다. 내가 젊을 때만 해도 여자 팔자는 뒤웅박 팔자라는 말이 그리 저항을 받지 않던 시절이었던 만큼 남편의 결심에는 아녀자의 의견 따위는 중요한 변수가 되지 못하였다. 하지만 그저 도시에서 아이들 키우고 사람들과 내왕하고 살리라고만 알다가 남편이 끄는 대로 도시를 이탈하여 산자락에 터전을 잡았을 때의 황당함이란—! 사람이 이처럼 엉뚱한 곳에 덜퍽 떨어질 수도 있구나. 누구에게나 직장과 자기 살 곳, 배우자는 자기 마음대로 되지 않는 법이라는 이야기를 들은 것은 나중의 일이었다. 그런 이야기를 일찍 들었은들 무슨 위로가 되었으랴마는 특히 대학에서 문학을 전공한 탓에 깐에는 세상을 다 섭렵한 듯이 굴었지만 익숙지 않은 세계에 대해서는 낯가림이 심한 성격의 나였던 만큼 심심산골이나 다름없었던 이곳 Y시의 산자락에 터전이라고 잡았을 때의 막막함이란 땅끝으로 유배당한 사람의 그것과 다르지 않았다. 아침에 눈을 뜨고 일어나면 들리는 소리라곤 산장 뒤의 개울물 소리와 새들이 지저귀는 소리뿐이었다. 산중의 여유와 한적은커녕 고립과 외로움으로 한숨에다 때로는 눈물바람도 마지않았던 내가 마음을 추스릴 수 있게 된 것은 남편의 어기찬 추진력 덕분이었다. 그는 목조 산장을 하나 인수하여 그것을 개조하느라 스스로 망치와 톱을 들고 밤낮없이 뚝딱거렸고 자재를 사 나르고 계측하고를 거의 혼자 힘으로 다 해내었다. 밤에는 끙끙거리며 앓기도 했으나 다음날은 또 일에 매달리는 그가 나에게 안도와 함께 어쩔 수 없다는 체념을 안겨주었다.

남편은 70년대 초에 대학에서 토목학을 전공한 사람이었다. 군에 갔다와 복학한 그와 신입생 티를 막 벗고 2학년이 된 나는 교내의 문학 서클에서 만났다. 이공계 학생이 문학 서클에 가입해 어눌한 목소리로 시를 읊조리고 술을 한잔 하면 불콰해져서 사람 좋은 웃음만 흘리고 있는 것이 이채로웠다. 나는 말쑥한 외양에 문학 전공 여학생다운 센스와 발랄함으로 남학생들의 주목을 제법 끌었는데, 합평회 자리에서 나의 시를 두고 발상이 독특하다, 운율이 살아있다는 둥의 찬사를 툭툭 던진 것은 그의 과묵에 비하면 상당한 찬사를 바친 셈이었다. 뒤풀이 자리에서는 오히려 내가 그를 두꺼비 선배님 두꺼비 한잔 하세요, 선배 시는 너무 공학적으로 무뚝뚝해요 좀 친절하게 쓸 수 없어요, 운운으로 놀려대었다. 그래도 그는 야 미림아(내 이름은 김미림이었다) 너는 이름은 아름다운 숲인데 그 곳에 벌이 사냐. 왜 그렇게 잘 쏘냐, 그러곤 예의 사람 좋은 웃음을 헐헐 웃어대었다. 그에게 그처럼 무람없이 굴었던 것은 그의 어눌한 말투 속에 담긴 신실함을 엿보았던 탓이고 그도 나의 그런 무례를 귀여운 도발 정도로 오히려 반겼다. 나의 문학소녀적 섬세함과 그의 공학도적 단순성은 잘 어울려서 우리는 그렇게 요란하지는 않으나마 캠퍼스커플로 대학 시절을 보냈다. 졸업 후 그는 당시 누구나 부러워하는 건설업체에 취직하였고 우리는 결혼하였다. 건설업의 특성상 지방의 현장 근무를 하느라 집을 비우는 일이 많은 것이 흠이었지만 나는 그저 도시의 중산층 주부로 살아갈 나의 앞날에 대해 의문의 여지가 없었다. 그러던 중에 갑자기 자신이 원하는 삶은 이게 아니라고, 잘 나가던 직장에 사표를 내고 산중으로 들어온 것이 어언 이십 년 짝이 다 되어가는 일이 되어버린 것이다.

어쨌든 남편은 산중에 들어온 자신의 결단에 책임을 다했다. 산장을 거의 혼자 세우다시피하고 새벽에 일어나면 좋은 식재료를 구하기 위하여 한 시간도 더 가야 하는 농수산 시장을 매일같이 찾고 손님들에 대한 서빙은 물론 주방일도 같이 해냈던 것이다. 이제는 좀 쉬엄쉬엄해야겠다고 식재료 구입도 배달을 받고 손님 시중이나 주방일 같은 것은 모두 종업원에게 맡기고 관리와 감독이나 하는 식으로 넘어간 게 불과 사오 년 전의 일이었다.

그러면서 젊은 날 단단하던 그의 몸은 둥글둥글한 체형으로 변해갔다. 식성도 좋았지만 하루도 거르는 법이 없다시피 한 술 탓이었다. 우리 식당이 자리 잡게 된 것은 90년대 중반 이후부터 시외곽의 구석진 곳이라도 맛과 분위기가 좋은 곳이라면 기꺼이 찾아오는 식객들의 증가 탓도 있었지만 사람을 좋아해 손님과 잘 어울리는 남편의 성품도 큰 몫을 하였다. 특히 예술 애호가나 종사자들에겐 막걸리 잔이라도 얹어주어서 단골로 찾는 사람이 많았다. 가게 벽에는 이런저런 시인의 시를 액자로 만들어 걸어두기도 했는데 그 중에는 남편의 자작시도 끼어있었다.

무제

우리 살다 보면 저마다의 잔을 받네

우글우글 찌그러진 양은 막걸리잔

손에 쏘옥 조그맣고 투명한 소주잔

갤쭉 날렵 날씬한 양주잔

허리 어깨 떡 벌어진 통

큰 맥주잔

어느 잔인들 즐거우니

주신 데 차별이 없다

양주를 받아들면 막걸리보다 격이 높아지나

시원한 맥주가 차가운 소주의 대신이 되나

즐겁게 마시면 그 뿐

다른 잔을 부러워말게

　썩 격이 높은 시는 아니지만, 맞아 맞아 술은 다 술인 법 마시고 취하면 되지 주종을 가릴 게 뭐 있나, 자알 썼어, 권주가 정도로 알아서 공치사를 해대는 통에 바람에 덤으로 나가는 술잔만 늘어나곤 하였다.

　남편의 음악 사랑도 남달랐는데 음악이라면 장르를 가리지 않고 좋아했다. 대중가요도 오케이였고 모차르트, 베토벤, 바흐 등의 고전음악은 물론 재키 테라손, 키스 자렛 등의 재즈 음악도 좋아했으며 우리 판소리도 애청하는가 하면 심지어 요즘 아이돌 가수인 동방신기나 소녀시대의 음악도 즐겨 들었다. 방 하나에 좁은 마루 하나인 별채를 지어놓고 이런 음악들을 마음껏 들으면서 파이프를 피워대는 게 말년에 그가 누린 낙이었다. 우리 식당의 상호가 린덴바움인 만큼 클래식 음악을 많이 틀었는데 그는 때로 디제이 역할도 자청하여 곡에 관한 해설도 덧붙이곤 하였다. 가령 모차르트는 살아 생전 육백 곡 넘는 곡을 작곡하였는데 이는 다른 작곡가들이 통상 백 여곡에 그친 데 비하면 그의 천재성이 어떠했는가를 보여주는 증표이다, 그의 음악 인생은 3기로 나누어 살펴볼 수 있는데 20세까지 무렵인 전기에는 발랄하고 밝은 음악을 많이 생산하였고 후원자를 잃고 유럽을 떠돌았던 25~6세까지는 그의 신산이 배인 음악들을, 이후 35세까지 말기의 음악들은 삶에 대한 이해와 시각이 훨씬 풍부해진 음악들을 작곡하였는데 이 시기에 유명한 3대교향곡 39번 40번 41번이 작곡되었다는 식으로 해설을 하는데 듬적듬적 던지는 어눌한 말투가 오히려 더 호소력이 있어서 손님들은 물론 나조차도 모차르트를 한결 흥취있게 느끼도록 해주었다. 대중가요도 손님들에게 종종 틀어주었는데 특히 나훈아를 높이 평가하였다. 생김새는 꼭 크로마뇽인 같이 생겼는데 외모와는 다르게 구성지고 찰진 목소리, 오묘한 꺾기로 한국 트로트의 진수를 구현했다는 것이 남편의 평가였다. 특히 자신의 목청에 대한 넘치는 자부심으로 씨익 웃는 그 웃음은 얄미우면서도 매력적이지 않으냐는 것이었다. 그가 어느 라이브 공연에서 젊은 아카펠라 합창단의 반주로 50년대 가요 찔레꽃을 노래하는 장면은 그의 창의성까지를 보여주는 것이라며 그 장면을 TV로 틀어주기도 했는데 사방에 설치된 멀티스피커로 노래를 듣고 난 손님들도 박수를 아끼지 않았다. 남편의 지론인즉 음악이야말로 세속의 해탈을 잠시나마 가능케 하는 것, 보리수나무 아래서의 득도가 딴 것이겠느냐. 무슨 종류의 음악이든 사람을 일체화된 즐거움에 빠지게 하고 또 빠지는 것이 득도이지, 그래서 우리집 상호가 린덴바움 아니냐, 라는 것이었다.

술을 너무 좋아하는 것이 흠이었지 나름의 음악마니아였던 남편은 다른 문제로 속을 썩이는 일은 없었다. 나 역시도 주방 일을 돌보고 애들을 키우는 데 골몰한 외곬의 주부였을 따름 다른 곳에 눈을 팔지 않았다. 남편을 극의 주연으로 알고 조연으로 사는 데 불만이 없었던 것이다. 큰 딸 아이가 이 산골에서 자라 그래도 대학을 마치고 시집을 가고 둘째인 아들도 곧 대학 졸업을 앞둔 지금까지 부부 사이에 큰 트러블이 없이 지내온 터이라 이럭저럭 두 사람이 여생을 즐기면 되겠다는 헤아림만을 해오던 터였는데 무탈하던 사람이 덜컥 그처럼 덧없이 떠나버리자 충격과 허망함에서 한동안 빠져나올 수 없었다. 사람 팔자는 관뚜껑 덮을 날까지 모른다는 말을 박완서씨의 소설에서 읽은 적이 있었는데 갑작스레 세상을 뜬 그의 삶도 그랬고 조연만을 충실히 감당했던 내가 어떻게 남은 날을 감당해야 할지 실로 아득하였으나 역시 해결책은 달리 없었다. 시간이었다. 일 년 가까운 시간이 흐르면서 그 황망함은 그나마 많이 쓸려 나갔다. 가게를 처분하고 집에 들어앉자 큰 딸 아이가 바삐 들락거리며 혼자 남은 어미를 신경 썼고 지금은 개학이 되어 시내로 나간 아들도 엄마를 곰살궂게 돌봐 주어 특히 나의 회복을 도왔다.

7

"우리 아버지처럼 사장님도 정말 갑작스레 가버리셨네요. 두 분이 성격은 정반대이지만요."

"그래? 네 아버지도 일찍 세상을 떠나셨니? 어떤 연고로?"

남편의 이야기를 하다 보니 채령이 문득 자기 아버지 이야기를 꺼냈다. 자기 가족 이야기는 한 적이 없어서 어떤 성장 환경을 거쳤기에 이런 역정을 거치고 있누, 하는 궁금증이 진작 있어서 귀가 솔깃해졌다.

채령의 아버지는 건축업을 했다고 한다. 연립주택을 지어서 분양하는 사업을 한동안 했는데 채령이 중학교 입학할 무렵 한 번 실패를 하고는 다시 재기를 못했다. 남편의 하는 일에 애초부터 기대를 하지 않았던지 어머니가 강남의 터미널에서 진작 옷가게를 했었는데 아버지의 실패 이후로 어머니가 집안의 실질적 가장이 되었다. 원래 어머니의 성격이 걱실걱실하고 대찬 편인데 비하면 아버지는 생긴 외양도 헤실헤실한 데다 성격도 여려서 사업 실패 이후로 어머니에 늘 눌려 지냈다. 그런 성격에 노가다들과 어울려야 하는 거칠고 험한 판에 어찌 뛰어들었는지 모를 일이었다. 늘 바깥을 나돌지만 벌어오는 수입은 없고 보니 집에서 하릴 없이 어기뚱대다간 드센 아내로부터 어휴 사내 꼴이라고 해가지고 제값을 하지 못하곤 쯧쯧, 퉁바리를 맞거나 버럭 고함질을 종종 당하곤 하였다. 아이들에게도 욕을 하고 매질하는 것은 엄마였지 아버지가 아니었다. 그러나 그처럼 무능하던 아버지였지만 어느 늦은 밤 술에 취해 돌아오다가 교통사고로 죽음을 맞은 것은 고교를 막 마친 채령에게 큰 충격을 주었다. 실업계 여고를 나와 작은 직장이나마 얻어 늘 안쓰럽던 아버지에게 용돈이라도 드리고 기를 좀 펴시게 해야겠다는 참이었는데 어이없이 생을 마감한 아버지의 영전에서 채령은 쏟아지는 울음을 그칠 수 없었다고 했다. 그때까지 제집도 없이 전세를 떠돌던 가족들은 아버지의 죽음에 대한 보상금으로 작은 아파트를 마련했는데 드센 성정의 어머니도 그 집에 들어앉고 난 이후, "니 아버지 목숨 값으로 이 집에 들어앉은 것 같아 늘 마음이 편치 않다야" 하곤 했다는 것이다. 채령이 다니던 직장을 그만 두고 전문대 진학까지를 한 것도 그 보상금 덕이었다.

이런 내력 탓인지 그녀는 성정이 드세지 못하고 헤실한 구석의 남자를 보면 왠지 마음이 쓰이고 그런 남자에게 기우는 자기를 어쩌지 못한다고 했다. 나도 사랑하는 사람과 아픈 이별을 겪긴 했으나 채령의 이야기를 듣고 보니 이 아이야말로 곤고한 삶을 살았구나, 어쩌면 그처럼 한 번 펴지는 구석없이 풍파에 시달리기만 했는고 싶어 마음이 아릿하였다.

"딸은 아버지 닮은 사람을 은연중 찾게 된다던데 나도 만난 남자들이 그랬던 것 같기도 해요. 처음 결혼했던 남자는 이상한 적극성을 보여주어서 그렇지 않은 듯싶은데 다른 남자들은 생각해보면 좀 무기력한 게 아버지를 연상케 하는 면이 있는 것도 같아요."

딸의 인생은 모전여전으로 이어진다는데 그럼 너도 너희 엄마처럼 되련? 아서라, 그건 말아야지. 속으로 생각하는데 밖에서 자동차 엔진소리가 들렸다. 캠핑카 사내가 돌아온 모양이었다. 채령이 후다닥 밖으로 달려 나갔다.

8

채령이와 내가 같이 저녁 준비를 해서 우리는 상을 펴고 마루에 같이 둘러 앉았다. 캠핑카가 쇠고기를 사와서 그것을 굽고 내가 냉장고에 있던 조기를 꺼내 찌개를 해놓으니 제법 풍성한 저녁상이 마련되었다. 우리는 역시 사내—그의 이름은 민기태라고 했다—가 사온 맥주와 소주를 권커니 받거니 하면서 제법 취하게 마셨다. 특히 사내는 맵짜한 찌개맛이 일품이라며 소주를 거듭 마셨다. 그러나 술이 취해도 말수는 그리 많지 않았다. 늘 웃음을 입가에 머금고 있다가 채령이나 내가 조금 농담기 있는 말이라도 하면 할할할 웃는 것으로 상대방에 대한 응답을 대신하는 식이었다. 많지 않은 말이나마 그의 말을 간추려보면 그는 대학에서 컴퓨터 전공을 하고 프로그래머로 일하다 그만두었다는 것이다. 늘 여행을 하는 것에 대한 갈망이 있었는데 자신은 장차 세계 곳곳을 여행해서 알랭 드 보통처럼 너무 대중적이지도 너무 전문적이지도 않은 자신만의 색채가 있는 여행 안내서를 내고 싶다고 했다. 그 색채는 아마도 회색과 주황색이 섞인 정도가 되지 않겠느냐고 한다. 지금은 그 전 단계로 국내를 다니는 중이라고. 글쎄 색깔로 책을 말하니 무슨 책을 내겠다는 것인지는 잘 모를 일이지만 어쨌든 여행도 돈이 있어야 할 텐데?

"지금은 아마 기태 씨가 벌어놓은 것과 령이의 그것으로 충당하는 모양인데 계속 그렇게 여행만 할 수 있나요?"

"제가 기술이 있으니 아쉬우면 또 직장을 구하면 돼요. 소소한 업체에서는 저 같은 프로그래머가 늘 아쉽거든요."

글쎄, 직장이라는 게 그렇게 필요할 때 척척 나서주면 얼마나 좋을까? 세상일이라는 게 그렇게 마음같지 않은데 아무래도 세상겪음이 너무 부족한 것 같네. 하는데 채령이 생긋 웃으며 참견한다.

"아이, 형님. 안 되면 우리 둘이 작은 식당이라도 하면 돼요. 이제 경험도 있고 기태 씨도 있으니 둘이 하면 겁날 게 뭐예요?"

그래, 둘이 좋아 하는 일이고 자기들 나름의 갈망이 있겠지. 내가 괜히 끼어들 일이 아니야. 이들의 인생을 책임져줄 것도 아니면서.

"젊음이 좋긴 하구나. 그래도 나이 드는 것 금방이다. 늘 그렇게 힘있고 팔팔한 건 아니니 젊을 때 미리 준비해야 될 거야. 참 령아, 너 이 노래 한 번 해봐. 〈내 님의 사랑은〉. 이 노래가 네 십팔 번이잖아?"

웬만큼 오른 취기가 나른한 자유를 부르자 내가 노래를 청했다. 채령이는 노래를 잘 불렀다. 우리 집에서 일할 때도 늘 노래를 흥얼흥얼 입에 달고 있었는데 회식이라도 있어 돌아가면서 노래라도 한 곡씩 할라 치면 령이의 순서에서는 늘 박수가 유난히 더 쏟아졌다. 옥타브 높은 고음으로 시작하는데도 노래를 너끈히 소화하는 데다 음색도 고와서 가수로 나가도 되지 않을까 싶은 재능이 있었다. 정작 본인은 가수 같은 건 생각해보지도 않았다고 하는데, 어쨌든 그녀의 목청으로 듣는 〈내 님의 사랑은〉은 묘한 울림과 감동을 주었다.

내 님의 사랑은 철따라 흘러간다
봄바람에 아롱대는 언덕 저편 아지랑이
내 님의 사랑은 철따라 흘러간다
푸른 물결 흰 파도 곱게 물든 저녁노을
사랑하는 그대여 내 품에 돌아오라
그대 없는 세상 난 누굴 위해 사나
우─────

내 님의 사랑은 철따라 흘러간다
가을바람에 떨어진 비에 젖은 작은 낙엽
내 님의 사랑은 철따라 흘러간다
새하얀 눈길 위로 남겨지는 발자욱들

사랑하는 그대여 내품에 돌아오라
그대 그대 없는 세상 난 누굴 위해 사나
우─────
사랑이 깊으면 외로움도 깊어라

이 노래는 수단에서 선교사로 사역하다 선종한 이태석 신부도 즐겨 불렀다 하는데 그럴 만한 것이 가사에 나오는 '내 님'이 한용운 시의 '님' 처럼 다양한 함의를 풍기기 때문일 것이다. 남편도 가고 없는 어느 날 인터넷 서핑을 하다 이 노래에 생각이 미쳐 클릭을 하다 노래의 작곡가 까지 뒤져보게 되었는데 특이한 이력의 인물이었다. 작곡 작사자는 이 주원이란 이름의 생소한 가수였다. 그러나 실은 그가 내님의 사랑을 발 표한 것은 이미 1968년으로 김민기, 서유석 등을 이미 앞서는 포크 가수 겸 작곡가였다고 한다. 또 특이한 것은 그가 음악을 한 것과는 다르게 서울대 체육교육과를 졸업한 사람이란 점이었다. 디스크 재킷에 나온 그의 얼굴은 선량하고 다소 무기력하게 생긴 얼굴이어서 전혀 체육 전 공자 같이 보이지 않았다. 양희은이 부른 〈네 꿈을 펼쳐라〉〈들길 따라 서〉〈한 사람〉 등도 그가 작곡 작사하였고 80년대 초에는 전인권 강인 원 나동민 등과 같이 '따로 또 같이'란 그룹을 결성해 활동했다 하는데 70년대 후반 학번인 나도 그런 그룹이 있었지 하는 기억뿐인 것을 보 면 뚜렷하게 인기를 끈 그룹은 아니었다. 이런 탓인지, 평생의 지병이 었는지 알 수 없지만 그는 말년에 우울증에 시달리다 이른 나이인 육십 일 세에 세상을 떴다고. 특이한 것은 오십이 넘은 후에는 시골에서 농사 를 하며 복음성가 등을 작곡하며 말년을 보냈다는 것이다. 자신의 말년 을 스스로 예측한 것인지 〈내 님의 사랑은〉이란 노래는 종교적 색채가 느껴지기도 하고 사랑하는 님을 자연 속에 편재한 범신(凡神) 가운데 찾 는 느낌도 있어서 노래와 노래말이란 것이 참 묘하다 싶은 느낌을 금치 못하게 하는 대목이었다. 〈내 님의 사랑〉은 양희은의 노래로는 성이 차 지 않았는지 〈따로 또 같이〉가 부른 버전이 있는데 고적한 느낌 속에 성가(聖歌) 풍의 느낌을 주어서 이주원이란 가수의 독특한 개성이 깊이 스며든 듯하였다.

채령의 노래가 끝나서 나는 박수를 짝짝짝 아낌없이 쳐주었다. 그녀의 노래는 양희은 류가 아니라 마치 이선희의 음색으로 심수봉 조로 부르는 식이었는데 구성지면서도 처연해서 감칠맛이 유별했다. 얘, 너 정말 노래 잘한다. 가수로 나갈 걸 그랬다. 하니 민기태도 그렇죠, 그렇죠 하며 좋아한다. 내가 노래 작사 작곡가에 대한 내력을 이야기 해주자, 어머 그래요? 하고 놀란다.

"힘들게 살았나 봐요. 요즘 육십일 세라면 너무 이른 나인데 일찍 세상을 떴네요. 그런데 그 사람의 사랑은 그처럼 철마다 다르게 바뀌었나? 내 님의 사랑은 철따라 흘러간다 하니?" "글쎄, 세상살이의 흐름에 순응해서 흘러가는 삶을 그렇게 표현한 것도 같지. 예컨대 채령이 너처럼 사는 삶." 하니 깔깔깔 웃으며

"아휴 형님, 저 놀리신다. 하지만 저는 사랑이 깊으면 외로움도 깊어라 하는 구절은 정말 와 닿아요. 아니, 외로움이 깊어 사랑도 깊은지 모르겠어요, 호호홋."

그 말도 맞다. 그런데 네 사랑은 다 채우지 못한 네 아버지에 대한 향한 사랑 같기도 해. 네 마음의 아버지 상을 정해놓고 그 아버지를 채우노라 자꾸 이 남자 저 남자 만나는 건 아니니? 대놓고 채령이에게 하지 못하고 속으로만 삼기는 말이다.

"그런데 형님, 우리 굉장히 공통점이 많은 것 같다. 형님이나 저나 지친이 일찍 사망했고 또 파트너가 하던 일을 중간에 그만 두고 다른 길을 가는 사람들인 것도 그렇구요."

듣고 보니 그렇다. 그래서 얘하고 이렇게 인연이 이어지는 모양인가?

사실은 이런 점을 예견해서라기보다는 령이의 싹싹한 인성, 노래 솜씨 등이 호감을 주어 지금껏 인연이 이어진 것이지 이런 미래를 예견해서야 아니었다. 그러나 유유상종이란 말이 있듯이 령이와 나의 가는 길, 아니면 성격의 유사성이 이렇게 연을 만들어가는지도 모른다는 생각도 든다. 민기태라는 이가 별로 말 수가 없는 것도 남편을 닮았다. 세상물정 모른다는 듯이 맑게 생긴 눈은 다르긴 하지만. 저렇게 말갛게만 생겨서 세상을 어찌 헤쳐나갈꼬? 하는데,

"저 이도 내가 노래 부르는 걸 좋아해요. 여태까지 내가 노래를 들려준 건 저 사람이 처음이거든요. 기태씨랑은 정말 잘 만났나 봐요. 서로가 노래도 좋아하고 드라마도 좋아하고 여행하는 것도 좋아하고 술 마시는 것도 좋아하고 다 좋아해요, 하하하." 한다.

아휴, 이 철모르는 것아. 지금은 그래도 젊으니 다 좋지 나중에 나이 들면 준비해놓은 것도 없이 어쩌려고 그러니 속으로 한숨을 쉰다. 그래도 지금 연붙이가 악한 사람은 아닌 듯하니 언젠가 자기 일에 애살을 붙이면 자기들대로 잘 살아갈 테지, 한다.

"그래 '달걀도 굴러가다 서는 모가 있다'고 느이들끼리 뜻맞게 살다 보면 언젠가 좋은 때도 올 거야."

"형님, 제가 하두 사는 게 팍팍해서 이래두 살아야 하나 싶어 한 번은 강상중이란 재일교포 학자가 쓴 『살아야 하는 이유』라는 책을 보지 않았겠어요. 뭐 좋은 말이라도 있나 했더니 온통 어려워서 잘 알지도 못할 말들만 잔뜩입디다. 그러나 그 중에도 이 말만은 와 닿았어요. 나쓰메 소세키란 사람이 자기 소설에서 한 말인데, 너무 자기 자신에 대해서만 생각하니 삶이 힘들다고 자기 자신을 잊으라 했데요. 그런데 가만히 생

각해보면 제가 살아온 길이 그런 길 같기도 했어요, 하하하."

어머, 애가 이 남자 저 남자 갈아붙이곤 이제 제 논에 물도 잘 대네. 팔자
도망은 못 한다는 말도 있지만 그래도 이건 너무 공교하잖아. 하면서도,

"그래, 그래. 세상 분란이 다 자기만 중해서 생기는 거지. 너 같기만 하
다면야 무슨 고민이 생기겠니."

정도로 만다. 술자리도 파장인데 괜히 자리를 언짢게 끝낼 일이 무에랴.

9

다음 날 아침 채령이네는 내가 차린 아침을 먹고 다시 주유 길에 올랐
다. 하루 정도 낮이 익어 그런지 어제 아침보단 얼굴이 한층 좋아 보인
다. 늦게까지 술자리를 가졌지만 얼굴도 밝고 생기가 난다. 서로 허탄하
게 즐거운 시간을 보낸 탓인지도 모르겠다. 민기태가 차에 올라 시동을
걸자 채령은 나를 다정히 포옹한다.

"형님, 가끔 이렇게 들러도 되죠?"

"그럼, 나야 언제든 환영이지. 누가 찾아올 사람이라도 잘 있나?"

"그나저나 이런 말씀드려도 될지 모르겠는데, 장차는 형님도 좋은 분
만나셔야지 않겠어요? 아드님도 장가가고 나면 혼자 어떻게 지내시겠어
요, 호홋."

"아이구, 그런 말 마. 이 나이에 무슨. 우리 아들 졸업하고 취직하면
나도 시내로 따라 들어갈지 몰라. 시에미가 돼 가지고 무슨 좋은 꼴 보
겠다고 그런 짓을 해?"

손사래를 치고 어서 떠나라 채근하자 차 위로 오른다. 두 사람은 운전

석에 앉아 아쉬운 얼굴로 손을 흔든다. 열린 창문으로 팔을 내밀어 내 손을 잡은 채령이 살큼 웃으며 한마디 던진다.

"형님, 다음부턴 이제 언니라 부를게요. 그래도 되죠?"

"그래라. 나도 동생같이 생각했다. 막내 동생 하나 생겼네, 하하."

그래. 언젠가 우리 흐르고 흐르다 어떤 길목에서 다시 마주치면 기쁘겠지. 어디서라도 반갑게 만날 사람이 있으면 좋은 일 아니리. 차는 흠칫 무거운 몸을 털더니 돌멩이들이 점점이 박혀있는 내리받이 길을 덜컹덜컹 내려간다. 환한 봄볕 속에 먼지를 피우면서 그 차가 굽이를 돌아 시야에서 사라질 때까지 나는 그 자리에 서있다.

기쁨의 섬

이 덕 화

평택대 교수, 연세대 박사.

1992년 『문학과 의식』으로 등단.

창작집 『집짓는 여자』, 『달의 딸들』, 『은밀한 테러』, 『블랙레인』 등이 있음.

기쁨의 섬

마치 음악회의 시작을 알리듯 한 떼의 갈매기가 하늘을 날자, 멀리서 뱃고동 소리가 들려왔다. 거룻배가 물살을 가르며 도착한 도동항. 붉은 긴 그림자를 끌고 있는 선착장은 순식간에 부산하다. 부산한 것도 잠시, 조용한 움직임이 사람과 사람의 긴장을 만들어내고 있다. 청중들은 숨을 죽이기 시작했다. 그때 무대로 이어지는 검은 무명천을 밟고 천천히 군중들을 향해 손을 흔들며 걷는 하얀 드레스의 눈에서 발사하는 강렬함은 몸 전체로부터 도도함을 자아냈다. 붉은 노을에 타는 듯 얼굴이 붉은 아람은 서서히 눈을 들어 섬 전체를 일별하듯 고개를 들었다. 다시 무대 쪽으로 고개를 돌린다. 아람의 등 뒤로 붉다 못해 타오르는 듯한 석양이 이글거린다. 섬 전체가 마지막 태양의 열정을 받으며 붉게 타오른다. 아람은 검은 그랜드 피아노의 의자에 착석하자, 순간 긴장했던 관객들의 들뜬 술렁거림과 와 하는 감탄이 흘러나온다. 검은 색과 흰색의 깔끔한 조화. 하늘로 치솟은 솟대 조명. 고기 잡는 어부들의 사연들까지 하늘로 실어 나른다는 전령의 새. 몇천 년 만에 일어난 이 사건을 하늘에 알릴 것인가. 조명 불빛은 하늘을 향해 빛을 쏜다. 물 위에 흩뿌려진 금빛가루, 흔들릴 때마다 빛으로 일어난다. 빛의 제전이다.

청중들의 목마름 때문인지 사회자의 멘트는 잠시, 본 연주가 시작되었다. 흑백의 조화가 처음에는 부끄러운 듯 그리고 강렬한 색채를 띠며 춤을 춘다. 첫 번째 곡은 쇼팽의 뱃노래이다. 아람을 태웠던 거룻배는 연주 내내 파도에 몸을 맡긴 채 이리 저리 떠다닌다. 연주회장은 죽은 듯 조용하다. 검은 그랜드 피아노 위에 반사된 흰 드레서는 흐느끼듯 얼굴을 피아노 위에 쏟아 붓고 가느다란 손가락을 건반 위로 내리친다. 피아노 건반을 칠 때마다 금빛 물결도, 강하게 칠 때는 더 높게 조용하게 칠 때는 조용히 출렁거린다. 아니 섬전체가 피아노 화음에 맞춰 솟아올랐다 내려앉았다를 반복한다.

아람이 20년간의 독일 생활에서 유일하게 고향을 떠올리게 한 것은 뱃노래이다. 그동안 무수히 연주했지만, 그 날, 베를린의 박물관 섬에서 에밀 놀데의 특별 전시회를 위한 연주회. 섬 한 가운데 떠있는 검은 그랜드 피아노 뒤 전시된 에밀 놀데의 〈달빛이 흐르는 밤〉 때문이다. 연주를 하는 내내 고향이 떠올랐다. 엄마와 딱 한 번 가봤던, 바다를 안고 있는 듯한 외가의 대청마루에 놓여있는 그랜드 피아노. 한 번도 생각나지 않던 고향이며 외가였다. 아버지의 메일 때문이었을까. 그동안 한 번도 자신의 소회를 밝히지 않았던 아버지, 20년이 지나 느닷없이 이제는 고향으로 돌아가고 싶다는 것이다. 그것도 아람에게 딱 한 번만 동행해 달라는 것이었다. 서울도 아니고, 고향으로 같이 와 달라니. 한 번도 고향 이야기를 꺼낸 적이 없는 아빠였다. 그 당시 엄마 역시 아람 없는 외로움을 호소, 귀국을 바라고 있었다.

아람이 엄마 아빠의 관계를 알게 된 것은 열 살이 지난 뒤였다. 엄마는 미혼모였다. 엄마는 외가에서의 냉대를 견디며, 절대 아버지의 존재를 알리지 않았다. 아람만이 아빠의 존재를 알고 있었다. 두 사람의 관계에 대해 아무도 이야기하지 않았다. 자신이 독일에서 자란 것도 아마 두 사람의 이상한 관계 때문이란 것을 독일에 온 몇 년 후에야 알았다.

바쁜 일정으로 까맣게 잊어버린 아버지의 그 부탁을, 몇 개월이 지나 베를린 섬 박물관에서 뱃노래의 연주를 듣는 동안 아빠의 소망이 자신의 소망이 되었다. 아빠가 독일을 떠나면서 마지막 한 말은 '독일 태생이라 생각하고 살아라'였다. 자신의 고향, 아니 아빠의 비장함 때문인지 고향을 생각할 용기가 나지 않았다. 그리고 베를린 섬 연주회 이후에도 아빠에게 답 메일을 보내지 못했다. 뱃노래, 수없이 연주한 곡이었다. 처음 베니스에서 곤돌라를 타며 듣던 곡, 그래서 미치도록 황홀하게 느껴지던 곡이었다. 강박과 약박의 조화가 배를 조용히 파도 속으로 밀어 넣는 느낌, 강박의 강렬함과 약박의 흐느낌이 극적인 대화 속에서 하나가 되었다. 넌 죽어도 고향을 못 버려, 너의 선곡을 봐, 전부가 너의 영혼의 흐느낌이야, 아빠가 고향으로 상처를 받았다고 고향이 아닌 것도 아니고, 엄마와 같이 살지 않았다고 엄마가 아닌 것은 아니지 않냐며, 가족이 꼭 같이 살아야 가족인 것은 아니다. 서로 각자 자신의 일을 하며 열심히 살았잖아. 현실을 받아들여. 몇 년간 같이 동거한 독일 남자 친구의 말이었다.

학서는 연주회 내내 눈을 감고 있다. 이것은 꿈이다. 12살 이후 자신이 이루고 싶은 고향에 대한 꿈, 삶의 플롯 중 꼭지점에 있어야 할 장면이다. 더 이상은 더 이상은 욕심이다. 연주회가 끝나자 연주자가 관객석 제일 앞좌석에 앉아 있는 학서를 향해 걸어왔다.

"아빠"

그제서야 학서는 눈을 뜬다. 학서는 얼른 일어나 연주자를 포옹한다.

"잘 왔다. 그리고 잘 했다"

두 사람은 관객들의 박수 속에 오랫동안 포옹을 한다. 오랜 포옹 속에 학서는 자신의 쓰라린 기억 속에 묻혀 눈물이 그의 뺨을 적신다. 언제 달이 떠올랐는지 솟대 위로 달이 걸려있다. 달빛 속에 흘러나온 금빛 가루가 물위에서 출렁거린다.

할머니의 죽음 후, 학서는 파도 소리와 뱃고동 소리조차 듣기 싫었다. 오직 엄마가 있다는 서울만이 유일한 희망이었다. 무작정 부둣가로 달려가 배를 탔다. 통영으로 나가는 배에서는 뱃사공 아저씨들이나 소년을 보는 사람들은 혀만 끌끌 찼지, 배삯이 없어도 아무말도 하지 않았다. 그러나 통영에서는 꼼짝 할 수가 없었다. 누군가가 학서의 손을 잡고 끌고 간 곳이 통영 서호동 시장통에 있는 복국집, 분소식당이었다. 학서는 거기에서 식당종업원으로 일 년간은 돈을 벌어야겠다고 마음먹었다. 적어도 서울로 가는 차비는 있어야 한다고 생각했다.

학서는 거기에서 아무 생각하지 않았다. 오직 엄마가 있는 서울로 갈 날만 기다렸다. 그러나 학서는 일 년을 기다리지 않아도 되었다. 주인아저씨가 소개해주는 서울의 또 다른 복국집 종업원으로 가게 되었기 때문이다. 통영 분서 식당 사장이 서울 복을 대어주는 식당에 소개를 해준 것이다. 학서는 그때부터 행운은 자신의 것으로 생각했다.

학서가 서울 복국집에서 종업원으로 있으면서 야간 중학교를 거쳐 고등학교를 다닐 때까지는 열심히 엄마를 찾았지만, 엄마는 찾을 길이 없었다. 복국 주인아저씨는 무작정 엄마를 찾을 것이 아니라, 너가 훌륭한 사람이 되면 엄마는 저절로 나타날 것이다, 그러니 공부나 열심히 하라고 했다. 그래서 식당 종업일을 하면서 죽도록 코피를 흘리며 공부했다. 아침에는 학원, 점심 때부터 저녁까지는 식당일, 밤에는 혼자 복습, 그리고 식당일하면서 영어 단어나 역사 사회 쪽지를 만들어 외웠다. 손님들이 자신을 놀리는 것도 무례하게 대해도 참을 수 있었다. 목적이 있었기 때문이다. 그건 또 식당 주인아저씨의 자식같이 사랑해주는 은덕 때문이다. 주인아저씨 역시 통영 출신으로 서울로 단신으로 올라와 고생 끝에 이제 겨우 서울 중심가, 종로 2가에 자리를 잡은 자수성가형 사장이었다. 검정고시 칠 때는 식당도 쉬게 하고 자신의 자녀들의 공부를 도와주도록 배려했다. 그 집에서 자녀들과 먹고 자고 공부만 하게 했다. 자녀들이 학교 갈 때는 자신의 공부를, 자녀들이 돌아오면 자녀들의 공부를 도와주었다. 세상은 선한 사람도 많다는 것을 배웠다. 덕분에 검정고시 수석 합격, 최고 국립대 합격을 했다. 그러나 고학으로 최고 국립대 합격이라는 취재 기사가 대문짝만하게 나도 엄마는 나타나지 않았다. 그때부터 엄마는 죽은 거로 생각하기로 했다. 그렇지 않으면 그렇게 한 번도 학서를 찾아오지 않았을까. 엄마에 대한 그리움과 원망이 교차되어 시시 때때로 학서를 괴롭혔다. 고독과 분노가 하나가 되어 온몸을 태우며 몸서리치면 저 멀리서 환청처럼 부웅하며 뱃고동 소리가 그의 가슴을 때렸다. 그럴 때면 충동적으로 욕지도로 달려갔다. 새벽 바람에 9시간 가까이 버스로 통영에 도착, 몇 시간 배를 기다려 타다 보면 욕지도엔 밤에나 도착했다.

할머니가 돌아가고 학서가 욕지도를 떠난 이후 학서의 집은 폐허가 되어 있었다. 내려앉은 양철 지붕 아래 어지러이 널려있는 쓰레기 더미를 헤치고 그래도 자신의 방이었던 방이랄 것도 없는 자리를 찾아 앉는다. 방구석 한 귀퉁이에 자리를 잡고 한때는 자신의 몸붙이였던 옷들을 부둥켜 안고 있으면, 엄마와 아빠가 함께 있을 때 행복했던 어린 시절이 떠오른다.

　아빠는 조기를 선적하고 들어올 때면, 학서의 옷, 혹은 자전거를, 혹은 책을 사왔다. 그럴 때마다 할머니, 엄마 앞에서 새 옷으로 갈아입고, 엄마가 가르쳐 준 동요를 부르곤 했다. '곰 테 마리가 한 찝에 있더, 아빠 곰, 엄마 곰, 아기 곰, 아빠 곰은 뚠뚠해 엄마 곰은 날띤해, 아기 곰은 너무 귀여워~.' 혀 짧은 소리로 띄엄띄엄 노래하면 아빠는 참을 수 없다는 듯이 학서에게 달려들어 학서를 공중으로 치켜들며 간지럼을 태운다. 거기에 할머니까지 학서 다친다고 아빠에게 내려놓으라고 고함을 지른다. 아빠가 없어 조용하던 집은 날라갈 듯한 소란 속에 빠진다. 그때 지나가던 이웃 사람들은 그 소리에 놀라 또 기웃거린다. 그러다 이 사람 저 사람 이웃 사람이 모이고 술판이 벌어지고 동네 아낙네까지 가세해 술안주를 들고 법석인다. 할머니는 '사람 사는 집에 사람이 붐벼야지' 하며 그동안 아껴 놓았던 안주를 다 내어놓는다. 아빠로 인해 동네잔치가 벌어진다.

　그러던 가족이 흩어지게 된 것은 별장 주인의 부인이 중병을 앓아 욕지도로 내려오면서였다. 아빠 배의 선주이기도 한 그 가족은 서울에 거주지가 있었다. 가끔 여름에나 한 번씩 다녀가는 그야말로 별장이었다. 서울에서 가사 도우미가 한 사람 따라 왔음에도 전적으로 부인만을 위한 간병사가 필요하다고 학서 엄마에게 도움을 요청했다. 아침부터 저녁까지 환자 시중을 들어 달라는 것이다. 학서 아빠나 할머니도 마다할 입장이 아니었다. 선주 집에서 도움을 요청했을 때만 해도 그 부인이 그런 중병 환자인 줄은 몰랐다. 췌장암 말기 환자였다. 학서 엄마는 다녀오면 우울해했다. 말기 환자의 까탈스러움을 견디다보니 집에 오면 탈진 상태가 되어 엄마조차 환자가 된 것 같았다.

선주인 사장도 가끔 서울을 다녀오지만 대체로 환자를 지키고 있었다. 그런데 가끔 엄마도 서울 가는 길에 동행했다. 환자의 필요한 물품을 사러 간다는 것이었다. 할머니와 엄마가 싸우기 시작한 것은 그때부터였다. 할머니는 너 몸을 건사해야지, 그만두라는 것이었다. 그러나 엄마는 아빠 핑계를 대었다. 그럼 아빠는 그 집 배를 어떻게 타겠느냐는 것이었다. 그럴 즈음 아빠도 집에 오는 횟수가 줄어들었다. 엄마는 점차 말수도 줄어 집에 오면 자리에 눕기부터 했다. 집 전체가 가라앉아 있었다. 아빠가 없는 집은 더욱 어두웠다. 그러면서 아빠가 죽었다는 것이다. 어떻게, 왜 죽었는지는 학서에게 누구도 말해주지 않았다. 그리고 얼마 후 그 별장 부인이 죽었다.

몇 시간 머무는 허물어 진 집에서의 순간 순간은 환상으로 채워졌다. 아빠와 할머니, 어머니 그들은 꿈 속에서 학서를 불러대었고 학서는 밤새 현실과 과거 속을 헤매었다. 자신의 머리 속을 정리할래도 할 수 없었다. 갈매기 울음소리와 파도 소리를 벗 삼아 몇 시간 눈을 붙이는 둥하고 일어나, 새벽에는 꼭 별장 집을 다시 찾아갔다. 마치 꿈결처럼 들었던 환상적인 피아노 선율은 마치 악마의 유혹 같았다. 고향을 다녀온 이후 한동안은 마음이 뿌듯하다가도 불안과 허무가 다시 밀려온다. 그럴 때면 다시 엄마가 생각나고, 욕지도를 다녀오지 않으면 미칠 듯 술만 퍼마시곤 했다.

대학 4학년 때였다. 신문 가편집 중에 김혜정이라는 피아니스트의 연주회 기사에 눈이 꽂혔다. 미국 귀국 기념으로 신문에 드뷔쉬의 피아노 곡과 라벨 피아노 연주를 한다며 연주자의 사진이 크게 보도되었다. 그 때 학서는 자신의 고향 욕지도의 그 별장 집에서 본 것과 똑같은 빨간 드레스 사진을 보고, 갑자기 고향 생각이 미치도록 났다. 그리고 그날 피아노 선율 소리가 생생히 떠오르며 미치도록 그 연주회를 가고 싶다는 생각을 했다. 그날 연주한 곡도 바로 그 곡이었다. 그 별장집에서 들은 곡, 학서는 어릴 때 한 번 본 피아노 치는 모습으로 오랫동안 같이 지낸 친숙한 동기처럼 생각되었다. 아마 학서가 서울에서 대학을 다니고 있는 동안 연주자는 미국 유학을 다녀 온 모양이다. 그날이다. 연주가 끝나고 피로연에 가족들이 함께 나온 그 자리에 엄마가 서있었다. 연주자의 아버지와 함께. 학서가 '어……' 하며 달려가려는 사이 어머니는 그 가족들과 꽃바구니에 둘러싸여 연주장을 빠져 나갔다. 학서는 무언가 모를 배반감에 그 자리에서 움직일 수가 없었다. 그 어수선한 청중들이 사라진 이후에도 그 자리에 그대로 서있었다. 그런 이후, 학서 머릿속에 반복적으로 떠오르는 실루엣이 있었다. 별장을 나서던 두 남녀, 그럼 그것이 별장 선주와 어머니! 갑자기 학서는 머리가 혼란스러워졌다.

그 이후에도, 빨간 드레스의 연주회 기사는 계속 신문을 장식했다. 처음에는 그 기사를 보면 찢고 싶을 정도로 감정이 격해졌다. 한동안은 그 기사를 볼까 봐 아예 신문을 읽지 않았다. 졸업 후 기자가 된 몇 년 후의 날이었다. 신문사에서 욕지도가 낳은 천재 연주자, 김혜정을 욕지도 출신 학서가 취재하라는 명령을 편집국장으로부터 받았다. 학서는 자신은 문화부 기자가 아니라는 것으로 버티려고 했다. 그러나 문화부 기자보다는 심층 취재를 해야하니, 동향인 학서가 맡아 달라는 것이다. 그렇다고 개인 사정을 이야기 할 수는 없었다. 갈등 속에서 연주장을 향할 수밖에 없었다. 연주의 시작과 함께 그동안 자신 속에 일어났던 분노와 울분은 눈 녹듯이 사라지고 눈물이 흘러내렸다. 김혜정의 연주는 언제나 그에게 고향을 떠오르게 한다. 김혜정을 보면 고향이 생각나는지, 연주회에서 연주되는 음악이 고향을 떠오르게 하는지 모르지만, 김혜정의 연주를 들을 때마다 고향의 파도 소리가, 뱃고동 소리가 미치도록 그리웠다. 욕지도의 삶의 미치도록 그리웠다. 학서는 연주 내내 눈을 감고 그 어릴 때의 추억 속으로 달려갔다.

매일 새벽 학서를 깨운 것은 뱃고동 소리와 파도 소리였다. 잠에서 깬 학서는 색깔이 바랜 벽돌색 트레이닝을 걸치고 짠 냄새가 코를 간지럽히는 모래벌 위로 터벅터벅 걸었다. 소나무 숲에서 나온 왜가리 떼들이 학서의 머리 위를 한 바퀴 돌고 서쪽을 향해 유유히 나른다. 학서 역시 왜가리들을 향해 손을 흔든다. 학서는 바닷가 우뚝 솟은 바위 위에 오줌을 누며 수평선 멀리로 눈을 던진다. 아빠가 살아있을 때는 가끔 안개 숲을 뚫고 아빠의 배가 나타나기도 했다. 그래서 학서는 아빠를 바라듯 아침이면 이 곳을 찾는다. 파도 소리는 마치 소년을 반기듯 소년이 앉은 바위까지 높이 솟아올라 바닥을 친다. 학서는 멀리 안개를 뚫고 솟아오는 해를, 눈부신 듯 바라본다. 해가 떠오르자 안개는 곧 사라진다. 온통 주위를 삼킬 듯한 붉은 해가 이글거리며 바다 표면 위에 떠오르면 바다는 황금물결 밭이 된다. 그러면 학서는 집으로 향한다.

밤새 굶주린 비둘기들이 떼로 학서의 엉덩이를 따라 오리 떼처럼 종종 걸음으로 따라 온다. 학서가 마당으로 들어서자 돼지를 주겠다고 할머니가 모아 놓은 양푼의 찌꺼기들을 뿌려준다. 순식간에 마당은 비둘기들로 가득하다. 마당뿐만 아니라 지붕위에도, 마루에도 온통 비둘기 천지다. 학서의 집은 비둘기 섬처럼 비둘기로 에워져 있다. 할머니가 빗자루를 들고 마루를 뛰어나올 때에야, 비둘기는 푸드덕 푸드덕 하늘로 날아간다. 학서는 손차양을 하며 하늘을 올려다본다. 시꺼먼 구름처럼 비둘기 떼가 움직인다. 학서는 비둘기 떼가 시야를 벗어 날 때까지 하늘을 올려다보며 멍하니 서있다. 저렇게 엄마도 아빠도 날아가 버린 건가. 학서는 엄마와 아빠의 사라짐이 도저히 이해가 안 간다. 할머니의 팔순 때, 학서는 다섯 살이었다. 그 많은 사람이 집으로 몰려와 음식을 장만하고, 잔치에 춤까지 법석을 떨며 북적이었다. 졸려 그 법석 중에서도 잠이 들었다. 그런데 일어나 보니 그 많은 사람이 사라지고 없었다. 그때 그것이 이해가 안 되었다. 그런데 엄마, 아빠까지.

"이넘아 자슥아, 빨리 핵교 안갈거 가?"

할머니의 고함 소리에 놀라 학서는 현실로 돌아온다. 소년은 미역국에 밥을 말아 얼른 먹고 학교를 향한다. 학교를 가는 길에도 소년은 멀어졌다 가까워지는 파도소리를 들으며 발걸음을 옮긴다. 파도가 멀어지면 서울까지 갔다, 가까워지면 욕지도에 왔다를 반복하며 걷는다. 그래도 엄마는 오지 않는다. 영영 오지 않을 모양이다.

학서는 학교에서 선생님이 가르치는 공부보다 몇 권 되지 않는, 교실 뒤 책장에 꽂혀있는 동화, 위인전, 지리부도나 만화를 더 좋아한다. 특히 『안네의 일기』와 지리부도를 즐겨 본다. 소년은 지리부도에서 자신이 살고 있는 욕지도를 찾는 것이 즐겁다. 대한민국을 찾고, 다시 통영을 찾고, 욕지도를 찾는다. 욕지도는 어떤 지리부도에는 마치 점처럼 있거나, 아니면 없는 책도 많다. 그러면 학서는 자신도 이 세상에 없는 사람 같이 느껴진다. 다음으로는 엄마가 갔다는 서울을 찾는다. 우리나라에서 제일 큰 도시라는 서울은 어떤 곳인데, 엄마를 삼켜버렸을까.

학서는 매일 아침 교실에 들어서면 제일 먼저 지리부도를 찾아 엄마가 있다는 서울을 찾는다. 그리고 그 다음으로는 『안네의 일기』에서 안네가 살았다는 독일과 네델란드를 찾는다. 독일 프랑크푸르트에서 살다 쫓겨 네델란드 암스텔담으로 갔다니, 그곳에 가서 안네의 슬픔을 그대로 느끼고 싶다. 그러니까 학서는 매일 서울과 독일, 네델란드 세 나라를 오고 간다. 학서는 그리고 다시 『안네의 일기』를 읽는다. 학서는 안네가 자신보다 더 슬픈 소녀이기에, 안네가 좋다. 안네가 죽었다는 것이 또 슬프다.

그러다보면 수업이 시작된다. 선생님은 엄마처럼 예쁘다. 그러나 선생님은 싫다. 선생님을 보고 있으면 엄마가 더욱더 보고 싶어지기 때문이다. 학서는 담임을 보면, 엄마처럼 달려와 끌어안아줄 것 같은 착각에 빠진다. 그러나 선생님은 언제나 학서의 얼굴을 보지 않는다. 학교 공부 시간에는 엄마에게, 혹은 안네에게 편지를 쓴다. 그리고 집으로 돌아가는 길에 바다에 띄운다. 편지는 밀려오는 파도에 물거품과 함께 밀려갔다, 다시 밀려오다 결국 넓은 바다를 향해 떠내려간다. 학서는 편지가 바다 한가운데로 떠밀려갈 때까지 끝까지 지켜보다 편지가 보이지 않으면 어깨를 늘어뜨리고 집으로 온다. 발길로 돌멩이를 툭툭 찬다. 편지는 어떻게라도 엄마에게 갈 것 같다. 자신이 편지가 되어 엄마에게로 가고 싶다. 그러나 그것도 잠시 엄마가 혹은 저 하늘에 있는 안네가 자신의 편지를 받을 것 같아, 마음이 다시 밝아진다.

집에 돌아가면 할머니는 없다. 집에서 조금 떨어진 산기슭에 일궈낸 고구마 밭에서 고구마를 캐고 있다. 엄마가 있을 때는 엄마가 하던 일을. 학서는 집에만 오면 울고 싶어진다. 엄마가 없는 집은 집이 아니기 때문이다. 할머니는 엄마를 '쬑일 년'이라 한다. 할머니가 학서에게 화를 내는 때는 엄마 이야기를 꺼내었을 때와 바닷가 별장 집에 갔을 때이다. 별장 집에 엄마가 드나들었기 때문에, 엄마가 가출 이후 별장이 엄마를 생각케 한다는 것 때문일까. 별장 집 옆에는 큰 소나무 숲이 있다. 욕지도 아이들은 모두 거기 떼거리로 모여 제기도 차고 땅따먹기도 하며 놀이터처럼 노는 곳이다. 그러나 학서에게 그 근처엔 얼씬 못하게 할머니가 경고를 한 이후 학서는 외톨이가 되었다.

아빠는 바다에 나갔다 오면 배를 타고 다닌 여기저기를 이야기해 준다. 통영은 이순신이 한산대첩을 했던 곳이라는 것도, 유명한 글쓰는 작가도 많이 나온 곳이라는 것도. 곧 통영을 데려다 주겠다고 했는데, 그런 일이 일어난 것이다. 통영도, 거제도도, 여수도 어떻게 생겼는지, 어떻게 사람들이 사는지 소년은 다 알고 있다. 아빠는 너도 곧 뭍으로 나가서 큰 사람이 되어야 한다고 언제나 말했다. 그러나 아빠가 그렇게 된 이후, 소년은 이 섬 속에 갇혀버렸다. 아무도 학서에게 그런 이야기를 해주는 사람이 없었다. 지리부도를 보고 혼자서 이렇게 저렇게 상상을 할 뿐.

학서는 파도 소리에 잠이 깨고 파도 소리에 잠이 들었다. 엄마가 떠나던 날, 그날도 새벽 할머니 코 고는 소리에 잠이 깨어났다. 밀물로 바닷물이 쓸려 내려간 모래사장에서는 게들이 모래층을 뚫고 나오기 위해 싹싹거리는 소리와 비릿한 비린내가 소년의 코를 간지럽혔다. 텅빈 모래 사장 위로 왜가리 떼들이 파도 소리에 맞춰 느린 날개짓을 하며 바다를 향해 날아가고 있다. 바다 위에는 고기잡이 배 한척이 파도에 흔들리며 잠에 빠져있었다. 학서가 별장집 옆 큰 바위를 향해 모래에 푹푹 빠지는 스레빠를 질질 끌며 걸음을 옮기고 있을 때, 멀리 별장집에서 대문 열리는 소리, 그리고 남녀가 나란히 부둣가로 향하는 모습이 눈에 띄었다.학서는 무심코 눈길을 한번 던지고는 무심히 바위에 걸터앉았다. 그리고는 해가 떠오르기를 기다리며 파도 소리에 귀를 귀울였다. 곧 해가 떠오를 듯 맞은 편 지평선 위는 불이 난 듯 붉었다.

그 때였다. 별장집에서 마치 해오름을 축하하기라도 하듯, 선명한 피아노 선율이 흘러나오기 시작했다. 학서는 얼른 그 선율을 듣기 위해 더 가까이 별장집으로 갔다. 선율은 마치 파도가 춤추는 듯, 파도 위의 무수한 빛들이 사방으로 흩어지듯 새벽 공기를 뚫고 나왔다. 학서는 그 피아노 소리에 그만 가슴이 먹먹했다. 학서가 보고 있는 아침 해돋이와 파도에 흔들리는 빛의 소리를 그대로 재현한 듯한 그 선율에 완전히 혼을 빼앗겼다. 학서는 지금껏 그런 아름다운 음악을 들은 적이 없었다. 소년은 자기도 모르게 별장집으로 달려갔다. 이미 피아노 소리는 그쳤다. 별장집 철문 사이로 빨강 원피스를 입은 소녀가 마루를 가로질러 방으로 들어갔다. 소년은 마치 꿈의 한 장면을 보는 듯, 그 자리에서 움직일 수가 없었다. 찰라적으로 세상이 정지되는 느낌이었다. 소녀의 길게 늘어뜨린 빨간 원피스와 창백할 정도의 하얀 피부는 마치 이 세상의 소녀가 아닌 듯 슬로우 모션으로 학서의 눈에 각인되었다. 그날 이후 어머니는 사라졌다. 엄마의 행방을 묻는 학서의 물음에 할머니의 대답은 언제나 '쬑일 년'이었다. 그리고 연이은 아버지의 죽음. 학서는 그날 들었던 그 선명한 선율과 소녀의 잔상, 엄마, 아빠의 이미지가 뒤엉킨 꿈을 반복적으로 꾸었다. 소년은 그날을 회상할 때마다 뒤엉킨 의식과 원인모를 슬픔에 잠긴다. 빨간 드레스를 입은 소녀의 피아노 소리를 떠올리면 그날 엄마의 가출이 동시적으로 떠올랐다.

미움과 갈등 속에서도 김혜정이 자주 연주한다는 라벨 음악과 바그너 음악의 광팬이 되었다. 괴로운 것은 그녀의 연주회가 있을 때마다 학서에게 취재 명령이 떨어지는 것이었다. 정치 문화부 기사를 같이 쓰고 있었지만, 특히 신문사내에서 음악 광팬이라는 소문이 퍼지면서 음악 연주회, 특히 욕지도 출신 김혜정 연주회 취재는 학서에게 당연한 것이 되었다. 이런 저런 인연으로 얽혔지만, 김혜정과 가까이 만나지 못한 것은 역시 엄마라는 존재였다. 나이가 먹어 소년적 감상으로 무작정 엄마를 미워할 수만은 없다고 생각은 하지만 역시 엄마라는 존재는 김혜정과의 만남을 유보시키게 했다. 여러 번의 연주회 기사를 특집으로 다루었지만, 연주회가 끝나면 달려 나오다시피 그 연주회장을 떠났기 때문에 김혜정 쪽에서는 얼굴 없는 기자로 만남 요청을 몇 번 해왔지만, 만나기가 두려웠다. 그녀를 만나면 자신의 그동안의 인내가 허물어질 것 같은 두려움. 한편으로는 엄마가 아닌 김혜정을 만나고 싶은 욕망에 시달렸다. 엄마에 대한 원망과 그리움이 뒤섞여, 엄마를 빼앗아간 김혜정을 짓밟고 싶다는 생각이 든 적도 있었다. 그런 두려움 때문에 인터뷰를 할 수 없었다. 김혜정과 학서는 언제나 숨바꼭질이었다. 김혜정은 스토커처럼 학서를 쫓아다니고 학서는 도망을 다니는 꼴이었다. 대부분 인터뷰를 전화, 아니면 메일로 대신했다. 그것이 반복되던 중, 어느 날 김혜정 쪽에서는 그리움에 지친 사람처럼 편지를 보내왔다. 학서는 그 편지를 받고 왜 눈물이 그렇게 흘렀는지 자신도 이해할 수 없을 정도였다. 어머니에 대한 그리움이 혜정에 대한 그리움으로 전이된 것인가.

그것을 운명이라 해야 할까. 독일의 바이마르에 리스트의 생가와 그의 일생을 다루는 특집 취재차 출장 중이었다. 리스트의 자유분방한 삶으로 인해 그의 음악에 공감을 느끼지 못하다, 리스트에 빠져든 것은 말년에 작곡한 〈나폴리와 베네치아〉를 들은 이후였다. 그 이전과는 다른 차분하고 깨끗한 이미지의 음악이었다. 쇼팽의 야상곡을 떠올리게 하는 이 음악을 듣고 있으면 자신에 대한 반성이 저절로 되는 음악이었다. 리스트와 그의 사위인 바그너의 삶과 음악을 이해하기 위해서는 동양적 사고의 틀 안에서는 이해 불가능하고, 단지 음악을 그 자체로 이해할 수밖에 없다는 결론을 내린 이후는 자유롭게 그들의 음악에 빠져들어 갔다.

바이마르는 공원이 마을의 주인공 같은 마을이다. 공원 입구에 있는 괴테가 말년을 보냈다는 저택과 공원의 끝자락에 자리잡은 리스트의 생가는 괴테의 저택과 대조를 이루는 평범한 주택이었다. 허풍쟁이에다 바람장이인 리스트의 집이라고 하기에는 내실의 가구나 소품들도 극히 소략했다. 오히려 그 집이 주는 소박한 이미지는 '나폴리와 베네치아'의 정리되고 차분한 이미지였다. 바이마르 공원에서 풍기는 차분하면서도 다른 세계를 향한 노스탈쟈를 꿈꾸게 하는 이미지. 100년의 시공간을 훌쩍 뛰어넘어 리스트가 산책했던 바이마르 공원을 산책하다 보면 〈나폴리와 베네치아〉의 선율이 머리속에 반복해서 떠올랐다.

함께 바이바르 공원을 산책하던 독일 특파원이 김혜정의 이야기를 꺼냈다. 김혜정이 파리 에펠탑 아래 공원에서 야외 연주회를 한다는 것이다. 순간 김혜정의 이야기가 바이마르 공원에서 들으니, 김혜정조차 리스트가 살았던 때의 사람처럼 아득하게 느껴졌다. 순간 멍하면서 다시 얼굴이 화끈해졌다. 여기서 부담없이 만날 수 있겠다는 가벼운 열정이 일어났다. 다음 날 파리로 가기로 하고 호텔로 돌아왔을 때, 학서 자신이 혜정이와의 만남에 무척 들떠있음에 스스로도 놀랄정도였다. 한편 두려워하고 있었다. 친 엄마는 아니더라도 오누이 간이 아닌가. 그리고 3살이나 연상이었다. 자신의 엄마를 뺏은 여자가 아닌가.

그동안 그녀의 몇 번의 만남 요청에 거절은 당연한 것이었고, 그동안의 그녀에 대한 관심은 오직 그녀의 음악 때문이라 생각해왔다. 그녀의 피아노 연주는 독특한 세계를 이루는 것이었다. 라벨의 음악을 통해서 보여주는 내면을 파고드는 피아노 연주는 독보적인 존재였다. 그리고 그녀는 빨간 드레스만을 입는 것으로 유명했다. 검은 건반 위의 요정이었다.에펠탑 아래 잔디밭에서 열린 연주회, 연주회의 청중은 자유로운 복장에 자유로운 포즈, 그야말로 제멋대로였다. 그러나 연주회를 듣는 태도만은 진중했다. 예의 그 빨간 드레스였다. 그렇게 날짜를 고른 것일까요. 라벨의 볼레로를 첫 곡으로 연주가 시작, 서쪽 숲 속에서 불붙은 듯한 황혼이 마치 연주회장으로 행진하는 것 같았다. 그리고 곧 이어서 베토벤의 월광이었다. 아직 이른 시간이라 달이 보이지 않음에도 마치 달이 보이는 듯한 환상 속에 빠지게 했다. 외국이라는 이그조틱한 분위기 때문이었을까. 지금까지 그녀를 생각하면 얼굴보다 드레스만 먼저 떠오르던 그 환상을 뚫고, 그녀의 얼굴과 그녀의 피아노 칠 때의 흐느끼듯 마치 온 세상을 빨아들이 듯하는 그녀의 희다 못해 창백한 얼굴이 그의 가슴을 파고들었다. 학서는 그동안 서울에서의 그 짓눌렸던 감정이 순식간에 폭발할 듯 터져오는 자신을 느꼈다. 그런데 왜 그 순간 샤갈의 그림, 〈겨울의 신혼부부〉가 떠올랐을까? 결혼을 생각하면, 샤갈의 〈겨울의 신혼부부〉가 생각나고, 모차르트의 클라리넷 협주곡이 생각났다. 그리고 그 옆에 새벽을 알릴 한 마리의 수탉으로 충분했다. 그의 머리 속에 떠오르는 환상은 그를 하늘로 날아 올렸고, 혜정에게 한없는 키스를 퍼부었다. 그는 더 이상 그 자리를 버틸 자신이 없었다. 특파원에게 파리에 오면 들리는 몽마르뜨 언덕에 있는 와인집에서 기다리겠다며 먼저 자리를 떴다.

택시를 잡아 몽마르트 언덕에 있는 '당신을 사랑해요'라는 뜻의 저땜므라는 와인집에 자리를 잡았다. 이 와인집은 한 때 유명한 화가들이 모여들어 전성기를 보냈던 그 때를 떠올리며 찾는 집으로 유명한 집이다. 그 당시 잘 나간다는 화가들이 마신 와인잔을 돌리며 피카소잔, 마티스잔 하며 마치 자신들이 피카소나 마티스가 된 양 과거의 향수에 젖을 수 있는 분위기의 곳이다. 와인 값은 다른 데에 비해 비싼편이다. 그러나 여기저기 벽에 그려진 때묻은 그림이 그 집의 오랜 전통을 과시하듯 이 집에 오는 사람의 시선을 끌어당겼다. 그 그림들은 한 때 유명한 화가들의 무명 시절의 화가들의 습작으로, 그 당시의 이 와인집 사장의 교제의 폭넓음을 보여주는 그림들이었다. 그 그림 중에는 피카소의 〈독서하는 자클린〉이나 모딜리아니의 누드화도 있었다. 이 집이 더욱 유명한 것은 한 벽에 수십 년 동안 이어 온 홀의 한 벽을 차지하고 있는 흰백이었다. 흰 백지는 3년에 한 번씩 바뀌지만, 3년이 지난 낙서장은 보관했다가 책으로 출판하기도 한다. 그 낙서장은 가끔씩 이곳을 들리는 예술인들의 소식란이기도 했지만, 가끔은 헤어진 애인의 그리움의 장이 되기도 했다. 몇 년 만에 왔다 과거 애인의 편지를 발견하기도 하고, 또 다시 그 낙서의 장으로 간간히 연인들이 다시 이어지기도 한단다. 몇 년 만의 해후도 이루어지기도 하는 곳이다. 또 그 와인집에 붙은 앙징맞을 정도의 작은 정원이 일품이다. 입구부터 만개한 디기털리스가 학서를 맞이한다. 학서는 유럽 출장을 오면 꼭 이 곳을 들린다. 마치 자신에게 누군가 남기고 간 연서라도 찾으려는 것처럼. 아니, 학서는 누군가 자신에게 무언가를 이곳에 남길 것 같다. 그래서 한 번 20대 후반에 출장을 다녀간 후 꼭 이곳을 들린다.

테이블 몇 군데는 이미 다른 사람이 다 자리를 차지했고, 학서는 제일 안쪽, 키스 반 둥겐의 푸른 눈의 여인을 그린 습작이 걸려 있는 벽으로 가서 4명의 테이블이 있는 자리에 앉는다. 이 자리는 키스 반 둥겐의 여인이 뚫어지듯 쳐다봐 선호하는 자리는 아니다. 그러나 이 자리 외에는 빈자리가 없다. 그림의 여인이 뚫어져라 바라본다. 입술 위에 몇몇 또다른 여인의 키스 자국이 묻혀있다. 여기 와인은 대체로 하우스 와인이고, 아주 값비싼 프랑스 와인도 있다. 이 집의 하우스 와인도 상당히 품위가 있다. 프랑스 그랑크리 최고급까지는 아니라도 2급 정도의 와인이다. 주로 프로방스 농장에서 생산한 카베르노 프랑과 메를로가 섞인 와인으로 달콤한 검은 과일이나 구운 빵, 아로마 냄새가 나는 향이 느껴지는 와인이다. 학서는 이 집을 올 때마다 가정의 따뜻함이 그리워진다. 그리고 누군가가 그리워진다. 처음에는 그 그리움이 어머니에 대한 그리움으로 왔다가 다시 다른 누군가로 향해 있다. 그러나 그 누군가가 막연했었는데, 혜정의 에펠탑에의 연주가 마음에 확신을 주었다. 학서는 하우스 와인을 올리브, 치즈와 함께 시켰다. 아직도 연주회의 그 열정이 가슴을 울리고 있었다. 혜정은 학서에게 뮤즈의 여신이었다. 12세 때 욕지도의 별장에서 그녀의 연주는 학서의 혼을 빼앗았다. 이 세상에 뱃고동 소리와 파도 소리 외에도 들은 적이 없는 학서는 음악의 정령에게 사로잡혔다. 그 때부터 세상의 모든 소리는 음악이 되었다. 희열과 함께 삶의 의욕이 일어났다.

시간이 얼마나 흘렀는지, 학서는 몇 잔의 와인을 더 시켜 마시고 욕지도를 생각했다. 욕지도를 떠난 이후 엄마, 아버지를 떠올리면 욕지도는 가고 싶지도, 더 이상 생각하고 싶지도 않았다. 그러나 그 욕지도에서 들은 황홀한 연주를 생각하면 욕지도가 떠오르고 다시 한 번 그 황홀한 연주를 욕지도에서 한 번 더 듣고 싶다는 간절한 소망이 되어 줄곧 그를 괴롭혔다. 그럴 때마다 그는 라벨과 바그너와 드뷔시 곡을 열심히 들었다. 그러나 김혜정의 욕지도에서의 어릴 때의 그 황홀함을 안겨주지 못했다. 음악을 들을 때마다 김혜정이 생각나고, 김혜정을 생각하면 욕지도가 생각났다. 김혜정은 욕지도였고 고향이었다. 그녀의 피아노 소리와 함께 들려오는 파도 소리와 뱃고동 소리. 멀리 떨어져 욕지도를 생각하니, 더욱 더 욕지도가 가고 싶었다. 학서는 출장을 끝내고 돌아가면 욕지도를 꼭 한 번 가야겠다고 생각을 해본다. 와인을 마시면서 이런저런 상념에 갇혀있었다.

여섯 잔째 와인을 시켜 마시려는 찰나, 후배 특파원 기자가 도착했다. 그때 이미 학서는 술에 취해 있었다. 이 집에 들릴 때마다 학서는 과음을 하게 된다. 특파원이 들어설 때 누가 오는 기미는 느꼈지만, 설마 김혜정이라고는 생각 못했다. 마치 납치라도 한 듯, 빨간 드레스 그대로의 모습으로 그 자리, 학서 앞에 섰다. 학서는 마치 환영이라도 보는 듯, 그녀를 올려다보았다. 그녀는 얼마나 달려왔는지 빨간 드레스 안의 가슴이 터질 듯 피어오르다 다시 사라지기를 반복하며 숨을 가빠르게 쉬고 있었다. 그는 후배 특파원 기자를 한번 바라보고, 다시 그녀를 보았다.

"이럴 때는 서로 이렇게 포옹하는 거, 아니에요?"

특파원 후배가 학서를 일으켜 세워 그녀 앞에 세웠다. 갑자기 일어나자 현기증과 함께 무방비 상태의 그녀 앞에 꼬꾸라졌다. 그녀와 학서는 한 덩어리가 되어 바닥에 쓰러졌다. 그녀의 향기에 취해 의식이 아득해졌다. 주위 프랑스 사람들의 왁자한 웃음소리와 박수 소리가 꿈 속처럼 아득하게 들려왔다. 학서는 멀어지는 의식을 느끼며 이렇게 죽었으면 좋겠다는 생각이 들었다. 후배 특파원의 도움을 받아 김혜정도, 학서도 일어섰지만, 둘 다 한 마디도 말을 할 수 없었다. 혜정과 눈이 마주쳤을 때 혜정의 눈에 눈물이 맺힌 것 같았다. 그래도 학서는 아무 말을 할 수 없었다.

"아니, 왜 갑자기 벙어리가……. 김혜정씨 학서 만나고 싶다고 그러지 않았어요?"

그 말에도 혜정은 의자에 앉으며 대답 대신 담배를 꺼내어 물었다. 어색한 순간이 길어지자, 후배는 잠시 화장실을 간다며 나가버렸다. 나간 후에도 학서와 혜정은 서로 술을 따라주기만 할 뿐 말을 할 수 없었다. 둘은 후배가 나간 문을 열심히 바라보았다. 그러기를 한참, 시간이 꽤 흘렀다. 후배는 돌아오지 않았다. 학서는 상념 속으로 빠져드는 자신을 다잡으며 말을 해야 한다고 생각했다.

"욕지도……."

'욕지도'라는 단어 외에는 어떤 말도 할 수 없었다. 학서의 가슴 한가운데서 벅차 오르는 회한이 말이 되어 나오지 않았다. 그럴 때마다 혜정은 담배를 피워 물었다. 학서는 그녀가 담배를 피우는 순간, 그녀도 말을 할 수 없음을. 그녀의 손 떨림을 통해서 알 수 있었다. 말은 지금 자신의 심정을 담아내지 못할 듯, 한참 그렇게 와인잔만을 기울였다. 그 때 그는 문득 생각이 들었다. 혜정과 자신은 대화 상대가 아니라 허공의 공기와 같은 존재, 서로의 존재를 담아 머금고 있는 존재라는 생각이 들었다.

몇몇 테이블 사람들은 돌아가고 두 테이블 정도의 손님만 남았다. 혜정은 자신이 가지고 온 여행용 가죽백을 뒤지며 와인 한 병을 꺼냈다. 그리고는 그 집 지배인을 불렀고, 혜정은 영어로 지배인에게 이 집의 최고의 와인잔을 가져올 것이며, 여기 있는 모든 사람에게 이 와인을 조금씩 나누고 싶다고 했다. 그러자 바로 주인은 와인병을 치켜들었다. 프랑스어로

"축배! 축배! 로마네 꽁띠!"

지배인의 흥분된 소리에 이어 그 집의 손님들이 일제히 일어나 터져 나갈 듯한 함성을 질렀다. 손벽을 치고, 몇몇은 혜정에게, 혹은 학서에게 다가와 끌어안기도 하고 이마에 키스를 하였다. 그러자 혜정은 영어로 학서와 자신은 같은 고향 사람이면서, 자신은 피아니스트며, 학서는 기자면서 자신의 훌륭한 피아노 해설자지만, 그런데 10년 이상 그런 관계를 유지하면서, 오늘 처음 만난 것이라고 학서를 소개했다. 미국 유학생활 덕분인지 우아한 영어였다. 또 함성이 울려퍼졌다. 누군가가 영어로 키스 키스 하고 소리 질렀다. 학서는 혜정은 자신의 아우라라고 속으로 응얼거렸다.

이 사람들이 흥분하는 것은 당연했다. 혜정이 꺼낸 와인은 로마네 꽁띠였다. 이 와인은 연간 오백 병밖에 팔지 않는 한정 판매로서 한 병에 거의 몇백만 원 하는 비싼 와인이었다. 서민들은 평생 마셔보지 못하는 와인이었다. 혜정이 오늘 연주회를 위해 공항 면세점에서 특별 주문을 해 그것을 여기 가져온 것이라고 했다. 그 비싼 와인을 따기로, 그것도 이 저탬므의 손님 모두를 위해 조금씩 나눠주겠다고 하니, 그들은 평생의 단 한 번! 단 한 번!을 연호하며 혜정을 헹가래치기 위해 그 중 덩치 큰 턱수염을 기른 할아버지가 혜정을 안아들었다. 학서도 약간 어리둥절했다. 다혈질의 프랑스인은 혜정의 아름다움에 취했고, 학서와 혜정의 뜻밖의 만남에 취했고, 로마네 꽁띠에 취했다. 밤새 두 사람의 만남을 축하하겠다고 한다. 자신들이 돌아가면서 와인을 사겠다고. 주인도 와인잔 세트비를 안 받겠다고. 최고의 날! 최고의 날! 연호가 이어졌다. 학서는 로마네 꽁티를 들고 있는 혜정을 안아들었다. 혜정의 몸은 가벼운 물건을 드는 듯 사뿐했다. 모두 다시 환호성을 질렀다. 학서는 기분에 도취, 혜정을 내리고 러브 샷을 한 채로 깊은 키스를 했다. 또다시 환호성!

지배인이 와인잔을 가져왔다. 혜정이 와인잔에 조금씩 와인을 따랐다. 다시 함성이 울렸다. 누가 '두 사람의 사랑을 위하여'라고 영어로 말했다. 그러자 다들, 와아 하며 브라보를 외치며 일제히 와인를 음미했다. 학서 역시 처음에 한 모금 입속을 적시고 다시 한 모금 입에 넣었다. 그리고 혜정과 또 다시 러브 샷으로 마지막 한 모금을 마셨다. 바이올렛 향기와 벚꽃의 향기가 멀리서 은은하게 울려 나오듯, 그렇게 깊숙히 부드러운 맛이 입안 가득히 스며들었다. 그리고 잔잔히 멀리에서 파도가 밀려왔다. 학서는 혜정을 깊이 포옹했다. 박수 소리가 요란하게 울려 퍼졌다. 최고의 그날은 그렇게 왔다. 프랑스에서 맞이한 최고의 날, 학서와 혜정의 향연이었다. 둘은 저탬므를 나와 택시를 탔다. 택시 속에서의 혜정의 열렬한 포옹과 소나기 키스, 학서는 꽤 취한 혼수상태에서 꿈을 꾸는 듯, 정신을 차릴 수가 없었다. 둘만의 결혼식은 그렇게 치러졌다.

혜정의 바쁜 연주 스케줄과 학서의 출장 스케줄을 피해 둘은 도둑처럼 만났다. 혜정의 아파트나, 학서의 오피스텔에서만 만났다. 학서 해외 출장 스케줄에 맞춰 그 곳 연주회 일정을 잡아 따로 떠나 호텔에서 만나기도 했다. 혜정이 아람의 생존을 알린 것은 아람이 11세였다. 그것도 학서가 프랑크푸르트 특파원 발령을 받은 바로 전 날이었다. 학서는 딸 애가 있었다는 사실도 모르고 있었다. 학서에겐 아람은 하늘이 베풀어진 가장 큰 선물이었다. 처음 혜정이 아람을 데리고 와 학서의 딸이라고 했을 때의 경악과 그리고 이어지는 그 황홀감은 파리의 와인 점 저탬므에서의 혜정과의 만남 그 이상이었다. 혜정이도 어머니라는 존재 때문에 학서와의 둘 사이를 공개적으로 알린다는 것에 심리적 부담을 가지고 있었다. 어머니가 돌아가신 지 2년이 지나서야 두 사람은 정식 가족이 될 수 있었다.

혜정은 학서가 유럽 특파원으로 간다는 것을 알고 아람을 데리고 와 처음으로 부녀간에 상봉을 하게 되었다. 그동안 친정에서 줄곧 아람을 길렀고 혜정이 연주회 일정이 없을 때는 친정에 가서 아람이와 함께 지냈다고 한다. 혜정은 아람을 정상적으로 교육시키기 위해서는 한국에서는 불가능하다고 생각한 것 같았다. 처음에는 당황스럽고, 어찌 할 바를 몰랐지만, 학서는 받아들일 수밖에 없었다. 학서는 아람을 데리고 프랑크푸르트로 향했다. 혜정에게 풀지 못했던 열정은 아람에게 모두 쏟았다. 아람은 지엄마를 닮았는지 음의 천재였다. 벌써 그 때도 쇼팽을 연주하고 있었다. 혜정은 가끔 프랑크푸르트로 아람을 찾아왔다. 그러나 자신의 연주 스케줄 때문에 잠시였다. 학서는 혜정에게 쏟지 못했던 열정을 아람에게 온전히 쏟을 수 있었다. 프랑크푸르트의 생활은 힘들었지만, 어머니의 가출 후 가족이 해체된 이후 처음으로 가족이 함께 한다는 기쁨을 아람을 통해서 얻을 수 있었다. 가끔 혜정의 합류로 진정한 가정의 맛, 엄마, 아빠가 된다는 것의 기쁨을 누릴 기회도 있었다.

어머니는 가족을 해체한 근본이기도 하지만, 혜정과 아람을 만나게 한 동인이기도 했다. 어머니에 대한 원망이 서서히 눈 녹듯이 녹기 시작했다. 그러나 어머니는 많은 훼손된 이미지로 인해 더 이상 그리움의 대상은 아니었다. 그러나 돌아올 때는 아람의 천재성을 독일에서 키워야 한다고 주위의 성화에 두고 왔었다. 정말 아람은 세계의 몇 안 되는 라벨 연주자이며, 쇼팽 전공자가 되었다. 그리고 휴가 때마다 아람을 만나는 기쁨만이 학서의 유일한 기쁨이 되었다.

그리고 30년의 세월! 정말 바쁜 세월이었다. 기자 생활 틈틈이 써낸 클래식 감상책은 삶의 윤활유가 되었다. 그것으로 인한 취재, 그 사이사이 아람과의 만남. 욕지도의 출신인 자신이 더 이상 행복할 수는 없었다. 아람은 왜, 엄마 아빠가 같이 살지 않는가에 대한 질문을 한 적이 없었다. 유럽에서 자란 영향이기도 했다. 퇴직 후, 학서의 마지막 꿈은 욕지도로 돌아가는 것이지만, 아람이와 함께 가는 것이다. 아니 아람이와 욕지도에서 같이 살지 않더라도 아람이에게 고향을 찾아주는 꿈, 욕지도에의 귀환, 그것은 학서에겐 집 나간 엄마와의 화해이기도 했다. 이제 학서 나이가 모든 걸 용서할 수 있는 나이이기도 했다. 엄마로 인해 이을 수 없었던 혜정과의 사랑도 이제는 용서가 될 시기가 되었다. 용서할 수 없었던 엄마, 그 때문에 욕지도가 싫었고 돌아오고 싶지 않았다. 그러나 이제는 모든 걸 되찾고 싶었다.

학서는 아람을 쳐다봤다. 이번 연주곡은 드뷔시의 〈기쁨의 섬〉이었다. 홍조를 띠고 있는 딸의 얼굴이 불처럼 타오르고 있었다. 하얀 드레스 위에 핀 꽃, 아람은 불꽃이었다. 피아노 건반 위에서 자기를 사르는 불꽃. 불빛에 비친 물결, 소나무 사이에 걸쳐있는 달, 연주 회장 주위를 둘러싸고 있는 소나무, 숨결을 죽이고 피아노 연주에 귀를 기울이고 있는 청중들이 일체가 되어 하늘을 날고 있었다.

곡이 끝나자 뒷좌석 쪽에서 기립, 힘차게 박수치는 빨간 드레스, 청중들은 일제히 고개를 뒤쪽으로 향하였다. 학서 역시 뒤쪽을 바라보았다. 모든 청중이 일제히 일어나 혜정을 향해 박수를 보내었다. 그때서야 청명한 하늘 위로 휘영청 달이 떠올랐다.

불

정 소 성

서울대 문리대 불문과 졸업, 동 석박사과정 수료,
프랑스 그르노블대학교 문학박사(생텍쥐페리의 자연관연구).
단편집 『아테네가는 배』, 『뜨거운 강』, 『벼랑에 매달린 사내』, 『혼혈의 땅』,
『타인의 시선』, 장편 『여자의 성』, 『안개내리는 강』, 『악령의 집』, 『대동여지도』,
『태양인』, 『두 아내』, 『바람의 여인』 등. 현대문학 추천으로 등단,
동인문학상, 윤동주문학상, 월탄문학상, 박영준문학상 등 수상.

불

나에게 월악산은 높기도 하지만 신비스럽기도 하다.

나에게 월악산은 침묵의 산이고 동시에 먼먼 회상의 산이기도 하다.

고려 의종 때 나의 조상들은 이곳 제천군 월악산 남쪽 사면의 작은 마을로 흘러들었다는 기록이 있다. 그러자니 약 800년의 세월이 흘렀다.

그 사이 수많은 나의 조상들이 이곳에서 태어나 죽어갔고, 여기 산록에 묻혔다. 그러나 내가 알 수 있는 조상의 무덤은 고작 열 기가 되지 않는다.

주봉인 국사봉에 오르면 남쪽으로 주흘산, 북쪽으로 충주호가 보이고 저 멀리 아득한 시야 속에 문수봉과 하설산의 모습이 잡힌다. 다들 해발 천 미터 이상의 고산들이다.

월악산 사람들은 내가 태어나 자란 마을을 연(煙)골이라고 부른다. 여기서 연 자는 연기라는 뜻이지만, 구체적으로는 담배연기를 의미한다.

우리 마을은 대대로 담배를 재배하여 먹고 살아가기 때문이다. 마을에 언제나 몽롱하게 담배연기가 서려있다는 뜻이다

담배를 많이 재배한다 해서 마을에 연기가 서리지는 않을 것이다. 굳이 그 근원을 살피자면 아무래도 잎담배를 건조하는 건조실의 굴뚝에서 뿜어지는 연기를 생각해볼 수 있다.

나는 어제 고향 먼 친척 한 분의 부음을 받았다. 나에게는 아재뻘 되는 분인데 인교라는 사람이다. 나이가 나보다 어려 나를 언제나 형으로 따랐으나 촌수로 봐서는 아재뻘이었다.

그분은 자신보다 자신의 종형되는 분이 고향에 끔직한 사건을 일으켜 괜스레 이름이 나있었다. 그의 종형되는 인구라는 분은 제천군 전체를 놓고 보아도 누구도 따라오지 못하는 담배잎 건조기술자였었다.

그런데 그는 건조실 보일러 불에 타죽은 비극을 마을에 남겨놓았다. 그래서 누구도 연골마을 사람들은 그를 잊지 못한다.

그러나 흘러간 세월 탓으로 이분을 비롯한 모든 고향 사람들과 고향 마을 자체 그리고 고향의 담배 이야기도 사실은 내 의식에서 많이도 흐려져 있다.

나에게 인교의 부음을 전해준 사람도 겨우 알아보았다. 내가 그를 알아챈 것은 그의 독특한 이름 탓이다. 그의 이름은 월악이었다. 월악산의 정기를 받고 태어났다고 부모들이 그렇게 지었을 것이다.

그런데 얼핏 기억의 선상에 떠오르는 것이 있었다. 방금 부음을 전해준 월악이는 죽은 인교와는 한 어머니를 가졌지만, 그의 전화에서처럼 아재라고 부르는 것이다. 그 사연이 그 오랜 세월의 두께를 들치고 나의 기억의 선상에 떠올랐던 것이다.

월악의 어미 진천댁은 기구한 운명을 가진 여인이었다. 그러나 지금 생각해도 출중한 외모와 인품을 가지신 분이었다. 나는 그분에 대해 좋은 기억을 가지고 있는 셈이다.

고향이라 하지만 아버지를 비롯한 몇몇 어른들의 무덤 벌초하러 가는 것이 고작이다.

다만 우물터며 그 뒤에 자리잡은 과거 우리의 집, 즉 원래 서원이었던 70칸 기와집을 먼 눈으로 바라볼 뿐이다. 지금은 우리집도 아니다. 지금은 무슨 마을회관 같은 것으로 쓰이고 있다.

우리의 살림집은 서원 건물의 동편에 자리잡은 기와집이었다. 이 집은 지금은 헐려 버리고 없다.

나의 기억과 영혼 속에 남아있는 고향의 모습이란 왠지 모르게 동네 전체가 짙은 안개 같은 연기에 휩싸여 있고, 웬 놈의 벼락이 그렇게도 자주 치던지 온 하늘이 찢어져라 번쩍거리며 요동을 치던 모습이며, 그리고 동네와 앞산 사이에 자리잡은 못의 푸른 수면 하며, 못의 가장자리를 따라 수도 없이 많이 서있던 미류나무 등이다.

우리집에서 남쪽으로 건너다 보이던 샘터며, 샘터 가에 서있던 거대한 두 그루 미류나무등은 지금도 내 머리를 가득 메우고 있다.

인교가 죽었다고 하니 설핏 그의 사연 많았던 어머니가 생각되었다.

그러니까 진천댁은 인구의 작은어머니(叔母)가 된다. 인구의 아비는 형철이었고, 그에게는 형길이라는 아우가 있었는데 진천댁은 바로 그의 아내였다.

형철 인구 재식으로 이어지는 이집 가문은 이 동네에서는 알아주는 편이었다. 왜냐하면 이 집 남자들은 대를 이어가면서 담배 건조실을 소유하고 불을 땠는데, 엽연초조합의 건조담배잎 품질 판정에서 갑을 놓친 적이 없었기 때문이었다.

이 품질 판정은 담배잎의 조합 수매 가격을 결정하는 데 결정적인 역할을 했다.

이 집 남자들이 불을 때서 건조시킨 담배잎들은 다들 금잎이라고들 했다. 이 집 화부들의 손때를 묻힌 담배잎들은 마치 금박을 입힌 것처럼 알 수 없는 신비스러운 황금의 빛을 발했기 때문이었다.

인교는 인구의 종형제였다.

일정시대라 사람들이 먹고살 만한 직업이 별로 없었다. 농사를 짓는 일이 거의 유일한 방법이었다. 그러나 그것도 공출이다 뭐다 해서 다 거둬가고 별달리 먹고살 만한 방법이 없었다. 담배공출이 없었던 것은 아니지만 쌀만큼 심하지는 않았다.

사실 이 집안의 가계를 제대로 이야기하려면 한 대를 더 올라가야 한다. 그러니까 인구와 인교로부터 상향하여 2대 즉 그의 조부까지 올라가야 한다. 인교의 조부는 만식이라는 분인데 물론 오래 전에 타계하여 여기 연골 마을 뒷산에 묻혀 있다.

만식이라는 분이 아들 형제와 딸 셋을 두었다. 그 아들들이 형철이와 형길이었다.

그런데 만식에게는 만호라는 동생이 있었다. 그의 아들은 형조라고 불렸다.

진천댁은 원래 형조와 결혼하여 이 마을로 들어온 것이었다.

그런데 기이하게도 형조가 당시 전국을 휩쓸던 천형병에 걸려 정상인의 기능을 잃자 그는 어디론가 소리없이 가출해버렸다.

한 때 진천댁도 그 병에 감염된 것이 아닌가 하고 동네사람들은 의구심을 가졌으나 남편 가출 3년이 지나도 그녀에게는 아무런 병증도 나타나지 않았다.

형조의 가출 후 일 년이 좀 못 되어 진천댁은 딸을 분만했다.

딸 아이 점순이가 자라 다섯 살이 되었을 때, 아비의 사망 소식이 전해졌다. 남해안의 어떤 섬에서 병세가 심해져 죽었다는 것이었다.

형조의 죽음 후, 형조의 아비 만호와 형인 만식 형제 사이에 갈등이 야기된 것이다.

형조의 아비 만호는 손이 끊어지게 되었으니, 형님의 두 아들 중 한 녀석을 자기에게 양자를 달라는 것이었고, 만식은 그렇게는 할 수 없다는 것이었다.

만식이가 동생에게 그 이유를 소상히 밝힌 것은 아니었지만, 아무래도 죽은 조카 형조의 풍창을 염두에 둔 듯했다.

"형님은 내가 대가 끊어지는 꼴을 보고 싶으신가요?"

"자네가 무슨 소리를 해도 우리 형길이를 자네 집에 보낼 수 없네."

"형조가 악질로 죽은 거 때문인가요?"

"……"

만호가 무슨 소리를 해도 만식은 말은 점잖게 하면서도 막상 동생의 요구에는 꿈쩍을 하지 않았다. 아우가 낫과 양잿물을 들고 형 집을 찾아와 죽는다고 마당에서 나뒹굴었으나 형은 내다보지도 않았다.

그러자 형조의 아비 만호가 농약을 먹고 자살을 했고, 그제서야 만식은 둘째 아들 형길을 동생의 양아들로 보내어 대를 잇게 했다.

작은 아버지 집에 양아들로 들어온 형길은 양아버지의 자살과 사촌형의 천형병으로 인한 저주의 마귀를 쫓는다면서 동네 무당 연백할미를 불러 굿을 크게 하고서는 뒷골에 있던 집을 태워 허물어버렸다. 그리고 그 자리에 새집을 지었다.

말이 나왔으니 하는 말이지만 무당할미의 손자 연홍은 오밤중에 동네에 침입한 괴한에 의해 숨통이 끊어져 죽었다. 그러니까 우리 마을도 꽤나 비극을 간직한 동네였다. 그런데도 지금 왜 이렇게 마을 전체가 아름답게 추억되는 것일까. 그것은 아름답게 추억될 뿐만 아니라 가슴이 저릴 정도로 절실히 회상된다.

형길은 자신의 사촌 형수되는 진천댁을 뒷골 월악산으로 이어지는 언덕바지에 새 집을 지어 분가를 시켰다.

그러나 진천댁은 기이하게도 무슨 특별난 행위를 한 것도 아닌데 동네 사람들의 인구에 회자했고, 주목을 끌었다.

그녀는 농사짓기, 길쌈하기, 김매기, 땔감 나무하기, 풀베기 등 도무지 못하는 일이 없었다.

그런가 하면 미소 띤 얼굴에 흰 이빨을 들어내고 살짝 웃기도 했다. 가슴이 커서 적삼이 붕긋 부풀어 올라 조금 민망하기도 했다.

그러나 뭐니 뭐니 해도 그녀의 장기는 담배잎 갈라 엮기였다.

처음 수확되어진 담배잎은 하나 하나 잎과 줄기를 갈라야 한다. 줄기가 떼어져 나간 잎을 건조실 옆 공터 창고에 산더미처럼 쌓아 놓으면. 그것을 다시금 하나 하나 느슨하게 짠 새끼줄에 엮어야 한다.

그 새끼줄을 건조실의 각목에다가 매다는 것이다. 그리고 건조실 바닥에 불을 때서 더운 공기를 파이프를 통해 불어넣는다.

잘 건조되었다 하여 일이 다 끝난 것이 아니다. 잘 건조된 담배잎은 황금빛으로 빛을 발한다. 그러나 그것은 취급하는 데 주의를 요한다. 너무 말라서 건드리면 바스라져 버리기 때문이다. 그것들을 살짝 거두어 공기가 통하는 곳에 내려놓아 며칠을 잘 두어야 습기를 머금어 촉촉해진다. 그제서야 그것을 수매장으로 싣고 가는 것이다.

담배잎을 나무에서 뜯어내어 옮기는 일과 담배잎 건조하기가 남정네들의 일이라면, 담배잎에서 줄기를 분리하는 작업과 그 잎들을 새끼줄에 끼우는 일은 동네 여자들의 일이다.

이 여자 몫의 일을 진천댁만큼 빠르고 완벽하게 하는 사람은 없었다.

이런 모든 이야기는 지금 생각하면 꿈결같은 것들이다. 오랜 세월의 장막 속으로 사라져 실체가 아른거리기 때문이다.

안마을 입구에 자리 잡고 있던 서원 한 구석방에서 서당을 경영하시던 나의 할아버지 하눌어른은 동네의 어른이었다. 동네 아이들이 한문 배우러 우리 집에 모여들기도 했지만, 낮시간대에는 동네의 어른들이 모여들어 한담을 하면서 시간을 때우던 집이기도 했다.

나는 사랑을 들랑거리면서 동네 어른들로부터 얻어 듣는 것이 많았다.

그런데 어떤 날 나는 할아버지 사랑에서 이런 소리가 들려오는 것을 들었다.

"형길이가 혼전인데 홀로 사는 사촌 형수를 취했다면 형사취수(兄死取嫂)가 되는데, 어떤가 만식이를 불러 의사를 떠보는 것이?"

"담배연기가 안개처럼 서려있어서 이웃동네에서는 우리 마을을 무릉도원이니 뭐니 하는데 젊은 것들이 인척지간에 분란을 지기네. 동네에서 쫓아내는 것이 어떨까? 아이들한테도 결코 좋은 본보기는 아니여……"

"총각과 홀로 사는 사촌 형수라……굳이 부정이라고는 할 수 없네 그려……사촌 형이 죽고 없으니 그들은 남남이 아닌가. 게다가 시아비까지 죽어 버리지 않았나. 전 남편이 그런 천형으로 세상과 하직을 했으니 한이 쌓였을 것일세…… 게다가 시아비까지 그렇게 더럽게 죽지 않았는가. 한이 쌓인 여자를 박대하면 벌을 받는 법이네. 아무래도 축동(逐洞)까지는 반대여."

"그래 그래 나도 동감이여. 그래도 연골마을에 뼈를 묻고 살겠다고 온 사람이 아닌가."

"옳은 말씀이여, 평소에 좀 보게나. 행실이 얼마나 바른가. 동네 어른들한테 인사도 잘하고. 그리고 일하는 것 보게나. 누가 감히 따르겠나……."

"그리고 그만한 미색이 어디 촌동네에 흔한가. 그리고 정숙하기 짝이 없고. 그분이 나타나면 동네가 환해진다니까. 다른 동네로 내쳐버리기는 아까와…… 자고로 우리 연골은 정 많은 곳이여……."

최종적으로 여러 사람들의 요청으로 나의 할아버지가 결론을 내렸다.

"그러면 이렇게 결론을 내리세. 만식이를 불러 어서 두 사람을 결혼을 시키세나. 그러면 흉흉한 소문이 가라앉을 게 아닌가."

"그럼 그럼……."

다들 찬성하는 눈치였다.

사실 죽은 형조네로 양자를 간 형길이가 사촌 형수와 배가 맞았다는 소문이 동네에 떠돌고 있었다. 밤늦게 뒷마을 언덕바지에 홀로 사는 진천댁네로 연기처럼 들어가는 형길을 보았다는 사람의 숫자가 하루하루 늘어나고 있었다. 어린 나의 귀에까지 그런 말이 들렸으니 그것은 공공연한 비밀이 되고 말았다. 그것을 동네 어른들이 공론화한 것이었다.

그후 형길과 진천댁은 혼인식을 올렸고, 그녀는 뒷골 외딴집에서 옛날 자신이 처음 시집왔던 새집으로 이사를 했다.

그녀는 결혼을 하고 아이를 분만했는데, 그 아이가 인교라는 이름을 지어 받았다. 부음의 주인공이다.

인교가 돐도 지나지 않아 형길이는 보국대에 끌려갔다. 일 년도 되지 않아 남양만 어디에서 죽었다는 전사통지가 왔다.

진천댁은 기구한 운명의 여자임에 틀림이 없었다.

꽃다운 나이에 이곳 연골마을에 시집을 왔으나 시아비가 자살을 하고, 첫 남편이 몹쓸병에 걸려 집 나가 죽고, 집안 사람인 둘째 남편도 보국대에 끌려가 죽었다. 여자의 운명이 더 이상 기구할 수가 있을까.

그후 진천댁은 어린 딸과 아들을 데리고 죽은 남편들이 남겨놓은 적은 전지를 부치면서 살았다. 그리고 동네에 일손이 달리면 품앗이 일도 마다하지 않았다.

특히 그녀는 담배잎에서 줄기 뽑는 일과 잎을 새끼줄에 엮는 일에는 이골이 나있어서 수시로 큰집인 형철이네로 호출되었다. 똑같은 일당을 주어도 그녀는 다른 사람들의 두 배 세 배 몫의 일을 했다.

재식이네의 건조실을 주로 운영하고 직접 화젓가락을 잡는 사람은 재식의 아비 인구였고, 여자들의 손을 빌리는 잔일을 주도하는 사람은 인구의 종숙모이기도 하고 친 아지매도 되는 진천댁이었다. .

나는 그래도 한문을 아는 서당 훈장의 손자라 하여 조금은 특별 대접을 받았다.

가만히 생각해보면 우리집은 역시 동네 여론의 최종 집합지 같은 구실을 했다면. 여론의 광장 즉 그것이 직접적으로 퍼지는 장소는 마을과 못 사이에 있는 우물터였다고 하는 것이 정확할 것 같다.

30호가 사는 이 동리에 우물이 한 군데뿐이었다면 믿지 않을지도 모르지만 사실이다. 우물을 흘러넘친 물은 동쪽으로 돌아 연골강을 이루고 이것이 달천으로 이어져 결국 남한강으로 흘러간다. 마을의 서쪽에는 음성 방향에서 오는 좁다란 지방도로가 있다.

장마철에는 이 산록과 계곡에 안개가 서리어 시야가 아주 흐려진다.

나는 동네 아이들을 데리고 이 안개밭을 쑤시고 다니면서 놀았다. 재식은 나의 직속 부하 구실을 했다. 할아버지만 동네의 어른이 아니었다. 나는 아이들 세계의 대장이었다.

재식의 아비가 인구였는데, 우리 할아버지의 서당에서 한문 공부를 좀 하였다. 그래서 나도 인구 아재를 부담없이 대하곤 하였다. 아재는 화부치고는 문자 속이 좀 있었다.

우리 동네는 가까운 친척들 이외에는 전부 아재나 아지매 아니면 조카 등으로 부른다.

동네의 서쪽 안마을 입구에서 뒷산 쪽으로 나앉아 있는 건조실은 이 동네의 생명줄이다. 일제강점기에 시골은 마를 대로 말라 사실 먹고 살 만한 것이 없었다.

진흙으로 지은 거대한 토방 속에 무수히 많은 각목이 쳐져 있었고 그 것들에다가 동네 아주머니들이 줄기를 제거한 담배잎들을 엮은 새끼줄을 매다는 것이다.

그리고 토방의 바닥과 벽면에는 거대한 쇠파이프들이 거미줄처럼 쳐져 있었다. 토방의 바닥에는 큰 아궁이가 있어서 거기에다가 진흙을 섞은 석탄이나 나무를 때는 것이다. 불꽃이 잘 일어나라고 풍구질을 하곤 했다.

만식이 때부터 이 집안은 다른 것은 몰라도 이 담배건조실만은 누구보다 기능적으로 그리고 튼튼하게 지어서 잘 운영하였다.

담배잎 건조 기술이 별 것 아닌 것 같았지만, 사실 별것도 아닌 미묘한 차이로 건조되어 나오는 담배잎의 색깔이 아주 달라지는 것이었다. 사람이란 원래 혓바닥 맛에 아주 민감한 편이지만, 그것에 못지않게 콧구멍 맛에도 뛰어난 감각이 있다.

하기야 개는 사람보다 약 천 배 가까운 후각의 예민함을 가지고 있다고 하지만 그래도 사람의 후각도 상당히 예민한 편이라고 한다.

만식이 일가가 가지고 있는 이 담배잎 건조기술의 노하우는 조금 전설적이다. 사람들은 원래 어떤 사건이나 사태를 조금씩 부풀려서 말하기를 좋아하는 버릇이 있다.

예를 들어서, 건조실에 석탄불을 때서 더운 공기를 불어넣는 아궁이에는 다른 동네라면 다들 시계를 걸어놓고 불 때는 시간을 조절하는데, 인구네는 절대로 시계를 설치하지 않는다고 소문이 나 있었다. 그 시간 조절을 감각으로 한다는 것이다. 그러면 일분일초도 틀리지 않고 불 때는 시간을 조절할 수 있다는 것이다.

"인구가 말이여, 시간을 정확히 알려고 시계를 걸어놨더니 말이여, 시계가 그 자리에서 녹아내려 버리더래. 그걸 세번이나 겪고서는 다시는 시계를 걸어놓지 않았다는게여."

"으음, 몸에 밴 거여. 그게 진짜 시계지…… 어디 똑딱 거리는 벽시계가 시곈가……"

"맞아, 사람 머리통 시계가 진짜 시계지, 그깐놈 쇳덩이 시계가 당할 거여!"

"그리구 말이여, 거기 건조실 벽 윗 부분에 유리벽 있잖여? 거기 왜 빨간 줄이 그어져 그것이 올라갔다 내려갔다 하는 거 뭐라더라 무슨 온도계라든가 하는 것 있잖여? 그것도 마찬가지여. 다른 동네에서는 화부가 그걸 보고 불을 때는데 인구네는 절대 그걸 설치하지 않는다는 계여. 머리통 온도계가 훨씬 더 정확하다는 거 아니여!"

"다른 집들은 화부가 아궁이 옆에서 자지를 않는데, 인구네는 스물네 시간 건조 기간 내내 잔다 이거 아니여. 그런걸 설치하지 않는 대신 그만큼 정성을 들이는 거여."

"으음 그래서 인구네 건조실 아궁이 옆에는 작은 초막이 있잖여!"

"인구네는 건조실 불 땔 때는 부정탄다고 마누라하고 그짓도 안한데여!"

"맞았어. 아무리 인구도 그걸 깜빡 잊고 마누라 배 위에 올라가는 날에는 영락없이 담배잎이 다 타버린다는 거여. 내가 인구 조둥이에서 직접 들었다고!"

"그런 걸 제 입으로 씨부릴 인구가 아닌데……"

"이 사람 왜 내 말을 못믿나? 내가 거짓부렁한다고! 어림없는 소리지 …… 나는 피 빠지고 난 후 거짓말 한번 안 한 인간이라고!"

담배 건조실 화부 만식이 죽어 뒷산 월악산에 묻혔고, 기술을 물려받아 아궁이에서 한평생을 산 형철이 죽어 월악산 아버지 무덤 밑에 묻혔다.

이제 이 아궁이 화젓가락을 물려받은 사람은 인구였다.

—인구가 찌면 썩은 잎만 아니면 전부 금 잎이 된다……

이런 소문이 여기 월악산 주변 산촌에는 널리 퍼져있었다.

그러나 요사이 와서는 인구에 대해 조금은 부정적인 소문이 없는 것도 아니었다. 나는 나의 똘만이라고 할 수 있는 재식이와 인교를 데리고 종횡무진 앞산과 뒷산, 그리고 서쪽과 동쪽에 들어선 담배산들을 돌아다니면서 놀았지만, 다른 한편으로 어른들이 우리 집으로 찾아와 할아버지와 쑤근거리는 소리도 주워 담았다.

그런데 재식이는 인교와 놀기를 싫어했다. 사실 나에게 고분고분하기로는 인교가 더했다. 인교는 언제나 누런 코를 인중에 흘리고 있어서 별명이 코찔찔이었다.

"형, 인교놈 하고는 놀지 마! 짜아식 누런 코를 빼물고 있어서 보기 싫어죽겠어!"

"짜아식, 우리 동네에 너하고 인교를 빼면 내 부하 될 만한 꼬맹이가 더 있냐?"

"누런 코도 보기 싫지만, 내보다 더 어린 게 나보고 지가 아재래! 아 내가 그런 병신꼬마보고 아재라고! 뒷마을에는 아이들이 여럿 있잖여!"

"내가 할배요 하는 핏덩이 아기도 있어야!"

내가 협박을 해서 재식은 더 토를 달지 않았다. 하지만 뒷마을 아이들, 팔식이, 관구, 기갑이, 연홍이 하고는 같이 놀지 않았다. 녀석들은 좀 멀리 떨어진 뒷동네 아이들이다. 사실 우리 안마을 사람들은 뒷마을 사람들과 잘 어울리지 않았는데 아이들도 그랬다. 지금에야 그런 것이 다 사라졌지만 조선하대만 하더라도 사실 뒷마을 사람들은 조금은 아랫것들이었다.

그런데 재식의 아비 인구에 대한 험담도 심심찮게 동네를 돌아다녔다.

내가 어머니를 대신해서 물지게를 지고 웅물덩이에 가서 물을 길으랴 치면 같이 여기 나와 빨래도 하고 물도 받던 아주머니들이 입을 삐쭉이면서 동네 소문을 전해주었다.

—인구도 별 수 없다. 지 애비 형철이보다 못하다. 인구는 요사이 건조실 벽에 온도계를 설치했고, 보일러실에는 불알 시계를 달았다……

여자들의 입을 통해 내 귀로 전해진 이런 소문을 나는 내 할아버지의 사랑채에서도 들었던 것이다.

우리는 건조실에 대해 누구보다도 잘 알았다. 왜냐하면 이것은 참 극비사항이지만 폭로하지 않을 수 없다. 우리는 조금 날씨가 음산해지면 이 건조실 지붕에 올라가 놀았기 때문이다. 거기만 가면 우리 세상이었다. 경사가 거의 없는 데다가 파이프를 타고 올라오는 훈풍 탓으로 따뜻하기 그지없기 때문이었다.

그리고 여름철에는 언제나 우리를 골탕먹이는 모기란 놈이 얼씬도 하지 않았다. 언제나 우리는 거기에 배를 깔고 누워서 말타기 등을 하면서 놀았다. 나는 대대장이었고, 재식이는 소대장이었으며, 인교는 언제나 졸병이었다.

우리는 정말로 인구가 건조실 벽에 온도계를 설치하고, 건조실 앞 보일러실에 괘종시계를 설치했는지를 살펴보기로 했다. 그것은 적정을 탐지하는 수색대의 역할과 다르지 않았다.

우리는 몸을 땅에 붙이고 포복을 하여, 우리와 보일러실 사이에 있는 연초더미 뒤까지 소리없이 전진하였다. 재식이와 인교도 소리없이 따라왔다.

그리곤 나 혼자서 보일러실과 연초더미 사이에 있는 작은 드럼통으로 전진했다. 거기서는 보일러실의 내부가 훤히 들여다보일 것 같았다. 드럼통 옆에는 인구가 기거하는 초막이있었다.

드럼통까지 전진한 나는 저으기 무서웠다. 불꽃이 솟구치는 소리가 맹렬히 들렸고, 무엇보다도 뜨거워서 견디기 어려울 정도였다. 목을 빼어 보일러실 안을 보니 과연 인구아재가 불꽃에 먹힐 듯이 앉아 있었다.

휙휙 거리며 타오르는 불길에 아재가 확 빨려들어가 버릴지도 모른다는 생각이 들었다.

나는 부하 두 놈을 드럼통 뒤로 오라고 손짓을 했다. 그리고 이 장면을 보여주었다. 녀석들은 뜨거워죽겠다는 시늉을 했다. 특히 인교란 놈은 늘어붙은 누런 코에 담배잎 검불 하나를 붙여가지고서는 연신 얼굴을 씰룩거렸다.

목을 빼고 아무리 보일러실 안을 들여다보아도 괘종시계는 보이지 않았다. 누가 헛소문을 퍼뜨린 것이다. 우리는 소리없이 후퇴했고, 우리끼리 다른 작전을 짰다.

그것은 아주 쉬운 작전이었다. 즉 건조실 윗 벽에 나있는 유리문에 과연 빨간 줄이 그어진 온도계가 설치되어 있는지 알아보는 것이다. 그것이 왜 쉬우냐 하면 우리는 언제나 여기 유리문까지 놓여져 있는 사다리를 타고 올라가 거기서부터는 우리 허리밖에 안되는 지붕으로 기어올라가곤 했기 때문이었다.

건조실 건물은 처마가 달려있고 나무기둥과 서까래가 있는 그런 정상적인 사람의 집이 아니라, 담배잎을 건조시키기 위해 처마도 없이 지어올린 좀 큼지막한 창고와도 같은 것이었다. 지붕도 거의 평면이었다.

우리는 불화살이 쏟아지고 뜨거운 물이 부어지는 적의 성채를 기어오르는 기분을 느끼면서 건조실의 벽에 길게 놓여있는 사다리를 기어 올랐다. 우리는 각기 나무총과 칼을 휴대하고 있었다.

제일 먼저 도착한 나는 전진을 멈추고 유리문을 통해 건조실 안을 들여다보았다. 어렵쇼, 여기서도 그 빨간 줄무늬의 온도계는 보이지 않던 것이다. 헛소문이었다. 우물가의 여자들이나, 할아버지 서당에 모여드는 노인들은 헛소문을 듣고 또 퍼뜨리고 있는 것이 확인된 것이다.

시댁 큰집 조카와 남편없이 사는 작은집 새댁이 담배잎 일을 하는데 너무나 호흡이 잘 맞아 조금은 호기심 어린 눈으로 보려는 우물가 여인들이 있기는 했다.

그러나 그녀가 남의 험담에 자주 오르지 않는 이유는 그런 외형적인 여건에서 보다는 그녀 자신의 태도에서 비롯되었다고 보는 것이 타당할 것이다. 그녀는 한 마디로 말해 녹녹해 보이는 여자가 아니었다. 그녀에게는 농담이 전혀 통하지 않는 결기 같은 것이 있었다. 그런가 하면 그녀는 아울러 유순하고 착해 보였다.

나의 대장놀이는 주로 연초건조실 주변에서 이루어졌다. 건조실 자체가 우리의 주요 전쟁터였다. 거기에는 타오르는 불꽃이 있었고, 사람의 마음을 미치게 하는 위협적인 불꽃의 음향이 있었고, 그리고 뭔지는 알 수 없지만 재식 아비 인구의 알 수 없는 신비스러움이 있었다.

담배는 흔히들 봄에 씨를 뿌리고, 6~7월에 이식을 하고, 초가을에 잎을 딴다.

하지만 늦더위가 남아있어서 건조일이 시작될 때는 여전히 덥다. 그리고 이 시기에는 대략 우리나라에 태풍이 분다. 그래서 계절적으로는 아주 좋지 않다.

그러던 어느날, 우리들 세 아이놈들은 건조실 지붕 위에 올라가 칼과 총 놀이를 하다가 그만 잠이 들어 버렸다. 바닥이 뜨뜨미지근 한 데다가 시원한 바람이 불었고, 무엇보다도 그 지긋지긋한 모기가 없었기 때문에 그만 곤히 잠이 든 것이다.

내가 눈을 떴을 때 나는 정말 놀라지 않을 수 없었다. 하늘이 바로 나의 눈 앞에 가득히 별을 뿌려놓았기 때문이었다. 나는 몇 번이나 눈을 껌뻑거려 보았으나 내 눈 앞의 별들은 사라지지 않았다.

나는 수많은 별이 떠있는 하늘이 나에게로 내려온 것인지, 내가 하늘로 올라간 것인지 금방 분간이 되지 않았다. 분명 같이 병정놀이를 하던 코찔찌리 인교와 재식이는 어디론가로 사라지고 없었다.

지붕의 동쪽 가장자리에 무슨 용도인지는 몰라도 사람 둘은 드나들 수 있는 작은 불록 건조물이 서있었는데, 그 순간 그것이 괴물처럼 커져서 나를 압도하는 듯했다.

그 순간 지붕 아래를 내려다보던 나는 얼른 내 머리통을 치웠다. 누군가가 치마를 입은 사람이 인구아재의 초옥에서 나오는 것이 보였다. 초옥에는 호롱불이 켜져 있지 않았다. 캄캄해서 전혀 그 사람이 누구인지 알 수 없었다. 다만 푸른 별빛 아래 비친 그 사람이 어쩌면 코흘리개 인교의 어머니가 아닐까 하는 생각이 들었다.

그 사람이 방문을 나서자 다른 사람의 손이 조심스럽게 소리를 죽이면서 방문을 닫았다. 그도 역시 누구인지 알 수 없었지만, 화젓가락으로 건조실 아궁이의 불꽃을 다스리는 인구아재의 손일 것 같다는 생각이 들었다.

당시 나는 아직 사람들이 살아가는 비밀스런 기미를 눈치챌 나이가 되지 못했다. 하지만 나는 그 순간 절대적으로 남에게 발설해서는 안 되는 어떤 장면을 보았다는 깨달음을 가졌다.

인교 어머니가 재식이 아부지 하고……그럼 인교에게 아버지가 생긴단 말인가……재식이놈은 아버지를 빼앗기고……나는 막연히 이런 생각을 했다.

그리고 내가 이 장면을 보았다는 사실을 누구에게도 말해서는 안 되지만, 특히 인구아재에게 들켜서는 안 될 것만 같았다. 그래서 나는 더욱 오래 별들이 내 가슴 속과 눈 속으로 흘러내리는 하늘을 쳐다보며 누워 있다가 정말 세상이 고요와 어둠 속에 잠겼을 때 살금살금 건조실 지붕을 내려왔다.

다음 날부터 나는 아무리 자제하려 해도 자꾸만 내가 스스로 우쭐해지는 것을 억제할 수 없었다. 어른들의 비밀을 알고 있다는 사실이 나를 그렇게 만들었다.

그러나 나는 왠지 그 비밀을 누구에게도 발설해서는 안 될 것같은 강한 암시를 스스로 받고 있었다.

그래서 나는 정말로 쥐도 새도 모르게 집을 나와서 이제는 졸병들도 거느리지 않고 대장 스스로 혼자서 우리들의 점령고지인 건조실 지붕 위로 올라가 사위경계를 펴는 것이었다.

졸병들을 데리고 올 수도 없었다. 녀석들은 저녁만 먹으면 곯아 떨어지기 때문이었다.

말이 사위경계이지 사실은 지붕의 서편 아래로 바로 내려다보이는 인구아재의 초막을 감시하는 것이었다. 커다란 동굴 아가리처럼 내 마음 속에서 자꾸만 커지는 궁금증을 풀어보고자 함이었다.

그러나 인교엄마는 더 이상 여기 초막에 나타나지 않았다. 그래서 나는 내가 그때 어둠 속에서 본 여자가 인교 어머니가 아니고, 재식의 진짜 어머니일지도 모른다는 생각까지 했다.

그러던 어느날 나는 후닥닥 놀라지 않을 수 없었다.

그 날도 밤중에 건조실의 지붕 위에서 저 드넓은 하늘에 수없이 떠있는 별들과 함께 놀고 있던 나에게 누군가가 사다리를 타고 올라오는 소리가 들려왔기 때문이었다.

나는 얼른 내 자신의 몸부터 숨겨야 한다는 생각이 들어 주변을 살폈으나 무슨 은폐물이란 없었다.

그 때 저쪽 동편 한쪽 구석에 있는 작은 창고가 눈에 띄었다. 한 번도 그 안에 들어간 적이 없었다. 나는 그것이 한밤중에는 무슨 짐승처럼 변해 나를 잡아먹을지도 모른다는 생각이 들어 대장답잖게 그것 가까이 간 적도 없었다.

그래서 나는 거대한 짐승한테 잡아 먹히는 두려움을 참고 그 작은 창고 안으로 몸을 숨겼다. 사위가 완전 암흑이었으나 사다리가 있는 쪽으로 작은 창문이 나있는 것을 알 수 있었다. 별들이 그 문을 통해 하늘에서 흐르고 있는 것이 보였기 때문이었다.

나는 그쪽으로 가서 창문 한 귀퉁이로 머리통을 빼들었다. 그 순간 나는 아, 하고 나즈막한 탄성을 발하고 말았다. 인구아재와 진천댁이 손을 잡고 흐르는 별 아래 서있는 것이 아닌가.

둘은 고개를 들어 하늘을 향했다. 그들은 다같이 아! 하고 탄성을 발했다. 밤하늘에 흐르고 있는 별들이 나에게만 신비스럽게 보이는 것이 아닌 모양이었다.

"별들이 우릴 보고 하늘에서 노래를 부르는 것 같소……"

"나도 그 노래를 들을 수 있을 것 같아요."

"가슴이 터질 것만 같군!"

"나도 그래요."

"건조실 지붕 위에 처음 올라왔지요?"

"그럼요, 참 넓고 따뜻하고 모기도 없네요."

"여기 지붕 위가 어디 우리 둘만이 살 수 있는 먼먼 땅이었으면 좋겠어."

"그런 땅이 있을 거예요. 찾아가면 되겠지요."

"당신이 변심하지 않으면 그 땅을 내 기필코 찾아내고야 말 거요."

"이 목숨 다할 때까지 기다리겠어요. 그리고 어디든 끝까지 따라가겠어요."

"지붕 위에 바람이 부니 당신에게서 묻어나는 당신만의 향내가 한결 짙구려."

"무슨 나만의 향내가 있을려구요……"

"아니요, 당신만의 향내가 있소. 어쩌면 저 하늘의 별들에게 향내가 있다면 아마도 당신 것과 비슷할거요."

"어마 그런 말씀을……여기는 올라오는 사람이 절대로 없겠지요?"

"그럼, 여기는 나의 왕국이요. 아무도 여기 담배건조실 지붕에는 얼씬을 하지 않아요. 동네 꼬맹이들이 대낮에는 올라와서 병정놀이를 가끔 합디다……"

"밤에는 올라오지 않을까요?"

"꼬맹이들이? 녀석들은 저녁을 먹자마자 자기 바쁠거요……"

두 사람은 무슨 이따위 말을 주고 받았다. 나는 자꾸만 목구멍에 침이

넘어가 죽을 지경이었다. 꼴깍하는 소리를 듣고 두 사람이 나를 향해 귀를 쫑긋 세우는 날에는 나는 정말 죽어버리고 말 것 같았다.

인구아재는 할아버지에게서 한문을 배운 탓일까 말투가 참 점잖았다. 나는 여자와 남자가 비밀스럽게 만날 때 저런 말투를 쓰는지 처음 알았다. 신기하기도 했지만 왠지 낯이 간지러웠다.

동네 꼬맹이들이 여기서 병정놀이를 한다고……기가 다 막혔다.

시야가 점점 밝아져 왔다. 어둠에 눈이 익어갔기 때문이었다

두 눈을 몇 번 깜박거려 똑바로 뜨고 그들을 보았다. 그들은 지붕에 누워 하늘을 바라보고 있었고, 진천댁은 인구의 가슴 위로 손을 얹고 있었다. 저 사람들이 이 작은 창고 안으로 들어오면 산통은 다 깨어지는 것이었다.

소곤거리던 그들의 얘기는 갑자기 뚝 끊어졌다.

두 사람의 얼굴은 밤하늘을 향하고 있었는데, 정말로 별빛이 가득히 내려왔는지 캄캄한 밤중인데도 너무나 밝게 빛나 보였다. 자세히 보았더니 아니 이럴 수가 있나. 그들은 잠이 들어버린 것 같았다.

나는 목을 무작정 창문 아래 턱에 얹고 있기가 힘들어 창고 안 땅바닥에 몸을 내렸다. 거기에도 온기가 있었다.

그들이 깨기를 기다리다가 나도 그만 잠이 들어 버렸다. 내가 눈을 떴을 때, 창고 창문으로 정말 거대하고 눈부신 별들의 행렬이 내 눈 위 무한한 공간 속에서 명멸하고 있었다.

그리고 또 그 소곤거리는 소리가 들려왔다.

"우리는 정말 여생을 같이 할 수 있을까요? 나는 정말 겁이 나요."

"재식이 에미에게는 내 전재산을 주리다. 모자가 살기에 부족하지 않

을거요. 나에게는 남들이 가지지 못한 기술이 있으니 어디를 가도 나는 궁하게 살지는 않을거요. 당신을 위해 내 전부를 바치겠소.”

“우리 동네가 전부 오직 담배 하나만으로 사는데……논이 있어요? 밭이 있어요?……당신을 놔줄까요?”

“꼭 그렇지만은 아닐꺼요. 요사이는 시계와 온도계가 있어서 엔간하면 담배잎을 태워먹지는 않을거요.”

“우물가 여자들이 그러는데 담배잎 건조는 기계만으로는 안 되고 무슨 혼이 들어가야 한다고 하던데요…….”

두 사람은 격정에 겨워 서로를 끌어안은 것 같았다. 나는 다시금 목을 빼어 유리문 밖을 내다보았다. 과연 그들은 지붕 바닥에 누운 채 밤하늘의 별빛 세례를 받으면서 서로를 다정하게 끌어안고 있었다.

“우리 깜박 잠이 들었소이다. 자 이제 내려갑시다. 보일라실 불은 잠시도 그냥 놔둬서는 안 돼오. 방으로 들어가 있으시오. 내 불을 보고 금방 들어가리다.”

“잠시를 그냥 놔둬서는 안 되는게 또 있어요. 이 세상에는……”

“잘 알고 있소. 왜 나를 전적으로 믿지 못하오!”

“겁이 나서 그렇지요.”

“이제는 빼도 박도 못하게 되었소……모가지를 내놓고 당신을 보호할 터이니 겁을 먹지 말아요.”

인구는 대답없이 한숨을 토했다.

세상 사람들은 남녀 사이에는 어떤 해괴한 일이 벌어져도 놀랄 것 없다고도 하지만, 이 경우도 보통 있을 수 있는 일이 아니었다. 특히 진천댁은 벌써 몇 번째인가. 종형제 세 사람 중 두 사람을 남편으로 삼았다가, 한 사람은 병사로 또 한 사람은 보국대 징집으로 잃게 되었었다. 이제 그녀가 그들의 종형제 관계 또 형제 관계에 있는 사람의 자식과 이런 정사의 관계에 놓인다면 과연 놀랄 일이 아니란 말인가.

나는 이들이 건조실 지붕에서 내려가기를 기다렸다가 창고에서 나왔다. 그리곤 도둑고양이처럼 지붕을 내려왔다. 초막에는 불이 켜져 있지 않았고, 보일라실에는 불꽃이 오르는 소리가 계속 들렸다. 나는 한참을 드럼통 뒤에서 보일러실 동정을 살피다가 인구가 초막으로 들어가고 한참 후 이윽고 진천댁이 치마를 휘어감고 어둠 속으로 사라지는 것을 보고 집으로 돌아왔다. 그녀는 검은 천으로 얼굴을 감고 있어서 처음부터 그들의 행위를 보지 않았다면 누구인지 알아볼 수도 없었다.

집안의 어른들은 내가 이런 야간잠행을 하는 줄 모르고 있는 듯했다. 내가 혹시 자리에 없는 것을 발견하신다 하더라도 변소에 갔겠거니 생각하시는 듯했다. 변소가 집채에서 꽤나 멀리 떨어진 데 있기 때문이었다.

사람보다 더 무서운 것은 사실 그놈의 개들이었다. 이 녀석들이 얼마나 짖어대는지 나는 어른들이 진천댁의 잠행을 눈치를 챌까 봐 걱정스러웠다. 그러나 놈들은 언제나 짖어대니 마을 사람들은 특별히 그것에 신경을 쓰는 것 같지는 않았다.

할아버지는 사랑에서 주무시고 나와 할머니는 사랑채의 곁채에서 잤다. 그리고 아버지와 어머니는 안채에서 주무셨다. 밤귀가 밝으신 할머니께서 내가 밤늦게 쏘다니는 것을 혹시 눈치채셨는지는 몰라도 별달리 닦달하시지는 않았다.

그러나 내가 건조실 지붕에서 인구와 진천댁이 노는 것을 본 바로 그날 밤 나는 세상이 뒤집히는 꿈을 꾸었다. 전신에서는 땀이 흥건히 흘렀다.

한없이 큰 강물이 내 가슴을 밀치고 마구 흘러드는 것을 느꼈다. 나는 가슴이 터질 것같은 통증을 느끼고 후닥닥 자리에서 일어섰다. 강물에 무너진 내 가슴 위로 밤하늘에서 별들이 무수히 쏟아지는 것이었다. 도무지 갈피를 잡을 수 없었다.

나는 마당으로 뛰어내려갔다. 그러지 않고서는 방바닥을 데굴데굴 구를 것만 같았다.

그리고는 미류나무들이 늘어선 호수변을 마구 달렸다.

나는 사실 좀 부끄러운 마음을 가지고 있었다. 고백하기에는 좀 뭣하다.

그러나 나의 지금 이런 상태를 이해하려면 말하지 않을 수 없다.

그것은 다름이 아니라, 이 어린 내가 뭐라고 사실 나도 진천댁을 은근히 좋아하고 있었던 것이다. 내가 남자라서 그분을 좋아했다면 말도 안 된다. 그러나 그 분은 보면 볼수록 기분이 좋아지는 것이었다. 그래서 자꾸만 보고 싶어지는 것이었다. 이것이 내가 남에게 말 못한 고백의 내용이다.

인구아재가 진천댁을 그렇게 하는 것을 보고 기분이 나빴던 것은 절대 아니다. 오히려 기분이 더 좋았다. 이때가지 건조실에서 보일러에 불이나 때는 사람으로 알았던 인구아재가 그렇게 크고 강하고 부드럽게 보일 수가 없었다. 보기만 해도 황홀해지는 진천댁을 인구아재는 무슨 수로 근사한 말을 하면서 마음대로 만지고 주무르고 하는 것일까.

이런 생각으로 온밤을 뜬 눈으로 지새우다가 정신을 가다듬어 새벽에 간신히 잠이든 적이 있었다.

어느 날 어머니가 내게 말했다. 오늘 밤에는 글 공부하는 사람들이 오지 않고 동네 어른들이 무슨 수의를 하러 오신다는 것이었다.

과연 저녁을 먹은 후 동네 어른들이 자그마치 열 명 정도 오셨다. 동네 어른들이라 하지만 사실은 다들 집안 사람들이었다. 여기 연골마을은 정말 너무나 오래된 집성촌이기 때문이다. 삼십호 가구 중에서 우리 성이 아닌 집은 세 집도 안 되었다.

할아버지가 아랫목에 좌정하셨고, 아홉 명의 어른들은 원을 그리며 둘러앉았다. 이장을 하는 풍호어른도 오셨다. 풍호어른은 그래도 나이가 비교적 젊은 편이었다.

풍호는 마을사람들이 담배잎을 팔아 모은 돈을 갹출하여 만든 마을공조회의 회장이기도 했다. 이런 공조회는 다른 마을에는 없었다. 담배사업을 하는 연골에만 있는 특수 조직이다. 일종의 계 모임이었다.

"이렇게 어르신들을 모신 이유는 동네에 좀 심각한 문제가 생겨서 입니다. 우리 연골의 최고 어른이신 하눌어른 앞에서 이 문제를 의논을 해보고자 합니다."

하눌어른이란 바로 내 할아버지를 말함이다. 우리 할아버지를 하눌어른이라 함은 내 할머니의 친정 동네가 연골에서 북쪽으로 한 50리쯤 되는 곳에 있는데, 동리의 이름이 하눌리이기 때문이라고들 했다. 나도 할머니의 손을 잡고 그 동네에 여러번 갔었는데, 근처에 푸른 강물이 흐르고 있었다.

"동네에 무슨 그런 심각한 문제가 생겼는가? 어서 말해 보게나."

"다름이 아니라, 보국대에 끌려가 죽었다고 통지가 온 형길의 부인되는 진척댁이 홀로 두 아이를 데리고 시댁에서 살고 있습니다."

"그야 무슨 문제가 되나? 하기사 진천댁이 형길이와 재혼할 때 좀 말썽이 있기는 했지만 다 동네에서 양해를 하지 않았나……"

"그런데 진천댁이 건조실 화부노릇 하는 인구와 바람이 났다는 소문이 동네에 퍼져 있습니다."

"아, 아, 아니 무슨 그런 소리를! 나는 처음 듣는 소릴세. 그런 소문이 동네에 퍼졌다니! 그 얌전하고 일 잘 하고 더럽게도 운이 나쁜 여자가!"

"아암, 나도 처음 듣는 소릴세! 그 현숙한 여자가 그럴 턱이 있나! 종형제 두 사람을 남편으로 섬긴 것은 남정네들 탓이었지 그 여자가 하자고 한 것은 아니었어!"

"아닙니다. 인구 부인이 친정사람들한테 얘기를 해서 간통죄로 고소를 하려다가 여자만 멀리 쫓아주면 가만히 있겠다 하여 저가 어른들을 모신 것입니다."

"으음. 그렇다면 사실일 것도 같네만."

"재식 어미는 남편과 진천댁을 고소하면 자기도 이혼을 해야하기 때문에 고소까지는 않았다고 합니다."

"아 그런 강상에 어긋나는 심각한 짓을 한 자들을 여유를 주고 할 게 뭔가. 풍호는 이장의 책무를 잘 수행하시게나. 당장 지금 여기 데려오게나."

"그럼 하눌어른의 의견을 들어봅시다. 그래도 늦지 않습니다. 하눌어른께서는……?"

"어험……"

할아버지는 눈을 지그시 감고 생각에 잠기셨는데 금방 입을 열지 않았다.

"하눌어른……"

할아버지는 감았던 두 눈을 지그시 뜨고 천천히 입을 여셨다.

"어험, 그런 소문이 떠돈다는 것이 사실이라면 적은 일이 아니야. 다른 동네로 퍼지면 우리 오랜 세월의 연골마을이 뭐가 되나? 풍호는 동네 사람들의 입단속을 시키게나. 일을 크게 벌리지 않으려면 오늘 밤 살짝 두 사람을 데려오게나. 사실 확인이 무엇보다 중요하네……재식 에미는 데려오지 말고! 소리치고 울고불고 하면 일이 더 커지네."

"옳은 말씀입니다."

"오늘 밤에 일을 진행하지 않고 다음 날로 미루면 소문은 더 커지고 일이 번잡하게 되네. 소문이 커지면서 더 악성으로 살을 찌우게 되네. 며칠 뒤에 이런 모임을 가지고 두 사람을 불러올 경우를 생각해 보시게나. 동네 사람들이 우리 서당 담벼락에 목을 빼어들고 두 사람을 볼려고 덤벼들고 소문이 퍼져 옆 동네에서도 구경을 올 걸세. 안 되지. 지금 당장 해야하네. 소뿔도 단김에 빼라 하지 않았나. 다만 여기 오신 분들은 절대로 이 일을 다른 사람들에게 말하지 않겠다는 약조를 해주게나!"

"어떻게 약조를 합니까?"

"여러 사람 앞이니 한 사람씩 자기 입으로 소문을 퍼드리지 않겠다는 말을 하면 되지. 풍호가 한 사람씩 거명해서 약조를 받게!"

"하눌어른 시키는대로 하겠습니다. 먼저 형중어른!"

"약조하네."

"다음 형걸어른!"

"약조하네."

풍호는 열 사람으로부터 전부 약조를 받았다.

"그럼 풍호는 다녀오시게나. 혹시 모르니 영태 너가 풍호와 동행하거라."

"네."

영태는 인초어른의 아들로 동네 막일을 하는 중늙은이였다. 그는 일 테면 이장의 조수와도 같은 역할을 동네에서 했다. 힘이 세서 황소 두 마리의 뿔을 잡아채 밀어부치면 저만치 나둥그라진다는 소문을 달고 다녔다.

할아버지는 동네 사람들에게는 절대적인 권위를 가지고 있었다. 연세가 높았을 뿐만 아니라 한자 문장 해득력이 탁월하였으며, 아울러 작은 일에도 제시하는 식견이 출중하였기 때문이었다.

집집마다 한두 권씩 가지고 있는 문집 등을 하눌어른은 잘도 해석해 주었다. 집성촌으로 8백 년 이상 내려오는 마을이라 집집마다 누가 지은 줄도 모르는 문집들이 한두 권씩 전해져 오고 있었다.

그러자니 우리 집에는 할아버지만 존재하는 듯했다. 아버지의 연세가 벌써 쉰을 넘었으나 집에서는 할아버지의 심부름꾼에 불과했다. 집을 찾아오는 손님들도 대부분 할아버지의 친구분들이었다.

나는 할아버지 등 뒤에 앉아 두 다리 사이에 깍지 낀 두 손을 집어넣고서는 여러 할아버지들의 얼굴들을 돌아보고 있었다. 다들 주름투성이의 얼굴들이었다. 그런데 누구 하나 근사하지 않은 얼굴은 없는 것 같았다. 다들 한가락씩 하는 얼굴들이었다. 다들 엄숙하고 결기 같은 것이 서려 있었다.

그런데 나는 세상에는 비밀이란 없다는 생각을 했다. 내가 건조실 지붕 위에 올라가 노는 것을 정말 아는 사람은 아무도 없을 거고 철썩같이 믿었다. 그러나 인구아재가 알고 있지 않았는가.

그리고 이건 또 뭔가. 인구와 진척댁 자신들은 물론, 나도 이들 두 분의 사연을 아는 사람은 당사자와 나 이외에는 절대로 없다고 단언하고 있지 않았는가. 그런데 그것은 나 혼자만 우쭐했지 동네에 이미 쫙 퍼진 소문이라는 것이 아닌가. 나 혼자만 그것을 안다고 우쭐했던 내가 바보였다.

이윽고 영태가 나타났다.

"오지 않으려는 사람을 데려오느라 좀 늦었습니다. 저기 오고 있습니다."

조금 후에 인구가 나타났다. 그의 얼굴은 편안해 보였다. 그가 왜 불려 오는지 아마도 조금은 짐작을 하는 듯했다.

한참을 기다려 풍호가 진천댁을 데리고 왔다. 그녀는 흰 무명 치마 저고리를 단정하게 입고 있었다. 알 수 없는 정결함과 품위가 그녀의 무명 치마저고리 주변에 서려있었다. 그녀의 큰 눈은 호롱불빛 아래에서 보니 한결 그윽하고 깊어 보였다. 바라보는 남자의 눈들을 일거에 침묵 시키는 힘이 있었다.

이윽고 하눌어른이 천천히 입을 열었다.

"두 사람은 잘 들으시게. 여기 연골 마을은 팔백 년의 역사를 가진 집성촌이네. 그 오랜 세월 동안 많은 조상들이 태어나고 죽었네. 많은 사람들이 결혼을 했고, 또 시집을 왔네. 여기도 사람 사는 곳이니 여러 가지 사건과 사고들이 왜 없었겠나. 하지만 최근 동네에 떠돌아다니는 소문같은 일은 별로 없었던 것으로 알고 있네……."

"하눌어른, 다 큰 사람들이니 본론만 직접적으로 말씀 하시구려."

연장자라 할 수 있는 형직어른이 입을 뗐다. 하눌어른을 제외하면 가장 연장자이다. 살짝 잠이 들었던 노인들은 부스스 눈을 떴다.

"그럼 본론만 직설적으로 하지……"

"어서 말씀하시구려!"

인초 어른이 말을 거들었다. 풍호도 헛기침을 해서 의사를 표했다. 어서 말하라는 투였다.

"그럼 말하지. 으음 두 사람은 정을 트고 지내는 사이인가?"

"……."

인구와 진천댁은 두 사람 다 고개를 푹 숙이고 아무런 대답이 없다.

침묵의 시간이 흘렀다. 그러나 역시 대답이 없다.

"어허, 이 사람들! 왜 대답이 없어. 우리 연골을 개돼지가 사는 마을로 만들어 놨으면 무슨 말이 있어야지!"

뒷골 제일 깊은 곳에 사는 어른이 거칠게 말을 했다. 내가 주욱 봐 왔지만, 형중 어른은 만사에 강경파이고 또 여론을 주도했다. 사람 죽으면 메고 가는 상여각을 관리하는 탓인지는 몰라도 그는 무슨 저승사자 같은 이미지를 가지고 있었다.

"저기 진척댁이 누군가! 자네 아비 동생, 즉 자네 삼촌 형길의 부인이었어! 원래는 자네 당숙어른 형조의 부인이었고! 쳐 죽일! 그런 짓을 하고도 시치미를 뗄 작정인가!"

형중어른이 마구 몰아부쳤지만 인구는 말이 없었다. 그의 자세가 조금 무너졌다. 두 손으로 방바닥을 짚은 채 얼굴을 떨어뜨리고 있었다.

"종형제가 서로 가지더니, 이제 삼촌 조카가 서로 나누어 가지는가! 정말 용서할 수 없는 강상의 죄를 지었어!"

형직어른이 결론같은 말을 뱉었다.

"너무들 그러지 말게나. 사람의 일은 귀신도 모르는 법! 무슨 일을 겪게 될지 누가 알 수 있나! 사람이기에 그럴 수도 있는 일일세. 천천히 자초지종을 들어보세나! 몰아부치지만 말고! 지나간 얘기는 할 필요가 없네. 다 양해된 일들이고……"

점잖은 인길어른이 입을 뗐다.

인구는 방바닥에 닭똥 같은 눈물을 흘리고 있었다.

"제가 말씀 드릴께요. 소문이 그러하다면 사실입니다."

진천댁이 조용한 순간을 이용해 말을 했다. 방안에는 천 근 같은 침묵이 깔렸다.

"얼마 동안, 어디서 그런 짓을 했나?"

형중어른이 다그쳐 물었다.

"죽을 죄를 지었으니 죽여주십시요."

인구가 떨리는 목소리로 천천히 말했다.

그녀의 얼굴도 방바닥을 향해 떨구어져 있었다. 무명 저고리 깃 위로 들어난 목덜미가 호롱불빛 아래에서도 너무나 새하얗게 빛나 보였다. 담배 마을의 오만 험한 일을 다 하는 여자가 어떻게 저렇게 곱고 육감적인 목덜미를 가질 수 있을까, 믿어지지 않을 지경이었다.

"어서 말해! 두 사람의 발을 묶어 저기 못 가 미류나무가지에 가꾸로 매달아야 하겠어?"

"네 한 일 년은 된 것 같습니다. 못난 년이 먼저 유혹을 했습니다. 주로 건조실 앞 초막에서……"

"으음……인구가 건조기술이 떨어져 담배 잎이 제대로 구어지지 않는다는 말이 돌더니……그런 사연이 있었구나……온도계를 달았다느니 무슨 불알 시계를 달았다느니 하더니……큰 치마폭에 가려 불꽃이 제대로 보이지를 않았구만……작년 이래로 연골 담배잎치고 연초조합에서 갑 판정을 받은 게 없었어……담배잎을 구운 게 아니라, 자기 아지매 살을 구웠구먼!"

형중은 봇물이 터진 듯 현하와도 같은 열변을 토했다.

"우리 마을에 논이 있나? 밭이 있나? 우리는 조상 대대로 담배잎 팔아 살아온 사람들이야! 자네 우릴 전부 굶어죽일 작정인가! 사냥개처럼 동네를 드나드는 주재소 순경놈들한테 우릴 전부 넘겨줄 작정인가. 우리 전부 굶어죽을 수 없어서 만주로 간다한들 누가 잡겠는가. 아직 만주로 가기 위해 이향한 연골사람은 없네. 옆 마을을 좀 보게. 매일 한두 가족씩 떠나고 있어. 빈 집 투성이야……"

"형중어른, 그것은 다른 문젭니다. 이야기의 촛점을 흐려서는 안됩니다. 여기서는 두 사람의 강상의 죄를 논하자는 겁니다. 이렇게 마을의 정기를 흐려 났으니 도대체 어떻게 해야 하겠습니까?"

풍호가 분위기를 이끌어나갔다.

"이 못난 놈의 목숨을 허락해주신다면 연골을 떠나겠습니다. 으으흑흑……정말 잘못했습니다. 그러나 어쩔 수 없었습니다…몇 번이나 도끼로 내 손발을 찍고 낫으로 짜르려 했습니다만 정말 도저히 인간의 힘으로는……용서해주소서……흑흑흑흑"

인구가 흐느끼면서 말을 이어갔다. 갑자가 분위기가 숙연해졌다. 할아버지 뒤에 숨어서 방 안에서 벌어지는 장면들을 보고 있던 나의 눈에도 뜨거운 눈물이 고였다. 이윽고 주르르 흘러내려 내 손잔등에 떨어졌다.

"진척댁도 같이 가나?"

"모르겠습니다……진천댁의 의사에 맡기겠습니다."

"그럼 몸이 약한 재식이 에미와 재식이는?"

"그것도 본인들의 의사에 맡기겠습니다……"

"아암! 당연히 그래야지……그렇지만 재식이 에미가 몸이 약해 따라나설 수 있을까……"

"진천댁이 따라나서면 재식 에미는 가자해도 못 따라나설거요……"

잠시 동안 방 안에 침묵이 서렸다. 꼬일 줄 알았던 일이 뜻밖으로 쉽게 해결책을 찾은 것이다. 당사자가 동네를 떠난다고 하면 더 이상 무슨 말을 할 필요가 없다. 그것은 어디까지나 강상의 죄이지, 형사고발할 죄는 아니다. 재식의 어머니가 고발하지 않으면 주재소 순사라 해도 그들을 잡아넣을 수는 없다.

"어험, 두 사람이 각각 순순히 우리 연골을 떠나겠다니 더 이상 두 사람을 닦달할 이유가 없습니다. 당연한 결론입니다. 다른 분들 무슨 의견이 있습니까?"

형직의 결론에 다들 흡족해하는 눈치였다. 그러나 인길어른이 이의를 달았다.

"두 사람 다 연골을 떠나게 할 필요가 있을까. 무슨 살인죄를 지은 것도 아니고, 누구 재물을 도둑질한 것도 아닐쎄. 두 사람 사이의 인륜을 어긴 죄를 물은 것인데, 한 사람만 떠나도 그 죄는 원점으로 돌아가는 게 아닐까. 진천댁은 우리 연골에 시집온 여잘세. 우리 연골을 위해서라고 말하면 이상하지만 시집와 오만 구설수에 다 올랐고, 또 죽어라 일을 하지 않았나. 언제나 진천댁이 먼저 나선 적은 없었고, 여러 친인척관계의 남자들이 죽어라 덤벼들어 이루어진 일들이었어. 다들 알고 있지 않나. 얼마나 덕성스럽고 일을 잘하나. 우리 연골 사람들이 연골로 시집온 사람을 이렇게 내친 적이 없네. 인심 좋은 연골이 왜 이렇게 되었나. 저기 산 너머 산정 동네 인구할배는 보국대 나간 아들이 죽자 홀몸이 된 며느리하고 버젓이 살고 있네. 처음에는 다들 두 사람이 부부로 사는 게 아니라, 시아비와 며느리로 사는 줄 알았지만 며느리가 시아비의 아들을 낳지 않았나. 사람일 큰소리 못치네……"

"……."

인길 노인의 말에 다들 입을 다물었다. 경직되고 흥분되었던 분위기가 잠시 흔들리는 듯했다. 형직은 천천히 입을 열었다.

"인길어른의 말씀도 영 일리가 없는 것은 아니요. 하지만 두 사람이 스스로 뉘우치고 마을을 떠나겠다고 하는 마당에 다시 일을 어렵게 만들 필요가 없네. 산정동네는 본래부터 백정마을이었고, 글 읽고 담배 재배하는 우리 마을하고는 근본이 틀리네. 거기에 비교하시지 말게나. 우리가 그래 홀몸 된 며느리를 취첩하는 그런 사람이란 말인가."

"인길어른, 입을 조심하시구려. 나이가 들었으면 뭘 좀 넓고 깊게 보는 눈이 있어야 합니다. 사람이 왜 사람입니까. 사람이 왜 짐승이 아닙니까. 강상의 도리가 있기 때문입니다. 이런 기본이 살아있지 않으면 우리동네가 돼지우리가 되고 말 겁니다. 다시 그런 말을 입에 올리지 마시구려."

형중어른이 강경하게 나갔다.

"……."

분위기가 누그려지려다가 다시 강경해졌다.

"그럼 하눌어른의 말씀으로 결론을 지읍시다. 어떻겠습니까?"

풍호가 이장답게 결론을 유도하고자 했다.

"……."

할아버지에게 발언권이 주어졌으나 두 눈을 지그시 감고 아무런 반응도 없었다. 뭔가를 깊이 생각하는 눈치였다. 머리에 떠오르거나, 가슴 속에 채워지는 어떤 감정에 즉각적으로 반응하지 않는 할아버지 특유의 모습이었다.

"하눌어르신……"

풍호가 다시금 발언을 유도하였다.

"으음, 내가 느낀 것을 소상하게 말하겠네. 무엇보다도 먼저 일어나서는 안 되는 일이 우리 동네에서 일어난 것은 틀림이 없네. 그래서 우리는 이들을 벌주기보다도 우리와 멀리 격리시켜고자 하는 게야. 멀리 보내는 것이 결국 벌주는 것이나 같은 말이지만.

하지만 생각을 좀 해보시게나. 우리 연골의 주생업인 담배농사는 다른 야채 농사와는 아주 다른 몇 단계가 있네. 기중 가장 중요한 것이 건조작업일세. 잘 건조되지 않은 담배 잎은 그야말로 배추잎보다 더 볼품이 없네. 그냥 좀 크고 퍼런 풀잎이야. 여기 풀기가 죽으면 한줌도 안 되는 시든 풀잎지. 이것이 건조실에서 잘 구어져서 황금색을 띄어야 비로소 담배가 되는 게야. 우리 동네에서 이런 기술을 가진 사람이 누구인가? 아마도 인구 한 사람뿐일걸세. 나는 이게 걱정스러우이."

"……."

방안은 쥐 죽은 듯이 조용해졌다.

"왜놈들이 중국과 미국을 상대로 전쟁을 하고 있는 세상일세. 이 시국에 우리가 굶어죽지 않고 살아갈 수 있는 것은 우리 연골의 담배농사 덕택일세. 다른 동네에서는 아사자가 속출하고 있네. 또 우리가 인간다운 짓을 하지 않았다고 진천댁을 연골에서 쫓아낸다고 하지만, 과연 진천댁이 우리 동네에 없다고 해보세. 동네가 갑자기 적막강산으로 변할 것일세. 진천댁이 종형제들에게 취해졌고, 또 조카와 불륜에 떨어졌다고 하지만 사실 진천댁은 죄가 없네. 남정네들이 집적거려서 야기된 일들이야. 우리가 진천댁을 어제 오늘 아는가. 정숙하고 속이 깊은 여잘세……우리가 집성촌을 이루어 살고 있다고 하지만 우리 피로만 되는 게 아니잖는가. 우리 핏줄기가 끊어지지 않기 위해서는 우리 핏줄을 이어주는 타지에서 오는 어미주머니가 필요하네. 이들이 우리 동네로 시집온 타지 여자들이 아닌가……"

"그런 의견이라시면 그럼 두 사람을 불문에 부치고 동네에 그대로 두자는 것입니까?"

형직어른이 물었다. 그래도 하눌어른에게 직언을 할 수 있는 사람은 형직어른뿐이었다.

"나는 그것은 반대네. 우리 연골이 어떤 동네인가. 800년 내려온 집성촌일세. 집성촌에서 가장 경계해야 할 것은 혈족끼리의 무분별한 음란행위일세. 우리만 사는 것이 아니고, 우리는 곧 죽을 사람들이고, 저 내등 뒤에 붙어 우리 이야기를 듣고 있는 내 손주 같은 녀석들의 세대가곧 오네. 우리는 이들에게 모범을 보여야 하네."

"지당하신 말씀이십니다. 결론을 내려주십시요. 다들 따르겠습니다."

풍호가 건의하였다.

그런데 그 때 인초어른이 나섰다.

"꼭 건조문제라면 호섭이가 있지 않습니까. 인구만큼이야 안 되지만 산정동네에서도 3년간 건조실 화부노릇을 해서 경험도 있고 사람도 무던합니다."

"하지만 인구에게는 어림없어요. 산정동네 이장이 나에게 와서 하는 말이 산정동네에서는 호섭이네 건조실에서 건조하여 아직 갑 판정을 받은 적이 없었고, 을 판정도 아주 드물다는 겁니다. 그래서 연골 흉내 내다가 굶어죽게 되었다고 전농가가 보리를 심기로 했다고 합디다. 그래서 그자가 직업을 잃어버리고 우리 동네로 이사를 온 겁니다."

"자, 이야기가 다시 원점으로 돌아가니 하눌어른의 이야기를 마지막으로 들읍시다."

형중어른이 단안을 내렸다. 그는 논조로 보아 하눌어른이 좀 가혹한 결론을 내리리라 믿었다.

"으음. 두 사람이 서로들 잘못을 인정하고 있으니, 나의 생각은 인구 가족을 인구를 포함하여 백 리 밖으로 내치고, 진천댁은 지금 그대로 형길의 집에 살게 하는 게 좋을 것 같으이……"

"사실 나도 진천댁이 우리 연골을 떠난다니 섭섭하기는 했습니다만……"

인길어른이 말했다.

나는 속으로 쾌재를 불렀다. 진천댁이 우리 동네에 살지 않는다면 얼마나 내가 쓸쓸해질까를 생각하면 암담한 생각이 들었던 것이다.

"어떻습니까? 하눌어른의 말씀을 다들 수긍하시고 따르시겠지요?"

"가장 적절한 조치인 것 같습니다."

다들 쉽게 동의하였다. 내 가슴은 안도의 숨을 크게 내쉬었다. 또 무슨 카탈스러운 조건을 내세워 거부하는 노인이 있으면 내가 가만히 있지 않을 것 같았다.

"그런데 조건이 있습니다."

과연 형중어른이 걸고 넘어졌다. 내 그럴 줄 알고 있었다. 나는 이 노인이 싫었다. 사사건건 걸고 넘어지지 않는가. 냉수를 담은 사발이 있으면 확 얼굴에 끼얹어 버리고 싶었다.

"말씀하시구려."

"동네 사람들의 눈을 속이고 일 년 이상 사련을 숨어서 한 자들을 그렇게 쉽게 떼어놓을 수 있다고 생각하십니까……."

이야기가 자꾸 꼬이니 무슨 선언이라도 하려는 듯 풍호가 나섰다.

"말이 많아지면 결론이 어려워집니다. 그래, 인구와 진천댁은 동네의 최고 어른이신 하눌어른의 말씀을 그대로 따르겠소?"

"안 되지, 년놈을 다 쫓아내야 돼!"

형중어른이 소리를 질렀다. 상두꾼들이 상여를 메고 갈 때 앞장서서 상여곡을 하는 사람의 근엄함이 그대로 배어 있었다. 죽은 자를 메고 가기에 거기에는 무슨 잡음이 있을 수 없었다. 풍호는 다시금 대답을 재촉했다.

"어서 말해보구려!"

"사흘 이내에 가족을 데리고 연골을 떠나겠습니다. 흑흑흑흑……."

"진천댁은?"

"분부대로 연골에 남아 조상 제사를 받들고 아이들을 키우겠습니다."

"으음, 그럼 결론이 내려졌구만. 하눌어른은 역시 우리들의 최고 어른이십니다. 결정을 내고 보니 하신 말씀이 과연 맞구나 하는 생각이 드네. 진천댁이 아이들을 잘 키우겠다고 하니 우리 조상인 만식이 만호 형제분과 형길이와 형조에게도 얼굴을 들게 되었네."

하눌어른을 대신하여 형직어른이 결론을 내렸다. 그래도 형중은 또

딴지를 걸었다.

"그런데 왜 내 말은 귀담아 듣지를 않나? 내가 이 조치에는 조건이 붙는다고 하지를 않았나? 풍호는 내 말을 막지 말게. 나를 이래 무시하면 천당에는 못가네. 지옥으로 가서 염라대왕 앞에서 불기둥 세례를 받을 걸세!"

조, 조, 조, 조 놈의 영감, 진천댁을 쫓아내자는 말만 해봐라. 죽을 줄 알아라. 나는 잔뜩 화가 났다. 진천댁이 우물가나 호수가에서 나를 만나 생긋 웃으면서 공부 잘 하니 할 때는 나는 그만 하늘로 올라가는 꿈을 꾸는 듯 했다. 인구아재가 저 여자와 함께 건조실 지붕 위에 누워 별이 쏟아지는 하늘을 쳐다보며 뭐라더라, 그래 가슴이 터질 것 같습니다 뭐 그랬지. 그리고 보일러실 초막으로 같이 들어갔는데, 거기서 두 사람이 무슨 짓을 했는지 나는 잘 모른다. 거기서는 별이 빛나는 밤하늘도 보이지 않았을 텐데……나도 사실은 멀리서 진천댁을 보면 가슴이 터질 것 같지는 않았지만 왠지 가슴이 설레이기는 했지만서도……

"그래 형중이가 말해보시게나. 하눌어른이 결론을 내주셨는데 또 무슨 할 말이 있나?"

형직어른이 나섰다.

"내가 하눌어른의 말씀을 거역하는 것은 아닙니다. 다만 두 남녀가 일 년 이상 사련을 했다면 정은 깊어질 대로 깊어져서, 사실 혼내 사람과 헤어지는 것보다 오히려 더 어려울지도 모릅니다. 여기서 늙은 우리들이 이래라 저래라 한다 해서 과연 그대로 된다고 믿으면 너무 순진한 게 아닐까 싶소. 그래서 다시 그런 불미스런 이야기가 돌면 두 사람을 요절을 내겠다는 단서를 붙여야 합니다."

"요, 요절을 내다니?"

"일테면, 남정네는 거세를 하고, 여자는 쇠못판을 태운다거나……"

"……."

다른 노인들은 다들 고개를 끄덕였다. 그러나 무슨 말은 하지는 않았다.

"거세를 한다는 말은 알아듣겠네만, 거 쇠못판을 태운다니 무슨 말인 가?"

인초가 물었다.

"길다란 나무 판자에 못을 여러 개 뒤에서 박아 앞판으로는 끝만 나오 게 해서, 음행을 한 여자를 옷을 벗겨 이걸 가랭이 사이게 끼우고 죽 타 고 내려가게 하는 거요. 중벌입니다. 음행의 근본을 제거해 다시는 음행 을 못하게 한다는 뜻이지. 옛날 궁중에서 음행을 한 궁녀를 그런식으로 했다고 합디다. 남정네의 거세에 해당하는 극형입니다."

"형중은 상두곡만 잘하는 줄 알았는데 모르는 게 없구려. 그래 형중어 른의 말씀이 어떠하오이까?"

"그렇게 하면 재발은 방지할 수 있겠구면……"

"너무 가혹하기도 하고……"

"거세된 남자는 여럿 봤어도 쇠못판 탄 여자는 난 아직 못봤소이다."

"바람난 남녀란 그렇게도 무서운 게야. 떼어놓을 방도가 없다고. 스스 로 시들기 전에는……"

동네 노인들은 한 마디씩 했다.

"그럼 이것도 역시 하눌어른의 의견을 들어보도록 합시다. 어르신 말 씀을……"

"……."

역시 한참 동안 침묵을 지키는 하눌어른은 눈을 지그시 감고 있었다. 다들 그의 목소리가 토해지기를 기다리면서 숨을 죽였다.

"거참, 어려운 문제군. 벌을 한번 주었으면 됐지 또 주어야 한다는 말인데……하기야 인구와 진천댁은 그냥 바람피운 남녀가 아닐쎄. 조카와 아지매 사인가 아닌가. 숙부와 종숙부의 부인이었어. 문제가 예사로 심각한 것이 아니야. 그렇게 생각하면 형중의 조건도 좋다고 생각하네……"

"옳은 말씀이고 말고……옳은 말씀이야……"

노인들은 다들 고개를 끄덕였다. 역시 하눌어른이야! 하고 탄성을 발하는 노인도 있었다.

"그럼 모든 결론은 내려졌습니다. 두 사람 중 인구는 사흘 이내에 가족을 데리고 연골을 떠나야 하며, 진천댁은 그대로 지금 집에서 살아도 됩니다. 그러나 사후에 다시 불미스런 소문이 들리고 사실로 판명되면 인구는 거세키로 하고 진천댁은 쇠못판을 태우기로 결론을 내렸습니다. 다들 이견은 없겠지요."

풍호는 주변을 둘러보았다. 아무도 이의를 다는 사람은 없었다.

이어 이장 풍호가 폐회를 선언했다.

"그럼 이것으로 오늘 모임은 마치겠습니다. 다들 잘 돌아가십시요."

사람들은 다들 하눌어른에게 인사를 올리고 흩어져 갔다. 이제 다시는 만날 수 없게 된 인구와 진천댁은 서로들 작별의 인사도 하지 않은 채 어둠 속으로 헤어져갔다. 최근에 연골로 이사온 명호어른 같은 사람도 하눌어른의 결론은 썩 훌륭하다는 말을 하면서 자리를 떴다. 하눌어른은 일일이 손을 잡아주며 답례를 했다. 먼저 방을 나간 사람들이 벌써 어둠 속으로 사라지려는 순간에 하눌이 몇몇 사람을 되불러 들였다.

"형직이, 형중이, 풍호, 인초, 인길이는 좀 남아주게나."

이들은 가던 걸음을 멈추고 다시금 할아버지의 사랑으로 들어왔다. 그들은 할아버지를 향해 머리를 수그리고 둘러앉았다. 할아버지의 말을 알아들었다는 듯이 다들 머리를 끄덕거렸다.

"하등급 밭 다섯 마지기 값만 받아도 인구는 살아갈 수 있을 거야. 워낙 부지런하고 손재주가 좋은 사람이니까……"

다시금 사랑방을 나가는 동네 노인들에게 할아버지는 독백처럼 중얼거렸다.

"풍호는 마을공조회에서 현금을 인출하여 인구에게 쥐어주게나. 그리고 결과를 동네 어른들을 다시 모이라고 해서 보고하여야 하네. 돈 문제는 명확하지 않으면 언제나 오해를 받게 되네. 우리 연골은 사람을 함부로 해서는 안 되네……죄는 미워하되 사람은……아암, 아암……"

원로들은 인구를 동네에서 축출하면서 그에게 밭 다섯 마지기 값을 지불하였다. 그가 좀더 험한 곳으로 가면 열 마지기도 살 수 있는 돈이었다.

풍호는 연골 사람들이 악착같이 담배잎 팔아 모아온 공조회의 돈 중에서 약간을 갹출하여 떠나는 인구의 손에 쥐어주었다.

인구는 수없이 머리를 조아리며 떠나는 자기에게 이런 배려를 해주는 동네어른들에게 큰 경의를 표하였다.

과연 며칠 후 어느날 밤 인구는 지게에다가 이삿짐 보따리를 얹어 연골을 떠났다. 그의 부인도 머리에 이삿짐을 이고 따랐다. 재식이도 아비와 어미를 따라 동네를 떠났다. 못 주변에 내려앉은 짙은 어둠의 장막을 헤치고, 얼굴까지 내려온 미류나무들의 가지를 거두면서 인구 일가는 연골마을에서 사라져버렸다. 이런 동네 추방은 일반적으로 야간에 이루어진다.

인구가 살던 집과 초막과 담배밭은 주인을 잃고 썰렁하게 버려졌다.

그러나 하눌어른이 예견한 대로 건조실은 잠시도 쉴 수가 없었다. 일 년에 세 번 추수하는 담배잎을 말리는 일은 동네의 생명줄이었다. 담배 농사가 좋지 않거나, 건조상태가 안 좋으면 연골은 살아갈 길이 막연해 지는 것이다.

호섭이가 그날로 초막으로 이사를 했다. 그리고는 그 자리에서 부젓 가락을 잡았다. 호섭이는 사다리를 수도 없이 오르내리고 보일라실의 아궁이를 들여다보면서 지성으로 담배를 구웠다.

그러나 구워진 담배잎은 황금색과는 거리가 멀었다.

푸르칙칙한 것이 영 덜 익은 것들도 있었고, 너무 세게 구워져 새카맣 게 타버린 것들도 있었다. 온도와 습도, 그리고 불을 지피는 시간과 불 꽃의 강약에 따라 결과가 달리 나오는 듯했다.

누가 보아도 호섭의 불 때는 솜씨는 인구와는 비교가 되지 않았다. 그 래도 사람들은 호섭에게 심하게 말하지 못했다. 그 정도의 실력과 경험 을 쌓은 사람도 주변에는 없었기 때문이었다. 호섭은 시계와 온도계를 달아줄 것을 요구했다.

"시계와 온도계만 있어도 이렇지는 않을 것 같습니다……."

풍호는 두 말 하지 않고 건조실 온도계와 괘종시계를 달아주었다.

그러나 제품은 썩 나아지지 않았다.

세월은 자꾸만 흘러갔다. 호섭은 죽을 힘을 다해 더 나은 건조담배잎 을 위해 노력했지만 갑 판정을 받아내기는 어려웠다.

"담배를 전문적으로 재배하지도 않는 산정마을에서 쫓겨난 호섭이가 몇백 년 이래로 담배만을 재배해온 연골에서 제대로 구워? 말도 안돼……연골 늙은이들이 죽으려고 스스로 목을 맨거야……"

"담배 굽는 게 그리 쉬우면 누가 이 보리를 심나? 보리 가지고서는 배채우기 어려워! 남양에서 전쟁치는 왜놈들, 배를 곯았으면 곯았지 조선 담배하고 조선처녀 없으면 총 구멍이 눈깔에 안 보인대……"

"먼저 집적인게 인구가 아니고 진천댁이라잖아, 하눌영감도 죽을 때가 됐어. 인제 혼이 나 봐야 돼……"

사람들은 은근히 하눌어른을 원망했다. 인구를 내치고 진천댁을 동네에 잔류하도록 했기 때문이었다. 반대로 했어야 했다는 것이다.

아무런 해결책도 없이 마을이 흔들리고 있는 사이 하눌어른이 타계하였다. 이어 형직어른도 뒤따라갔다. 구슬픈 상두 소리가 이 오래된 마을을 뒤흔들었다.

어른들을 모신 상여가 동네를 벗어나던 날, 월악산과 주흘산 사이 이 연골마을에는 근래에 보기 드문 안개가 짙게 흘렀다. 장지로 결정된 월악산에는 아침부터 연기 같은 안개가 흘러 시야가 막힐 지경이었다. 구슬픈 상두 소리가 짙은 안개를 흔들면서 산의 정상을 따라 하늘로 흘러갔다. 살 만큼 살다가 수명이 다해 흙으로 돌아간 노인을 실은 상여는 산소가 있는 산으로 가는 것이 아니라, 알 수 없는 세계 즉 신비스런 월악 연봉의 안개 속으로 사라져가는 것 같았다.

두 어른을 산으로 모시는 것은 마을로서는 결코 적은 일이 아니었다. 연골 사람들은 밤을 새우면서 장례를 치뤘다. 옆 마을에서 온 수많은 문상객들에게 소반으로 차려 깍듯이 대접하여 부자 마을의 모범을 보여주려 했다.

그러나 연골 마을은 속으로 비어 있었다. 곡간에는 곡식이 별로 없었으며 산골 동네에서는 최고로 치는 고등어자반도 거의 없었다.

누구가의 입에서 이런 소리가 흘러나왔다.

"연골마을에서도 만주로 이농하는 사람들이 났다더라……하눌어른이 누구야? 연골 사람들이 하늘로 받들던 어른이 아닌가. 찾아간 문상객 상에 고등어 자반도 없더라니까……연골마을도 끝장이야……"

세월이 아무리 더러워도 인간은 역시 먹고 자고 태어나며 죽어가는 삶의 바퀴를 어김없이 돌리고 있다. 진천댁이 인구가 마을을 떠나고 난 후 반년이 되지 않아 예쁜 사내 아이를 낳았다. 이름을 월악이라고 지었다. 월악산 정기를 타고 났다고 해서 그렇게 지었다 한다. 아직 핏덩이지만 인구를 빼닮았다고들 했다.

한 어미가 거느린 점순이 인교 월악이 세 아이는 아비가 다 달랐다. 그 아비들은 삼촌 당숙 조카지간이다.

세월은 자꾸만 흘렀다. 시국은 더욱 어려워졌다. 전장에 끌려가 죽은 조선 청년들의 숫자는 부지기수였다.

형중어른이 마을의 좌장이 되었고, 나의 아버지가 유명무실한 서당의 주인이 되었다. 서당에 한문 배우러 오는 사람도 거의 없었다.

나도 그 사이 자라나 막 청년이 되려 했다.

그 사이 진척댁은 아무런 말썽도 부리지 않고 잘 지냈다.

그러나 그녀는 한 때 동네 사람들의 구설수에 오른 적이 있었다. 그렇게 보아서 그런지 그녀의 앞 배가 마치도 회임을 한 것처럼 부풀어 올랐던 것이다. 그런 소문이 돌고나서부터 그녀는 사람들 앞에 잘 나타나지 않았다.

그러나 그런 소문은 헛것이라는 것이 판명되었다. 그녀는 얼마 후 다시금 동네 우물터에 모습을 나타냈는데 헛소문이라는 것이 입증되었다. 그녀는 구부리고 앉아 펑펑 방망이질을 하면서 잘도 빨래를 했고, 일어설 때 보면 전혀 배가 불러 보이지 않았다.

"진천댁 변소에 큼직한 핏덩이가 쏟아져 있었다……배꼽 같은 데 긴 줄이 달려있는 것으로 보아 탯줄 같았다. 인분 속에 섞여 들어갔는데 머리통은 잘 녹지 않더라……"

무슨 이런 소문이 퍼졌다.

그러나 이런 소문은 넓게 퍼지지는 않았다. 소문은 세인들의 흥미를 끌만했지만 제각기 각박한 시국 속에서 굶어죽지 않고 살아남는 것이 더 급했기 때문이었다.

굶어죽는 사람들의 시체가 마을마다 부지기수였다. 5월에 닥치는 보릿고개를 제대로 넘는 집은 큰 마을에서도 몇몇밖에 되지 않았다.

옆마을 산정동네에서는 열흘을 굶은 부부가 돐 지난 아이를 삶아 먹었다는 소문이 퍼졌다.

도둑과 거지와 천형병 환자들이 전국을 휩쓸었다.

그래서일까, 여기 연골마을에서도 이변이 속출했다. 동네 개들이 쥐도 새도 모르게 없어지거나 예리한 칼을 맞고 죽어 자빠지는 것이었다. 개들을 수단 방법 가리지 않고 데려가는 것은 잡아먹을려고 그런다고 하지만, 개를 잡아 죽여놓고도 가져가지 않는 놈들은 도대체 무슨 꿍꿍이 속인지 알 수 없었다.

그래서 연골 마을은 개 없는 동네가 되어 버렸다. 누가 낯선 사람이 찾아와도 개 짖는 소리가 전혀 들리지 않았다. 침묵의 마을이 되어버린 것이다.

그런데 기이한 것은 외양간의 소들은 건재하다는 사실이었다. 배가 고파 날뛰는 놈들이 개보다 소를 선호할 텐데 알다가도 모를 일이었다. 세상은 서서이 미쳐가고 있었다.

"인구를 데려와야 굶어죽지 않는다……"

"조선 땅 산골마을에 담배밭에 팔 것이 더 있으면 내 손가락에 장을 지져라……배추잎 같은 담배잎을 누런 황금색으로 바꾸는 재주는 인구밖에 없다……."

이런 이야기는 점점 더 마을에 확산되었다. 이제 사람들은 모이기만 하면 인구 이야기를 했다.

그러나 어쩌랴 인구의 행방을 아는 사람은 아무도 없었다. 백 리 밖으로 이사를 가라 했으니 동쪽으로는 영주 풍기, 남으로는 충주 청주, 서쪽으로는 천안 공주, 북으로는 안성 원주가 고작일 것이다.

그런데 인구란 놈은 어디로 갔단 말인가. 설마하니 만주로 가지는 않았겠지. 굶어죽지 않기 위해서는 인구를 데려와야 한다는 말이 공공연히 마을 사람들 인구에 회자했지만 정말 구체가 없었다. 어디 있는지 알아야만 사람을 보낼 것이 아닌가.

어느 날 형중어른이 이번에는 이색적으로 동네 아이들을 불러 모았다. 여섯 명이 모였다. 동네에 젊은이들이 그리 많지 않았다. 중늙이들은 보국대에 끌려갔고, 젊은이들은 소위 황군에 끌려갔기 때문이었다. 주재소 놈들은 이제 청년 티가 나는 나를 노리고 있었다.

모이는 장소는 할아버지가 돌아가시고 없지만 역시 우리 집이었다. 그것은 자고로 서원의 구실을 했기 때문이었다.

"내 말을 잘 듣거라. 개를 잡아가는 놈들이 소를 잡아가지 말라는 법이 없다. 사람이 사흘 굶어 못하는 짓이 없다고 하지 않느냐. 오늘 밤부터 너희들 아이들은 자경단을 만들어 밤에 보초를 서거라. 소 잡아가려는 놈들을 잡으라는 뜻이다."

"소 잡아가는 놈만 잡습니까? 아니면 다른 것 훔치러 오는 놈도 잡습니까?"

"다른 것이라니? 우리 마을에 훔쳐갈 게 뭐가 더 있나?"

"담배잎도 있고 무슨 겉보리 같은 것도 조금은 있지 않습니까……"

"그래, 꼭 소 도둑만 잡으라는 것은 아니야. 뭐든지 훔치러 오는 놈들은 잡으라고."

우리 여섯 사람은 세 팀으로 나누어 조를 짰다. 첫 조가 밤 9시부터 12시까지, 두번째 조가 12시부터 3시까지, 세번째 조가 3시부터 6시까지 순찰을 돌기로 했다.

옛 서원이었던 우리 집 마당에 모여, 안마을 뒷마을 상여각 우물터 못 주변 미류나무 다시 안마을로 건조실 서당 순으로 서너바퀴를 돌기로 했다.

두 사람의 청소년들은 길다란 참나무 작대기를 각각 휴대했다. 도둑을 발견하면 때려잡을 작정이었다. 두 사람 중 한 사람은 조장이었다.

나와 인교와 관구는 각각 조의 조장이었다. 관구는 죽은 형직어른의 손자였다. 인교는 기갑이와 한 조였다. 기갑은 인길어른의 손자였다.

근 한 달 가량 야간 정찰을 돌았으나 별다른 기미가 보이지 않았다. 이것을 그만 두자는 사람들도 생겨났다.

그런데 어느 비오는 밤이었다.

관구와 연홍이가 한 조가 되어 심야 정찰을 돌았다. 심야는 12시부터 3시까지이다. 사실 시간대별로는 가장 가능성이 높았다. 개라는 개는 다 뒈져버렸으니 마을은 을씨년스러울 정도로 조용했다. 특히 비까지 내리니 조금은 기분이 나쁠 지경이었다.

그 날 밤 마지막 조에 편성되었던 나는 부하인 팔식을 데리고 정찰을 돌 참이었다. 팔식이는 우리 동네 옆 산정동에서 이사온 호명 어른의 아들이었다. 호명어른은 큰 어른 축에는 들지 못했다. 쉰이 조금 넘은 나이였다.

호명어른은 옆 산정동네에서 이사를 온 사람이다. 그는 별다른 하는 일 없이 허드렛일을 해주고 밥을 벌어 먹었다.

특히 그는 동네 잔치가 있을 때, 기막히게 개나 소나 돼지를 잘 잡아주었다. 우리 나라 농촌이나 산촌에 닭 못잡는 사람은 없지만, 개나 돼지 소의 경우라면 말이 좀 달라진다. 잘못 잡으며 그것도 생명이 있는 동물이라 영 볼썽사나워진다.

우리 앞 조는 관구와 연홍이었다. 연홍이는 동네 단 한 사람 있는 무당할머니의 손자였다. 그날 밤 관구가 감기가 걸렸다 하여 연홍이 혼자서 정찰을 돌았다.

나와 팔식이는 졸리는 눈을 가까스로 뜨고 잔뜩 흐린 시야를 살폈다. 가느다란 빗줄기가 계속 뿌려지고 있어서 시야가 트이지 않았다. 그래서 후딱 한 바퀴 돌아보고 집으로 돌아가 부족한 잠을 잘 참이었다.

나와 팔식이는 우리집 사랑의 봉당 위 쪽마루에 앉아 연홍이가 돌아오기를 기다리고 있었다. 그가 돌아와야만 정찰결과를 들을 수 있기 때문이었다. 녀석이 우리집까지 오지 않고 그냥 자기 집으로 돌아가 버릴 수도 있었다. 그는 뒷골 심처에 살고 있었기 때문이었다. 못을 돌아 마을로 올라오는 길은 뒷마을로도 이어져 있었다.

빗줄기가 점점 굵어져 사방의 분별이 잘 되지 않았다. 우리는 연홍이를 포기하고 우리 순번을 돌기로 했다. 도롱이를 덮어쓴 팔식이가 앞장을 서고 역시 같은 도롱이를 쓰고 내가 뒤를 따랐다.

앞장 서 가던 팔식이가 뒷마을 어느 골목 귀퉁이에서 멈춰서더니 뭔가를 발로 툭툭 치고 있었다. 진천댁 집으로 빠지는 골목의 입구쯤이었다. 그러더니 갑자기 으악! 하면서 뒤로 나자빠졌다. 도롱이가 그의 어깨에서 벗어져 저만치 나뒹굴었다. 그가 소리를 질렀으나 빗줄기 소리에 묻혀 무슨 소린지 알아들을 수 없었다.

내가 참나무 작대기를 꼬나쥐고 그를 향해 달려갔다.

"사, 사, 사, 사람이……"

"무슨 소리야? 사람이라니?"

"사람이 죽었어……사람이……"

과연 사람 하나가 거꾸러져 있었는데, 가만히 내려다보니 죽은 듯했다. 아니, 이게 누구야? 바로 직전에 순찰을 돌았던 연홍이가 아닌가. 나는 떨리는 가슴을 진정하면서 그의 맥을 짚어보았다. 아무것도 들리지 않았고 전신은 싸늘했다.

정신을 차리고 가만히 살펴보니 그는 상복부에 칼을 맞은 듯 피를 흘리면서 길바닥에 나자빠져 있었다.

"야, 연홍아, 연홍아…… 연홍아!"

나는 그의 이름을 부르면서 몸을 흔들어보았으나 전혀 대꾸가 없었다. 나는 연홍이를 들쳐업고 그의 집으로 뛰었다. 상여각 옆으로 빠지는 길 마지막 지점에 연홍의 집은 있었다. 나는 연홍을 집 안방 아랫목에 눕혀놓고 호흡회생술을 한번 시도해볼 작정이었다.

잠들어 있던 세칭 월악산여도사라고 일컬어지는 연홍의 할머니가 깜짝 놀라 방에서 뛰쳐나왔다. 연홍의 아비도 보국대에 나가 얼마 되지 않아 전사통지서가 왔고, 그러자 지어미가 저기 못에 빠져 죽었다. 비극의 집이었다. 그래서 할미가 무당굿을 하며 하나뿐인 손자와 살아가고 있었다. 굿이 용하다고 소문이 나있으며 마을 사람들로부터 은근히 존경을 받고 있었다.

희미한 호롱불 아래 숨을 쉬지 않고 누워 있는 손자를 향해 그녀는 방울과 칼을 휘두르면서 굿을 하기 시작했다. 손자에게 들러붙은 귀신부터 쫓아내야 한다는 것이었다.

나는 도사가 무슨 소리를 하건 버려두고 연홍의 가슴에 율동을 넣어 내려누지르곤 했다. 그의 심장이 완전히 멎지 않았다면 탄력을 받아 다시 뛰기 시작할 것이었다.

웬 놈의 빗줄기가 그리도 쏟아지던지 온 마을은 적막강산 같았다.

내가 무슨 짓을 해도 연홍의 심장은 다시 뛰지 않았다. 그는 그야말로 죽어버린 것이다.

용하다는 월악산 도사도 별수가 없는 모양이었다. 그녀는 손자의 시신 앞에서 넋 나간 사람처럼 풀쩍풀쩍 뛰기만 했다. 여러가지 무구들을 요란스럽게 흔들어댔으나 별무소용이었다.

그녀는 손자의 시신을 안방에 버려둔 채 마루를 사이에 두고 있는 신당으로 건너가 호롱불을 여섯 개나 밝힌 뒤 덩실덩실 춤을 췄다. 아마도 손자를 살려달라고 귀신에게 비는 듯했다.

"연홍아……말 좀 해라……이 자식아……"

나와 팔식은 죽은 연홍의 시신을 흔들면서 마구 울어댔다.

소란이 동네에 퍼져 벌써 마을 어른들이 이 무당집으로 몰려들었다.

"아이고 이게 웬 변곤고……어째 이런 일이 다 일어나나……그래서 내가 동네 정찰을 시켰건만……연홍이가 당할 줄이야 누가 알았나……"

형중어른이 통곡을 했다. 인초어른과 인길어른이 눈이 휘둥그레 가지고 달려왔다. 다들 연홍의 얼굴을 덮고 있는 무명 수건을 들쳐보고는 눈을 돌렸다.

이튿날 나와 팔식이, 인교, 관구, 기갑이, 풍호어른, 형중어른, 인초어른, 인길어른, 월악산여도사 등이 거촌마을에 있던 주재소에 불려갔다.

조선인 순사보조가 우리를 잡고 아는 바를 말하라고 족쳤으나 단 한마디도 하는 사람이 없었다. 우리 모두 정말 아무것도 모르기 때문이었다.

"세상이 하 수상하니 말세가 된 것 같소이다……"

풍호가 하다못해 한 마디 했다.

"방금 그 따위이노 말이노 하는 자 누구이노? 앙?"

보조순사가 산마을 사람들을 족치는 것을 모르는 듯 무슨 문서만 들여다보고 있던 칼 찬 일본인 순사가 갑자기 칼을 철벅거리면서 걸어나왔다.

"지가 리장이라 할 수 없이 한 마디 했습니더……"

"세상이노 말세라니노……죽여야겠어! 우리노 내선일체노 되어 신성한 황국전쟁이노 필승의 신념으로 하고 있는데노……무스기노……세상 말세라니노!"

놈은 지서의 바람벽에 세워둔 목도를 짚더니 풍호의 어깨죽지를 내리쳤다. 어쿠쿠쿠……무쇠처럼 든든한 풍호지만 그대로 세멘트바닥에 나동그라졌다. 그리고 순사는 형중어른의 수염을 잡아 뽑아 버렸다.

"늙어빠진 조오센지이노 이 따위노 수염같은 거 붙이고노 다니지 말라노!"

대가 센 형중어른이지만 자기 어깨에 떨어질 목도가 두려워 꿀먹은 벙어리가 되었다. 얼굴만 붉힐 뿐이었다. 그러나 그가 얼굴을 좀 붉혔다 하여,

"무스기노 불쾌하다 이 말씀이노? 한번 맛좀 보라노! 야앗!"

바람을 가르는 기합소리와 함께 제2의 목도가 형중어른의 배를 향해 날아들었다.

아쿠—

어른은 긴 비명을 지르면서 저만큼 나가 떨어졌다.

얼굴 붉힌다고 때리고, 무슨 말도 안 한다고 갈기고, 쳐다본다고 후려치고 다들 몸을 제대로 펴고 걸을 수 없을 정도로 맞고 절뚝거리거나 기어서 마을로 귀가했다. 다만 여도사할미만 매질을 면했다. 귀신처럼 허연 머리털하며, 늙은 할미의 두 눈에서 뿜어지는 심상찮은 안광에 왜놈 순사도 조금은 질렸을 것이다.

연홍은 자신의 조상들이 묻힌 뒤산 월악의 중턱에 묻혔다.

마을 사람들은 그리고 나서 근 석달간 월악산여도사의 신당에 온밤 불이 켜져 있는 것을 보게 되었다. 온밤 굿소리가 들려왔다.

소문에 할미무당이 비명에 죽은 손자를 위해 백일 굿을 한다는 것이었다. 언제 저 지긋지긋한 굿이 끝나나 마을 사람들은 그 백일 기도가 끝나기를 손을 꼽으며 기다렸다. 바닷속처럼 조용한 이 마을에 온종일

할미무당의 굿거리 소리가 울려퍼졌다. 음산한 풍경이었다.

무당할미의 백일 굿이 끝났을 때, 연골 사람들은 이 심상찮은 할미가 자신의 신당 가까이 있는 상여각 아래 형중어른 집을 향해 난 길을 걸어가는 것을 보았다.

"어제밤 우리 연홍이 구신이 날 찾아와 자기 죽인 놈이 사는 곳을 가르쳐줬어……"

노파는 다짜고짜로 이런 소리를 해댔다. 형중은 기가 찰 노릇이었다. 이 노파의 말을 믿어야 할지 믿지 말아야 할지 판단이 서지 않았던 것이다.

"젊은 놈 서넛만 붙여줘……내 잡아오께……"

"누군지는 모르고……?"

"그것까지는 몰라……몰라……저쪽 산 굴 속에 있어……소백산 산속……칼을 기막히게 잘 쓰는 놈이야…"

할미는 동쪽을 가리켰다. 소백산 굴 속에 살인자가 숨어 있다는 것이었다.

"확실해?"

"구신들은 거짓말 안해!"

"남한테 이야기하면 안돼!"

"미쳤어……구신을 화나시게 하지 그러면……"

나와 팔식이 관구 그리고 기갑이까지 영문도 모른 채 이른 새벽에 무당할미를 따라 길을 떠났다. 기이하게도 형중어른은 인교를 부르지 말라고 했다. 우리들은 같이 길을 나선 형중어른의 엄중한 훈계를 들었다. 절대로 이 행차를 입 밖에 내서는 안 된다는 것이었다. 인초어른도 동행했다. 형중어른의 특명으로 영태까지 동행했다. 우리는 오직 보리로 된

주먹밥 하나씩을 허리춤에 찼을 뿐이었다. 그리고 보는 이들이 눈치채지 못하게 쟁기와 낫 사이에 단단한 참나무 몽둥이를 섞어 어깨에 메게 했다.

여든 노파가 얼마나 잘 걷는지 우리는 죽을 힘을 다해 겨우 그녀와 걸음을 맞출 수 있었다. 할미는 가히 바람을 가르는 듯이 달렸다. 두 어른들도 일흔 노인답잖게 잘도 걸었다. 젊은 우리들이 부끄러울 정도였다.

오후 늦게 첩첩산중 어느 깊은 계곡에 이르렀다. 갑자기 무당할미의 몸이 부들부들 떨렸다.

"연홍이 구신이 연홍이 구신이……"

우리는 할미를 바라보고 있을 수밖에 없었다.

죽은 자의 귀신이 할미를 인도하는 듯했다.

"들어……들어……"

할미는 심상찮은 눈을 들어 우리들 어깨 위를 쓰윽 훑었다. 무기를 들라는 표시였다. 살인자가 숨어있는 곳 가까이 온 모양이었다. 우리는 숨이 막혀오는 긴장감을 느끼며 제각기 연장을 뽑아 들었다. 낫, 쟁기, 참나무몽둥이 등.

우리는 그제서야 우리가 여기 왜 왔는지 어렴풋이 느낄 수 있었다. 무당할미의 손자 연홍의 가슴에 칼을 꽂은 놈을 잡으러 온 것이었다.

낫을 들고 앞장섰던 팔식이가 나를 향해 고개를 돌렸다. 그리고 턱짓으로 계곡 언덕을 가리켰다. 기이하게도 여기저기 산이 개간되어 있었고, 거기에는 담배 나무들이 키 높이로 자라고 있었다. 서너 마지기는 될만한 밭이었다. 산 아래 쪽 계곡의 심처에는 흙으로 지은 담배건조실 같은 것이 서있었다. 건조실 아궁이가 멀리서 보였는데 불꽃이 훅훅 일고 있었다. 어디서 좀 보던 풍경이었다.

계곡에는 햇살이 들이차 모든 것이 분명히 보였다. 건조실 곁에는 작은 초막이 있었고, 건조실 뒤 계곡의 심처에는 큰 바위가 있었다. 바위 뒤에는 큼직한 동굴이 있었다. 누군가가 살고 있는 듯 연기가 동굴에서 흘러나오고 있었다.

"저기……저어기……저어기……"

할미의 입에서는 거품이 허옇게 뿜어지고 있었다.

누군가가 동굴에서 걸어나오고 있었다. 얼굴에 털이 심해 누군지 알아볼 수 없었다. 그의 손에도 낫이 들려 있었다. 그 자는 담배밭을 향해 걸음을 옮겼다. 우리는 연장을 낮추고 할미를 쓰러뜨려 풀밭에 숨기고 각자 은폐물을 찾아 몸을 숨겼다.

그의 뒷모습이 소나무에 가려 시야에서 차단되었을 때 나는 잽싸게 몸을 날려 놈의 뒷통수를 참나무 몽동이로 후려갈겼다. 명색이 대장이 아닌가.

아니, 이게 어찌된 일인가. 저만큼 나가 떨어진 놈은 털북숭이가 아니라 바로 나였다. 나는 놈이 내려치는 낫을 간신히 피했다. 즉각 관구와 팔식이 기갑이가 무기를 꼬나쥐고 놈에게 덤볐다. 나도 재빨리 몸을 세웠다. 예사로 날쎈 놈이 아니었다.

하지만 제 아무리 날쎈 놈인들 조선시대 무사도 아니고 장정 넷을 어떻게 당할 것인가.

죽이지는 말거라—

형중어른이 소리쳤다.

그런데 이놈이 누구인가. 어디서 많이 보던 놈이었다.

관구가 휘두르는 쟁기를 받느라 몸을 튼 놈의 뒤통수를 내가 다시 후려갈겼다. 놈은 픽 쓰러졌다. 팔식이가 놈의 몸통 위로 자신의 몸을 날려 덮쳤다. 우리는 일시에 달려들어 놈의 사지를 하나씩 깔고 앉았다.

그런데 놈의 완력과 민첩성은 뜻밖이었다. 놈은 어느 순간 우리를 밀치고 몸을 솟구치더니 잽싸게 빠져 나갔다. 그리곤 날이 퍼런 낫을 휘둘렀다. 우리는 할 수 없이 영태를 바라보았다. 영태가 놈의 소매를 낚아채는 순간 나의 제3의 몽둥이가 날았다. 어깨죽지에 적중되었다. 놈은 저만치 나가 떨어졌다. 관구가 몸을 날려 놈을 덮쳤다. 모두 와락 놈을 덮쳤다. 그런데

"아니, 이게 누구시요!……"

제일 먼저 나의 입에서 탄성이 일었다. 다가선 형중어른이 내 옆구리를 찔렀다. 발설하지 말라는 뜻이었다. 무당할미가 다가왔다. 우리는 새끼줄로 놈을 묶어 꿇여 앉혔다. 그리고 형중어른 앞으로 끌고 갔다.

"살고 싶냐?"

어른은 한참을 씨근덕거리더니 이윽고 입을 열었다. 그의 첫마디는 이것이었다.

"……."

털북숭이로 변한 인구아재는 말이 없었다.

"네 놈이 죽지 못할 이유를 나는 알고 있다! 우리 동네 개들이 다 뒈진 이유를 나는 알고 있었다……"

"……."

"주재소놈들이 알면 너는 즉각 사형이다. 알고 있제?"

"……."

"가자, 연골로. 다시 화젓가락을 잡거라."

"형중 어르신……저 낫으로 내 목을……."

"우리 연골 사람들 철저히 함구하여 네놈을 살리겠다. 하지만 네 놈 뜻대로는 안 된다. 우리 연골이 담배가 안돼 굶어죽을 지경이지만 800년 집성촌이다……."

"형중어른, 죽여주십시요……못할 짓을 그만두지 못하는 이 놈을…… 그리고 사람을 죽……."

"산정마을에서는 며느리 취한 시아비가 허용되지만 우리 연골은 안된 다……우리 다 굶어 죽어도 그것만은 안 된다……지금 이 마당에 내가 너를 꾸짖는 것이 아니다……우리 다 함께 살 길을 찾자는 것이다. 그 사람이 그렇게도 좋으냐……이 미친 놈아……."

"형중어르신……인초어르신……이놈을……."

그 순간 나는 나도 모르게 내 눈에서 쏟구치는 뜨거운 물체를 느꼈다. 그것은 참나무 몽둥이를 든 내 손등으로 떨어졌다. 그제서야 나는 몽둥이를 멀리 던져 버렸다.

아하 연홍이가 저승객이 된 이유를 알만했다.

그리고 이놈은 밤의 검객이 되어 연인을 계속 장악하기 위해 개들과 초병을……

그 순간 흰 무명 치마저고리를 입고 동네일터에 가끔 나타나는 진천 댁의 모습이 내 눈에 어른 거렸다. 뭔가 잡혔다. 아하 일이 이렇게 되었 구나. 관구와 팔식이 기갑은 영문을 몰라 눈이 휘둥그래져 있었다.

어른들의 눈에서도 눈물이 비쳤다.

"연골마을이 잎 건조가 안되어 굶어죽게 되었다……어서 가자! 하지만……."

"우리 둘이 같이 죽겠습니다……. 내가 죽자면 같이 죽을 겁니다……
흑흑흑흑……."

"이제 너희들 문제가 아니다. 동네 전체의 사활의 문제다……전쟁은
언제 끝날지 알 수 없다……쪽바리 놈들 조선 백성 다 굶어죽어도 안중
에 없다……하지만 네가 그 짓을 죽어도 그만두지 못할 터……약조대로
하자! 약조를 알고 있느냐? 약조대로 해서 살아남아 고향을 살리고 그
사람을 멀리서나마 보면서 살래, 아니면 주재소로 끌려가 죽을래?"

"……."

"인구 이 사람, 여기 연백할머니도 자네의 죄를 용서하실 의향을 밝히
셨네……우리가 자네를 용서하고 그냥 입향시키면 자네 또 사람 죽일
사람이야. 자네들 절대로 떨어지지 못하네. 하지만 무슨 짓을 해도 이
세상에 비밀은 없네……어서 작정하게나! 왜정 치하 우리 산촌 사람들
살 길이 없네……벌써 몇 집이 만주로 떠났어……다른 동네에서는 자기
새끼 삶아먹은 사람도 생겼어……."

입을 다물고 있던 인초어른이 천천히 입을 열었다.

"이 놈은……이 놈은……약조대로 하겠습니다만……하지만 그 사람
은 그 사람은 좀……."

"알았다. 네가 그렇게 말해주니 고맙구나. 나와 인초가 자네 입장을
이해하고 지지하니 원로회의에서도 받아들여질 거야. 다시 논의해보자
……우리 연골은 많이도 허물어졌지만 보국대 나가 죽은 중늙은이 몇몇
을 빼고는 아직 일제에 당한 사람들이 없어……네가 와서 잎만 제대로
구워주면 우리 연골은 아사에서 살아날 수 있어……."

"형중어르신……인초어르신……흑흑흑흑……."

인구아재는 통곡을 했다. 그는 연인을 구하는 조건으로 자신의 거세와 연골마을 재차 건조실 불 때기를 응락한 것이다.

밤 하늘에서 별이 쏟아지던 날 밤 연골 담배 건조실 지붕 위에 누워 있던 그들의 두 얼굴은 너무나 희게 빛나 보였었다. 그 당시 나는 그들의 보일러실 초막에 들어가 무슨 짓을 하는지 몰랐다. 지금은 안다. 그럼 거세를 하면? 나는 흐르는 눈물을 그만 둘 수 없었다.

우리는 날이 어둡기를 기다려 연골로 돌아왔다. 남들의 시선을 피하기 위해서였다.

며칠 후 인구가 짐을 꾸려 야간에 연골로 들어왔다. 자신이 살던 집이 비어 있었으므로 입주는 간단했다. 재식은 병들어 죽어서 아비 따라 귀향하지 못했다.

귀향하자마자 그는 당장에 화젓가락을 다시 잡았다. 호섭이는 그의 조수가 되었다. 호섭이는 인구를 깍듯이 모셨다.

그날부터 건조실 굴뚝에 연기 올라가는 것부터가 달랐다. 마을에서는 돌아온 인구가 건조실의 온도계와 괘종시계부터 제거했다는 소문이 퍼졌다.

나는 옛 생각에 잠겨 어느날 오후 건조실 지붕에 올라가 보았다. 마침 거기서 인구아재를 만났다.

"아재, 옛날 어느 여름날 밤에 저기 쯤에 그 분과 같이 누워서 별이 흐르는 밤하늘을 쳐다보았지요?"

"……."

"가슴이 터질 것만 같다고 했지요?"

"가슴이 터질 것만 같다구……으음, 맞아, 그런 말 했었어! 사실 지금도 그이를 생각만 해도 가슴이 터질 것만 같아……그런데 네가 그걸 어떻게 아나?"

"저기 저 창고 속에 숨어있었어요."

"으음, 정말 비밀은 없구나……내가 죽어 그분을 구하겠다……백 번이라도 죽을 수 있어……."

그 순간처럼 인구아재가 처연하고 불쌍하고 그리고 위대해 보인 적이 없었다. 내 앞에는 아지매를 범한 남자 같은 사람은 없었다. 가장 강하고 부드럽고 정결한 남자가 우뚝 서있는 것 같았다.

그는 내가 잘 알지도 못하고 두려워하고 신비스러워하는 저기 안개 흐르는 월악산 주봉과도 같이 느껴졌다. 눈을 드니 마침 넘어가는 햇살을 받아 월악의 주봉이 휘황찬란하게 빛을 발하고 있었다. 산은 뿌연 연기에 가려 형언할 수 없이 신비스럽게 비쳤다.

며칠 후 호명어른 집 헛간에 마을 어른 열 명이 모였다. 어른들이 지켜보는 가운데 호명은 날 없는 가위 같은 겸자(鉗子)를 소금물에서 꺼냈다.

"저리로 앉아 핫바지를 벗게!"

호명어른은 인구에게 둘둘 말은 명석 위를 가리켰다.

인구는 명석 위에 엉덩이를 내리고 핫바지를 벗었다. 호명은 떠놓은 뜨거운 소금물로 남자의 그것을 깨끗이 여러번 씻도록 했다. 보아하니 호명은 거세의 경험이 있는 자였다.

그리곤 헛간 천정에 매달려있는 두개의 무명끈으로 인구의 두 손을 단단히 묶었다. 그리고 헛간 기둥에 무명끈을 매달아 두 발을 단단히 묶었다. 그는 몇번이나 끈의 상태를 확인했다. 그가 개 돼지를 잘 잡는다는 소문은 퍼져 있었으나 이런 일까지 잘 하는지는 알려져 있지 않았다.

그리곤 두툼한 무명천 뭉치로 인구의 입에 재갈을 물렸다.

"저기 나무 밑둥을 끌고와 허리도 묶도록 하게!"

형중이 말했다. 헛간 한 귀퉁이에 있던 큼직한 나무밑둥을 끌고와 인구의 허리를 무명천으로 묶었다. 호명어른의 요구로 영태가 마지막으로 인구의 몸통을 뒤에서 꽉 조여 안았다.

드디어 인구의 아랫도리 사이의 두 알이 호명어른이 내놓는 겸자의 두 날개 사이로 들어갔다.

으악! 하는 소리가 솟구쳤으나 재갈이 물려진 인구의 입 밖으로 새어 나오지는 못했다. 그의 두 다리 사이에서는 피가 솟구쳤다. 호명은 준비해두었던 소금을 인구의 두 다리 사이에 뿌렸다. 그는 죽겠다고 요동을 쳤으나 사지와 몸통이 묶여있어서 별 수 없었다. 그는 멍석 위에 널부러졌다.

"인구 몸조리 잘 하게나……."

노인들은 다들 한 마디씩 하고는 자리를 떴다.

그 일이 있고 나서 인구는 근 한 달간 정신을 잃고 호되게 앓았다. 다들 인구가 죽는다고들 했다. 그러나 그는 죽지 않고 기적적으로 살아났다. 그리고 다시 화젓가락을 잡았다.

그러던 어느 날 보일러 앞에서 화덕에 석탄을 퍼넣고 풍구를 밀면서 화젓가락으로 불길을 조정하던 인구는 자신의 핫바지 사타구니 근처가 검붉게 물들어 있는 것을 발견했다.

병석에서 일어서기는 했으나 겸자로 으깨어진 신체 말단의 일부가 잘 아물어붙지 않은 것이었다. 자고로 거세의 후유증으로 생명을 잃는 사람은 적지 않았다.

"어르신, 들어가 쉬세요. 석탄의 양과 풍구 세기의 정도만 가르쳐 주면 지가 하겠습니다. 몸이 말이 아닌 것 같구먼요……."

"조금, 통증이 가시지 않네……."

호섭이는 나이 마흔도 안 된 인구를 어르신으로 대접했다. 당시 조선은 평균 사망 연령이 쉰을 넘기지 못했다. 그러니 마흔만 되면 벌써 뒷짐을 지고 어른 행세를 했었다.

그런데 인구가 한 달쯤 앓고 회복의 기미가 보였을 때, 마을 사람들은 진천댁이 동네에서 없어진 것을 알았다. 점순이와 인교 그리고 월악이까지 데리고 어디론가로 가버린 것이었다. 야간에 없어졌다.

연골사람들은 월악이는 인구의 씨라고 다들 알고 있었는데 그 아이마저 데리고 떠난 것이었다. 알다가도 모를 일이었다. 또 다른 인구를 자기 옆에 두고자 함이라고 입을 삐쭉거리는 우물가 여자들도 있었다.

그러던 어느날 밤, 교대로 눈을 부치고 다시 불길을 돌보던 인구와 호섭이는 서로들 상대를 배려하여 더 많은 수면시간을 주려고 하였다. 호섭이는 특히 인구의 몸이 정상이 아니라 적극적인 배려를 하고자 했다. 자신을 조수로 써준 것만 해도 감사했다.

호섭은 새벽 두 시쯤 되어서 잠이 깨어 초막을 나와 보일러실로 갔다. 화재 예방을 위해 보일러실에는 호롱불을 켜지 않았다. 호롱불을 켜지 않아도 보일라 속의 불빛으로 어둡지 않았다.

"어르신 이제 들어가 주무십시요. 이제 제가 하겠습니다."

하면서 무심코 보일러실로 들어가던 호섭이는 으악! 하면서 놀라 나자빠졌다.

보일러실에는 불길이 없어서 컴컴했다. 다만 석탄에 불이 벌겋게 붙어 있어서 윤곽을 볼 수 있었다. 이게 도대체 어떻게 된 노릇인가.

인구가 석탄 위에 얼굴을 박고 쓰러져 있는 것이 아닌가. 저 뜨거운 석탄불에 얼굴을 박고 있다니. 무슨 큰 일이 벌어졌음에 틀림없었다. 인구가 죽어 있었다.

호섭은 정신을 가다듬고 인구를 그의 몸통을 잡아 보일라 아궁이에서 끄집어 냈다.

그의 얼굴과 상반신은 숯덩이가 되어 있었다. 형체도 없이 타버렸다.

"사람이 죽었어요! 사람이 죽었어요!"

호섭이는 동네를 향해 소리를 쳤다. 자신이 감당하기에는 일이 너무나 컸다. 사람들의 도움을 받아야 했다.

형중어른을 비롯한 동네의 원로들도 여러 마을 사람들과 함께 달려왔다. 마을을 구하려고 인구를 데려온 사람들이었다.

"아이구, 이를 어쩌나! 불을 너무 가까이서 쳐다보다가 앞으로 엎으러졌구만! 내가 불을 너무 가까이서 보지 말라고 몇 번 말을 했던가. 이 사람 불을 땔 때는 불에 미친 사람 같더라니까……"

"불은 무서운 게야. 누구나 조심을 해야해……이를 어쩌나! 불 좋아하는 사람 불로 망하는 법이라든가……"

"고양이는 나무에서 떨어지고, 이름난 화부는 불 속으로 떨어졌구만……"

어른들은 다들 한 마디씩 했다.

그들은 안타까운 마음을 어찌하지 못했다. 그러나 그것이 무슨 소용인가. 그는 죽지 않았는가. 사람은 죽음으로써 자신의 일생을 끝내기도 하지만, 아울러 자신의 인생을 완성하기도 한다. 그래서 죽음은 중요한 것이다.

사람들은 당연히 인구의 유택을 뒷산 월악산의 허리쯤에 써야 하지만, 연골마을 앞을 돌아빠지는 연골강 기슭에 썼다. 이 강은 달천의 지천으로 남한강으로 흘러든다. 한을 남긴 연골 마을을 건너다보면서 잠들라는 뜻이었다.

마을 어른들의 중론으로 그렇게 했다. 노인들이 이런 결론을 내린 이유는 자신들이 인구에게 가한 체벌이 아무리 마을을 구한다는 명분을 내세웠다 하지만 결국 그것이 그의 죽음을 초래하지 않았을까 하는 인식에서였다.

해방 후 6 · 25까지는 극도의 혼란기였다.

그 사이 연골마을은 많이도 변했다. 나도 세월 속에서 아버지와 어머니를 잃고 허송세월하다가 고향을 떠나 서울로 왔다. 관구와 팔식이는 고향에서 장가들어 아버지의 집을 물려 받아 살았다. 기갑이는 대전으로 나갔다.

그 사이 진척댁을 인천에서 보았다는 사람이 있었으나 확인되지 않았다. 세월 속에 묻히면 모든 것은 의미를 잃는 법이다. 그녀는 한번 떠난 이후로는 여기 연골마을에는 얼씬도 하지 않았다.

마을 노인들도 거의 돌아가시고 세월이 흘러 인구와 진천댁에 얽힌 이야기를 소상히 아는 사람이 드물어졌다. 그들의 이야기는 실체를 잃은 전설처럼 되어갔다. 형조와 형길 그리고 진천댁이 살던 집은 폐허가 되어 버려져 있었다. 사람들은 그 집 마당에 노적가리를 만들어 이용하기도 하고 헛간에는 못 쓰는 농기구 등을 갖다 놓기도 했다.

그런데 사람일은 정말 알 수 없었다.

6·25가 터지고 얼마 되지 않아 진천댁이 이제 다 자란 점순이 인교 월악이를 데리고 여기 연골마을에 나타난 것이다. 피란을 온 것이었다. 아이들만 데리고 온 것이 아니었다. 웬 늙은 남자를 데리고 왔는데 남편 이라는 것이었다.

그녀는 폐허로 비어있던 자신의 옛집을 손보아 살았다.

연골마을이 인민군 치하에 들어갔으나 더 피란을 가지 않고 용케 견 디어 냈다.

전쟁이 끝나기도 전에 남편이라는 늙은이는 나이가 들어 저승객이 되 었다.

그리고서도 진천댁은 근 20년을 연골마을에서 더 살다가 죽었다.

그녀는 죽으면서 인교와 월악에게 유언을 남겼는데, 자기의 시신을 화장하여 저기 연골강에 뿌려달라는 것이었다.

연골강은 인구의 유택 앞으로 흐르는 달래강의 지천이다. 연골강을 떠내려가던 진천댁의 골분이 눈이 있었다면 아마도 남쪽 주흘산 북쪽 기슭에 쓸쓸히 서있는 인구의 무덤에 한두 차례 시선을 주었을지도 모 른다.

아우토반 레이스

이 강 홍

주성대 문예창작과를 졸업하고
충북작가 신인상과 동양일보 신춘문예로 문단에 나왔다.
직지소설문학상 수상.

아우토반 레이스

벌써 두 달째 차를 한 대도 팔지 못했더니 지점장은 회의 때마다 나를 바라보며 침을 튀기었다. 실적난의 그래프는 한 칸에서 더 이상 올라갈 기미를 보이지 않고 있다.

내일이면 또 요양원에 계시는 어머님 치료비를 보내야 되는 날이다. 서른이 넘은 지가 언제인데 봉급은 항상 제자리이고, 이러다 장가는 가기나 할런지.

글쎄, 네 사주가 우라지게 좋긴 한데 고독수가 들었다지 뭐냐. 오래전에 어머니가 했던 얘기가 어쩌면 맞는지도 모르겠다.

중매해 달라는 핑계로 툭하면 들르던 화장품가게에 하이브리드 소나타 한 대를 계약한 건 이달 16일이다. 무섭게 치고 올라오는 신입들에게 그나마 간신히 체면 유지는 한 셈이다.

"이수인 사장님, 어서 오세요. 서류 준비는 다 되셨어요?"

"응, 서류는 다 되었어. 그런데…… 혼자 온 게 아니고 누구와 같이 왔어. 가계 오는 동생인데 같이 가자고 그래서. 혹시 아는 사람일지도 모른다고 하길래."

"열두 시가 다 됐는데 우선 식사부터 하러 가시죠."

거리의 벚나무는 만개해 있었고 여자들이 비껴 쓴 양산 위로 한낮의 햇빛이 눈부시게 쏟아져 내렸다.

룸 미러로 뒤쪽을 힐끔 보았지만 선글라스를 쓴 여성은 생소하기만 했다. 하늘색 투피스 차림의 오똑한 코가 돋보이는 늘씬한 서구형 미인이었다.

"박근혜 대통령 당선되고 나서 만난 여자분 중에는, 제일 미인이신 것 같습니다."

웬걸, 뒷좌석에선 아무 반응도 없었다. 잠시 후,

"치매 증세가 좀 있으신가 보네요."

"······."

갑자기 머릿속이 윙윙 성능 떨어진 기계처럼 소리만 요란하게 낼 뿐 좀처럼 기억을 불러내지 못했다.

"호, 혹시?"

"못 알아보면 그냥 내리려고 했어."

선글라스를 벗으며 그녀가 미소를 지어 보였다. 치약광고 모델 같은 하얗고 가지런한 치아의 미소. 흠잡을 데 없는 완벽한 미소였다.

그녀를 알아본 순간 해물탕을 먹다 미더덕에 그만 입천장을 홀랑 덴 기분이었다. 미더덕이 품고 있던 뜨거운 국물이 터질 때의 그 당혹감, 너무 뜨거워서 고함이라도 지르고 싶건만 입속에 콩나물 등이 잔뜩 담겨있어 아무 소리도 지르지 못할 때의 그 난처함.

"언니가 화장실에 갔는데 핸드폰이 계속해서 울리더라고. 이름이 박관우라고 뜨는데 그렇게 흔한 이름이 아니잖아. 언니한테 물어보니 나이도 같고 키가 크다길래 따라 와 본거야. 곰곰이 생각해보니 17년 만이네."

어떻게 운전을 했는지 정신이 없었다. 신호를 지키지 않는다고 뒤 차가 빵빵거렸고 옆 차와 부딪칠 뻔 하기도 했다.

"희수가 복요리를 좋아한다던데."

이수인 씨의 말에 관공서가 밀집한 거리의 복 전문집으로 들어갔다. 주방은 분주해 보였고, 방 안은 손님들로 붐볐다. 메뉴를 보니 복국과 복 매운탕, 복 껍질무침 등 다양한 요리 이름이 적혀있었다.

"복어가 피를 맑게하고 피부미용에 좋다잖아. 하지만 복어는 치명적인 독을 품고 있어 알을 먹으면 즉사하지. 내장과 알을 제거하고도 하루 정도 소금물에 담가둔대. 알코올 해독에는 최고라고 하더군. 독은 독으로 푸는 거래. 다이아몬드는 다이아몬드로 자르고, 사랑은 사랑으로 이겨낸다잖아. 내 말이 틀렸나?"

그녀의 웃음소리가 벚꽃 꽃잎처럼 팔랑이며 허공에 울렸다. 나는 그저 어깨만 으쓱했다. 다이아몬드는 다이아몬드로 자른다는 말은 당연했다. 세상에 다이아몬드보다 강한 물건은 없으니까.

"복어는 위험에 처하면 크게 보이려고 배를 점점 부풀린대. 어쩌면 우리가 믿는 것들의 실체도 바로 그런 것이 아닐까? 부풀어 오른 복어의 배."

종업원이 음식을 날라 왔고 상 위의 버너에 불을 켜고 매운탕 냄비를 올렸다. 그녀는 중요한 이야기라는 듯 목소리를 낮추고 몸을 앞으로 내밀며 속삭였다.

"복어는 산란기에 독성이 제일 강해서 청산가리의 13배에 달해. 해독

제조차 없는 테트로드톡신. 종종 요리사들이 실수를 하기도 해. 독의 치사량은 사람마다 다 달라. 초기 증상은 취한 듯 어지럽지만 잠이 쏟아진대. 그 잠에서 깨어나지 못하면 죽는 거지."

그녀는 복 매운탕이 끓자 뚜껑을 열고 콩나물과 미나리 위에 고춧가루를 듬뿍 쏟아 넣었다. 그녀는 테니스 선수처럼 활달하고 제멋대로이면서 동시에 독을 품고 있는 듯 위험한 느낌을 주었다.

"술 마시면 점수 깎이나?"

그녀가 테니스공처럼 탄력 있게 말했다.

이수인 씨는 식사를 끝낸 뒤 다른 볼일을 핑계로 요령껏 자리를 떴다. 역시 장사하는 사람이라서 그런지 눈치 하나는 빨랐다.

호프집으로 자리를 옮긴 뒤, 그동안 어떻게 지냈느냐고 물었다. 대답이 궁금해서가 아니라 왠지 그래야 할 것 같아서였다.

"싱가포르에 있어. 거기서 사업을 하는 오빠가 있거든. 같이 방수제를 팔아."

"외모는 완전 연예인 스타일인데 웬 방수제?"

"응, 베스톤이라고 일본 나가노 현에서 나는 천연제품이야. 시간이 지날수록 콘크리트의 강도도 높여주고 균열을 방지하는 기능도 있어. 콘크리트의 모세구조를 규산칼슘 겔이라는 게 채워주어 물의 이동을 완전 차단시켜주는 원리야. 별도 방수가 필요 없는 반영구적인 제품이지. 한국엔 일찍 들어와서 한국사장은 떼돈 벌었어."

"어떻게 그런 사업을 시작했어?"

"오빠가 딜러로 하던 걸 내가 나서서 확 키웠지. 나, 인맥 대단해. 동남아 5개국 판권을 갖고 있는 에이전트거든. 좀 비싸긴 하지만 댐 공사

같은 데는 필수적이라 수입이 대단해."

나는 그녀가 건네는 술잔을 마다하지 않고 거뜬히 받아넘겼다. 그리곤 그녀가 무슨 말을 할 때면 고3 때 보충 수업시간보다 더 집중해서 들었다. 그리고 눈을 맞부딪치며 고개를 끄덕인다든가 눈을 깜박거리는 것으로 그녀의 말을 주의 깊게 듣고 있다는 표시를 했다. 그녀가 지루하거나 혹은 자신만이 떠들고 있다는 느낌을 주지 않으려는 배려에서였다.

"혹시, 결혼은……."

"웬 결혼? 싱글인거 몰랐어?"

"그만한 미모에 따르는 남자들도 많았을 텐데."

"돈 버느라고 뭐. 몇 번 오빠 소개로 만나보기는 했는데 도대체 아무런 감정도 생기지 않는 거야. 그러다 보니 그냥 친구처럼 되더라. 아마 널 만나려고 그랬나 봐."

탄산음료 기포가 식도를 타고 내려가 가슴 한 부분에서 온몸으로 퍼지는, 알싸한 자극. 그 순간 사랑 고백을 들은 사춘기 소년처럼 가슴이 울렁거리기 시작했다.

"차는 어떤 거 타?"

역시 직업은 못 속인다니까.

"응, 싱가포르에서 벤츠 500 탄다."

그녀가 내게 분에 넘치는 것은 점점 분명해졌다. 역시 비틀림 없이 잘 자란 사람이라는 생각이 들었다. 세상살이에 한 번도 부대껴본 적 없는 온실 속의 화초. 태어날 때부터 성장에 필요한 빛과 수분과 영양을 충분히 공급받은 그들은 언제나 자신과 주위를 환히 밝힌다. 그들이 발산하는 밝음과 화사함에 힘입어 누군가는 스스로의 어둠과 굴절을 몰아내기도 할 것이다.

"이번에 급히 귀국한 것도 유산 때문이야. 아버지가 돌아가셨는데 토지 보상금이 꽤 공탁되어 있어. 전에 엄마 돌아가시고 적적하신 것 같아서 오빠가 과수댁 하나 들였거든? 글쎄 그 여자가 호적에 떠억 하니 올라 있는 거 아냐? 기가 막혀서. 엄마를 생각해서라도 어떻게…… 게다가 나보고 10억만 받고 떨어지라고 해서 할 수 없이 소송 중이야. 양로원에 기부하는 한이 있더라도 절대로 바보가 될 수는 없어."

술병이 비어가는 것과 속도를 같이하여 나는 비틀거렸고 우리는 하얗게 취해 있었다. 첫눈처럼 하얀 벚꽃 잎들이 분분히 쏟아져 내리고 있었다.

그녀는 언제나 눈부신 존재였다. 그녀를 옆에서 바라볼 수만 있어도 나는 좋았다. 같은 공기를 마시는 같은 도시에 살고 있다고 생각하면 어느새 주체할 수 없이 행복해졌다. 그녀는 시골 남학생들이 밤새 쓴 어설픈 연애편지를 눈앞에서 좍좍 찢어 허공으로 흩뿌렸다.

그녀는 명백히 오만했고, 그 오만은 눈부셨다. 그럴수록 남자 아이들은 그녀에게 열광했다. 나 역시 그 무리 중 하나였다. 그녀의 존재는 내 의식을 거의 지배하고 있었고, 시시때때 사사건건 모든 상념의 끝자락은 어김없이 그녀한테 귀결되었다.

기적처럼, 우연히 길에서 그녀에게 우산을 빌려준 적이 있었다. 폭우가 쏟아지던 어느 여름날이었다.

이거…… 쓸래요? 네? 하는 표정으로 그녀가 쳐다봤지만 눈을 마주칠 수 없었다. 난 하나 더 있어서……. 거짓말까지 나왔다.

고마워요 라는 목소리에 심장이 터질 것 같았다. 방향이 같으면 같이 가실래요? 그런 말을 들었다. 정말로, 정말로 지금 죽어도 좋다는 생각이 들었다.

우리 집은 반대방향이라……. 온몸이 떨렸지만 눈을 감고 그대로 내달아 버렸다. 그녀의 집은 같은 방향이었다. 길을 돌아 꼬박 삼십 분을 비를 맞으며 걸어갔다. 그러나 김일성이 죽었을 때보다도 사실 더 기뻤다. 나는 열여덟 살 여드름투성이였다.

선망의 대상이던 그녀가 나같이 평범한 남학생을 기억할 리 없다. 그녀가 스타라면 나는 영화에 출연한 추억으로 평생을 살아가는 엑스트라일 뿐이다. 그렇다고 불만은 없다. 별이 인간을 헤아릴 순 없다. 인간이 별을 헤아릴 뿐이니까. 그런 그녀가 갑자기 내 삶 속으로 또각또각 걸어 들어왔다.

남에게 자랑하지 못하는 수입차나 다이아몬드가 무슨 소용이 있단 말인가? 나는 희수를 친구들에게 자랑하지 못해 거의 안달이 날 지경이었다. 횟집으로, 카페로, 갖은 핑계를 만들어 친구들을 불러내서 희수의 미모와 재력을 과시하는 데 열중했다. 만난 지 17년이나 되었다는 대목에서 친구들은 눈이 휘둥그레지며 입을 다물지 못했다.

"박관우 저거, 왜 장가를 안가나 했더니 다 꿍꿍이속이 있었던 거야. 이런 미인 제수씨를 숨겨놓고 이제껏 음흉하게 내숭을 떨었다 이거지?"

그들은 하나같이 영화배우처럼 웃었다. 나와 다른 점이 있다면 그들은 모두 자신 명의의 집이 있고 그 집에는 아내가 있었다. 처가의 도움으로 프랜차이즈 사업을 벌여 성공한 친구도 있었다.

"시청 앞 표지판을 보니 시민이 271만 8836명이더군요. 그렇담 이곳은 271만 8835명과 관우씨가 사는 도시네요."

우리는 자리를 옮겨서 먹고 마셨다. 이제껏 해온 다른 이야기들은 긁고 보니 꽝인 즉석복권처럼 팽개쳐진 지 오래였다.

"제가 같이 사업하자고 그랬어요. 관우씨와 같이라면 환상의 콤비일 거에요."

이처럼 광채가 나고 능력 있는 여자가 내 옆에 있다는 게 믿어지질 않았다. 어릴 적 점쟁이가 예언했다는 그 우라지게 좋다는 사주대로 이날을 위해 그동안 고생을 했단 말인가?

"그런데 탈모 증세가 있네? M자 형이야."

세상 모든 사람에겐 아니지만, 누군가에겐 정오의 공작처럼 보이고 싶은 순간이 있게 마련이다.

"글쎄, 유전인가 봐. 그래서 고민이야. 가발이라도 쓸까."

"아직 나이가 있는데, 차라리 짧게 깎는 게 당신한테는 더 어울려. 그리고 모발 이식 수술을 해. 잘 아는 강남 성형외과 원장이 있거든. 서울대 나오셨고. 전화해볼게."

삼천 모쯤 심으면 만족할 거라고, 가격은 오십 퍼센트 할인이라며, 맘에 들어? 귀에 익은 목소리. 나무가 수액을 빨아올리듯 저 심장의 밑바닥으로부터 그리움을 뽀글뽀글 떠오르게 하는 음성. 나지막하지만 귀에 쏙쏙 박히는.

나는 그런 생각을 했다. 이 여자를 위해 당장 죽을 수도 있겠다는.

사랑은 능력이다. 사랑에 빠지는 것은 운명이지만, 빠진 사랑을 지키는 데는 절대적으로 능력이 요구된다. 그렇다면 나의 능력은? 이제 나는 짧은 머리가 어울린다는 당위성을 부여받은 셈이다. 눈에 보이는 미장원으로 대뜸 들어갔다.

"바리깡으로 확 밀어주세요."

"후회하실 텐데요?"

"괜찮으니까 얼른 밀어주세요."

나는 선생님께 칭찬받기를 기대하는 어린 아이의 말투로 말했다. 거울을 보니 교도소에서 갓 출소한 사람처럼 보였다. 그래도 나는 행복해서 웃음이 절로 나왔다.

"어머머, 그래도 너무 짧게 깎았다아앙. 말을 했어야지이……. 그나저나 돈 가진 것 좀 있어? 변호사한테 연락이 왔는데 얼마 후면 판결인데 사례금을 미리 달라는 거야. 내가 지금 현금 갖고 있는 게 없잖아. 우선 돌려줘 봐."

"에이, 내가 그런 돈이 어디 있어?"

대답이 용수철처럼 튀어나왔다. 용수철은 저쪽에도 있었다.

"신용 하나로 살았다며? 그럼 대출 받으면 되지? 내가 임시로 쓰고 있는 당신 체크카드 있지? 그 계좌로 보내면 돼. 그 대신 우리 피서 같이 가자."

감출 수 없는 생의 에너지가 정오의 분수처럼 뿜어져 나오고 구르는 돌멩이도 생기가 충만했다.

사랑은 소중하게 다루지 않으면 안 돼. 소중하게 다루지 않으면 아름다운 사랑은 망가져버릴지도 몰라. 사랑하는 사람을 다시 만나는 시간은 아무리 빨리 돌아와도 늦은 거야. 그렇게 지루한 시간을 나는 견디어

냈어.

근로소득 원천징수표, 급여통장, 신용정보조회 동의서……. 웬 서류
는 이렇게 많은지. 마이너스통장, 카드론, 캐피탈을 거쳐 저축은행, 대
부업체까지 서류를 팩스로 보내느라 눈코 뜰 새 없이 바쁘고 나서야 간
신히 부탁한 금액을 맞출 수 있었다.

얼굴에 와 닿는 바람이 삽삽했다. 고속도로에 진입하자 요란한 소리
를 내며 달리는 빨간색 스포츠카를 가리키며 희수가 말했다.

"방금 우리를 추월해간 저 차를 봐. 다시 차선을 바꾸어서 위험하게
트럭을 추월하고. 저러면 무척 빠를 것 같지? 하지만 저렇게 지그재그로
곡예운전해서 앞서간 차가 다음 톨게이트에 가보면 겨우 거기 서있는
거야. 그 차의 운전자는 모를 거야. 자기는 약삭빠르게 한참이나 앞서간
다고 생각했을 테니까. 그게 아니라면 어쩌면 위반 자체를 즐기고 있는
지도 모르지. 위반이 어떤 성공보다도 강렬한 성취감을 동반할 수도 있
거든. 세상이라는 거, 어쩌면 고속도로 같은 건지도 몰라."

고속도로는 점점 정체가 심해졌다. 거북이걸음을 반복하다 보니 조수석
이 깔아뭉개진 차가 전복되어 있었다. 앞 유리창이 박살이 난 채로 찌그러
진 차의 운전자가, 휴대폰으로 어디론가 계속 연락하는 모습이 보였다.

쏟아진 유리 조각들이 햇빛을 받아 마치 다이아몬드처럼 황홀하게 빛
나고 있었다. 어찌하여 깨진 것들이 성한 것들보다 더 빛나는 것일까.
구급차는 오지 않고 렉카만 다섯 대가 보였다.

파도 소리가 들리는 펜션에서 희수는 부끄러워했다. 그녀의 껍질을
하나씩 벗겨낼 때 숨죽이는 모습에 난 역시 어설프고 서툴렀다.

두 사람의 몸이 하나의 심장이 되어 뜨겁게 타오르는 일은 분명 마력이었다. 그녀의 몸은 아득했고 저쪽 끝에 흐린 등불이 하나 켜져 있는 듯도 했다. 나는 그 길속으로 들어갔고, 투항하듯이 무너졌다.

희수가 나의 머리를 안았다. 어땠어? 좁아서 꼭 끼었는데, 아주 넓어서 닿을 수 없을 것도 같았어. 이상하지? 너무나 좋고 이상해. 넌 어땠니. 난 꼭 찼는데, 텅 비어서 허허로운 것도 같았어. 좋고 안타까웠어. 그랬구나. 둘이 똑같았구나.

휴일마다 어김없이 가던 요양원을 희수를 만나고 나서부터는 가을이 다 되도록 못 가보았다. 이번 주말에 꼭 같이 가야겠다고 생각할 때 어머님이 돌아가셨다는 전화를 받았다. 지병인 협심증과 고혈압이 있었다고는 하나, 일흔 둘의 나이에 세상을 등진다는 건 너무 애석한 일이었다. 고통 없이 주무시다 운명하셨다는 요양사의 말이 그나마 위로가 되었다. 희수는 부득부득 장례식에 같이 가겠다고 우겼다.

가을은 찬란한 빛을 뿌리고 있었다. 나뭇잎이 단풍드는 것은 엽록소의 생명이 다해 푸른빛이 떠나기 때문이라고 한다. 생명의 환이 소멸된 자리가 불꽃이 튀어 오르듯 아름다운 것은 또 어떤 비의인지.

마을 이장인 숙부는 우리를 번갈아 보았고 나는 쭈뼛거렸다.

"결혼할 사람이냐?"

나는 기어 들어가는 목소리로 그렇다고 했다.

"상복 입히거라. 진작 데리고 왔으면 늬 엄마가 얼마나 좋아하셨을까."

빈소 옆에 세워진 화한의 흰 국화꽃들은 삼가 고인의 명복을 빌기에 열중하고 있었다. 장례식은 적당히 엄숙했고 적당히 번잡했다. 죽음은 슬프지 않으며 슬픈 것은 슬픔뿐이다. 어쩌면 떠나보내는 슬픔보다도 남아있는 자신의 처지가 더 슬퍼서 우는 것일지도 모르겠다.

검은 한복에 흰 버선과 하얀 동정, 큰 키의 그녀는 우아했다. 사뿐사뿐 걷는 그녀를 보니 군계일학(群鷄一鶴)이라는 단어가 절로 떠올랐다.

희수는 역시 전천후였다. 내가 해야 할 일들을 요모조모 알려주는 게 꼭 상조회사에서 나온 사람 같았다. 나는 상을 당한 사람이 아니라 조문객처럼 느껴졌고 가끔 히죽거리기까지 했다. 나는 울음이 나오지 않아 민망했는데 희수는 꺼이꺼이 곡도 구성지게 잘 했다. 며느리 감이 아주 미인이고 효부라는 말들이 심심치 않게 들렸다. 희수는 어른들의 존칭도 금세 기억해 살갑게 불러드리고 여러모로 신경을 써 드려서 금세 분위기를 휘어잡았다. 내가 한밤중에 찰떡이 먹고 싶다면 당장에 찹쌀이라도 빻아 떡을 쪄줄 여자였다.

어른들은 탈상하고 바로 혼인 날짜를 잡으라고 했다.

"당신 어깨가 좀 휘었어. 이제 어깨 좀 확, 펴고 살아봐. 내가 있잖아."

그 말은 그동안 내 몸을 묶고 있던 단단한 밧줄을 풀어내고 있었다. 나는 스르륵 풀리는 밧줄의 느낌에 몸을 흠칫 떨었다.

"능력 부족에 대한 자격지심 때문인가 봐. 인물도 스펙도 없지, 게다가 물려받을 유산이나 개인 사업을 할 만한 자본도 없고, 그저 월급쟁이로 살아가야 하는 자신에 대한 지겨움에 생각이 미치면 사는 게 무슨 장애물 경주만 같았어. 하지만 이제라도 널 만나서 다행이야."

희수는 삼우제도 지내기 전 싱가포르에서 중요한 손님이 왔다면서 급히 서울로 떠나갔다. 안개 속 고속도로로 택시는 줄행랑을 놓듯 파묻혀 갔다.

차원의 경계에서 일어나는 순간적 소멸, 그런 것 같았다.

무심코 내다본 하늘은 수상했다. 맑던 하늘에 먹구름이 덮치더니 해를 가리고 우박이 쏟아졌다. 우박이 퍼붓기까지는 채 오 분도 되지 않은 짧은 시간 안에 이루어졌다. 모든 게 한순간에 달라질 수 있다는 것. 삶도 또한 그렇게 갑자기 변할 수 있는 것일까.

희수의 핸드폰은 계속 꺼져 있었다. 게다가 이런 저런 장례비용도 계산하지 않고 조의금을 몽땅 받아갔다는 것을 숙부로부터 들었다.

"도무지 조카자식 키운 공이 없구나. 네 아버지도 염치 좋게 제삿밥만 날름날름 받아먹었지 뭐냐. 귀신도 아무 쓸모가 없다니까."

세상일이란 기대와 진행 결과가 다를 때가 많이 있다. 그게 인생이라지만 정말 고통이 무엇인지 알게 된 것은 그녀로부터 연락이 끊긴 이후였다. 가슴은 찢어지고 영혼은 산산조각 나는 것 같았다. 나락으로 떨어져 내려가는 추락의 속도감 속에서 나는 비틀거렸다. 그리고 꿈 같은 이야기를 들었다.

희수가 내 친구들을 전부 찾아다녔던 것이다. 싱가포르에 골프와 호텔을 예약해놓을 테니 부담 없이 놀러오라며, 싱가포르에서 송금된 돈이 웨이팅이 걸려서 찾을 수 없으니 돈 좀 돌려달라는 얘기였다. 상중인 관우씨나 다른 친구들에게는 절대 얘기하지 말라고, 자기를 얼마나 우습게 보겠냐고 공범의식까지 심어주면서.

그들은 아마 수상쩍은 미소를 난수표처럼 서로 주고받았으리라.

약속한 날이 지나도 입금이 되지 않자 미심쩍은 생각에 친구들끼리 연락해보니 여덟 명 모두가 피해자였다. 이용했던 핸드폰은 그중 한 친구의 핸드폰으로 밝혀졌다. 영업상 핸드폰을 두 개 가지고 있는 친구인데, 제가 비싼 전화를 쓰고 있으니 며칠만 쓰면 안돼요? 해서 별 생각 없이 빌려줬다는 얘기였다. 마치 짜고 치는 고스톱 판에 나만 멋모르고 불려나가 앉아 있었던 기분이었다.

그녀가 내가 알았던 사람 중 가장 고결한 사람이길 바랬다. 하지만 이제 보니 발밑의 덫에 걸린 꼴이었다. 스스로 놓은 덫, 그래서 더욱 치명적인.

누구나 한두 가지의 재능은 타고나는 모양이다. 성장하는 과정에서, 뼈와 살갗에 스며들고 길들여진 삶의 방편 같은 것. 하지만 어쩌면 그렇게 완벽할 수 있었을까? 희수는 이미 수배 중이었다. 나 혼자만 절절한 러브스토리였지 드라마 소재도 되지 않을 흔해빠진 삼류 스토리였다.

사랑도 게임이라면 이건 페어플레이가 아니다. 아니, 사랑이 욕망의 또 다른 이름이라는 사실을 내가 잠시 잊고 있었을 뿐이다. 모든 인간은 무엇인가를 끝없이 소유하려 하고, 얻은 것을 지키려 애쓴다. 욕망 자체가 결핍에서 비롯된다면 나의 결핍이 무엇인지 잘 알고 있었다. 신기루엔 보는 사람이 원하는 환영만 떠오른다고 하지 않는가.

많은 이들이 나에게 착하다고 말했고 법 없이도 살 사람이라고 했다. 나는 신호위반도 하지 않으며 규정 속도를 준수했고 고속도로에서 갓길 운행 같은 것도 하지 않았다. 그러나 사랑은 교통사고처럼 닥쳐왔지만 이별은 보험처리처럼 지지부진하기만 했다.

마음속에 이름 붙일 수 없는 감정들이 지나치게 많이 엉겨 있었다. 그 감정이 어떤 것인지, 무엇인지, 정확히 이름붙일 수만 있다면 그것이 외로움이든 슬픔이든, 미움이든 견뎌낼 수 있을 것 같았다.

뜨거운 커피에 얼음을 넣어서 마시고 싶었다. 차가움과 뜨거움이 동시에 느껴지는 그런 커피. 갈피를 잡을 수 없는 내 속에 그런 뜨거움과 차가움이 제각각의 온도를 유지한 채 엉겨있었다.

그녀와의 모든 기억을 키 하나만 누르면 흔적도 없이 지워지는 컴퓨터의 파일처럼 그렇게 지워 버리고 싶었다.

그러나 슬픔보다 더 강하게 나를 압박한 건 빚이었다. 난 연인을 잃은 슬픈 남자보다 갚지 못한 빚에 대한 내용증명의 수취인이었으며 민사소송의 출두 요구서에 찍힌 피고였다. 역시 자동차나 여자나 좋은 것은 비싸다는 것과, 한번 소유했다고 영원히 내 것이 되는 것은 아니라는 걸 깨달았다.

고통을 통과해본 영혼만이 그만큼 깊어지는 삶의 깊이를 느낄 수 있을까? 이제 울적할 때면 다른 생각을 하지 않으려고 노래를 불렀다.

"오빠 강남 스타일, 강남 스타일. 낮에는 따사로운 인간적인 여자……밤이면 심장이 뜨거워지는 여자, 그런 반전 있는 여자……."

싸이는 전용기를 타는 세계적인 스타가 됐다던데, 한국 대통령은 몰라도 가수 싸이는 세계가 다 안다니.

나의 구형 소나타는 늙은 말처럼 풀썩 주저앉은 채, 도저히 시동이 걸리지 않았다. 밧데리까지 방전되어 도로를 따라 걷기 시작했다. 분주히 가을이 지고 있어 거리엔 플라타너스 낙엽들이 뒹굴고 있었다. 가로수 잎은 독촉 고지서처럼 거리로 투둑, 떨어져 내렸다.

친구들이 기다리는 식당 이층으로 올라가자 그들 사이의 대화가 끊어지고 술 마시는 소리, 안주 뒤적이는 소리들이 들려왔다. 안으로 들어서려는데 목소리가 들려왔다.

"짜식은 어떻게, 그따위 여자를 우리한테 데려 오냐?"

"우린 박관우 통장으로 보냈으니까 당연히 박관우가 해결해야 돼!"

아무리 독한 잔이라도 내 앞에 놓였다면 어차피 마셔야 될 터였다. 그러나 그들의 상식을 깨뜨리고 싶은 충동을 느꼈다. 너희들의 시야가 얼마나 좁은지, 그 시선은 얼마나 오류를 범하기 쉬운 것인지 보여주고 싶었다. 하지만 그들은 당장이라도 물을 뿜을 준비를 갖추고 있는 소방관이었고 나는 물줄기를 피하기 위하여 전전 긍긍하는 생쥐의 꼴이었다.

그 순간, 어릴 적 놀이 때처럼 한번 크게 외쳐보고 싶었다.

자, 지금부터 바꿔서, 반대로!

그들은 에이포 용지 수십 장 분량으로 써도 모자랄 것 같은 나에 대한 말을 단 한 단어로 압축했다.

병신.

나는 발소리를 죽이며 힘없이 돌아서야만 했다. 미닫이문 건너편에서 호기심과 흥미로 반짝거리고 있을 눈들, 바깥에 널려있는 구두 짝들과 정확하게 똑같은 숫자의 눈들이 떠올랐기 때문이었다. 만약 지금 문을 연다면 그 여러 개의 눈들이 내 얼굴을 향하여 일제히 빛을 뿜을 것 같았다. 나는 돌아서기 전에 고개를 숙여서 구두의 수를 세어보았다. 검은 색 계통의 것이 열두 개, 갈색 계통의 것이 네 개. 나는 되돌아서면서 그것들 중 가장 가까이 있는 것을 세게 짓밟았다. 내가 할 수 있는 것은 고작 그 정도뿐이었다.

달려오던 자동차의 전조등 빛살이 내 얼굴을 강타하고 지나갔다. 나는 너무나 지쳐있었다. 취한 사람이 운전하는 자동차의 라이트 불빛처럼 나의 발걸음은 좌우로 심하게 흔들렸다. 걸으면서도 수시로 브레이크를 밟거나 핸들을 급하게 꺾어야만 했다.

지쳐 돌아온 낡은 빌라에는, 수십 개의 가스통과 연결호스가 무질서하게 방치돼 있어 폭발물 벨트를 온몸에 휘감고 있는 알카에다 조직원처럼 비장해 보였다. 나는 침대 속으로 기어 들어간다. 그리고 이불을 뒤집어 쓴 채 어깨를 들먹인다.

아고라 억울 난에 이야기를 올렸다. 나 같은 피해자가 없어야 한다는 생각에서였다. 같이 찍은 사진을 보니, 사진 속의 나는 바다를 뒤로 한 채 활짝 웃고 있었다. 도대체 근심과 고통이 뭔지 모르는 푼수처럼.

이튿날, 하루 만에 무려 5만 7천 명이 조회한 게 아닌가? 일주일 내내 검색어 순위 1위였다. 댓글들도 다양했다. 성금을 모아 현상금을 걸자는 사람들도 있었고, 전국의 대형 전광판에 공개수배하자는 다혈질도 있었다. 사진 속 여자를 역삼동의 여성전용 찜질방에서 보았다는 신빙성 있는 제보도 있었지만 구태여 찾으려 하지 않았다. 어차피 돌이키거나 변경시킬 수 없는 과거일 뿐이었다.

그런데 이게 웬일인가? 갑자기 전국에서 나에게 차를 사겠다며 벌 떼처럼 연락이 오기 시작한 것이다. 내 사연에 공감한 사람들의 대대적인 홍보 덕분이었다. 지점장은 조회 때마다 칭찬하는 것으로는 모자랐던지, 그 짠돌이가 내게 양복을 한 벌 선물하기도 했다.

택시회사 사장은, 차량 십여 대를 내게 계약하며 희망을 잃지 말라고 격려하여 주기까지도 했다. 실적난의 빨간 그래프는 이미 상한선까지 꽉 차 두 줄째 올라가고 있었다.

지점장 말대로 어쩌면 내가 올해의 판매 왕이 될지도 모를 일이다. 연봉 이억에 해외여행까지, 상상만 해도 즐거운 일이다. 정말 이처럼 간단하게 꿈이 이루어져도 괜찮은 것일까. 아니 이렇게 쉽게 이루어지는 수도 있기는 한 걸까?

에쿠스 인도시간을 맞추느라 고속도로에서 갓길로 이리저리 빠져 다니며 밟아댔더니 계기판이 200km를 훌쩍 넘었다. 스릴이 괜찮았다. 경험해보지 못했던 새로운 흥분의 세계였다. 엔진에서 터져 나오는 거친 심장의 박동소리, 달아오른 보닛위로 피어오르는 땀방울, 빛을 뿜어내는 유리 이빨, 번쩍이는 금속의 피부, 전신에 이는 힘과 속도의 전율! 이제 느린 것은 도태될 뿐이다.

이제껏 살던 세상의 선을 벗어나고 싶다는 유혹에 빠져들었다. 범접할 수 없는 금단의 열매에 손을 뻗치고 싶은 것처럼. 들어가지 말라는 잔디밭을 밟아보고 싶은 것처럼, 좁고 견고한 철망사이에 손가락을 넣어 빠르게 회전하는 선풍기의 날개를 만지고 싶은 것처럼 탈선의 욕구가 굼실굼실 올라왔다. 정체를 알 수 없는 용기와 위반에 대한 충동이었다.

신호대기 중에 교통신호제어기라고 씌어져있는 박스를 쳐다보았다. 갑자기 그 박스를 열어 그 안에 얽혀 있는 전선들을 몽땅 잘라내고 싶은 충동에 사로잡혔다.

이제 흐릿하기만 하던 입구가 하이패스처럼 선명하게 다가온다.

폭설이 도로 턱에 쌓이고 눈이 아스팔트길을 빙판으로 만들어도 나는 춥지 않고 불행하지도 않았다. 기록적인 눈이 온 이유는 따스한 기온과 찬 기온이 만나 두 개의 에너지가 부딪히면서 눈 폭탄이라는 또 다른 형태의 에너지를 창조한 것이라고 한다. 삶도 절망이든 희망이든 상충

하고 부딪히면서 새로운 에너지가 되고 또 하나의 가능성이 된다.

심장을 걸 수 있을 만큼 지독한 사랑도 꿈꾸지 않는다. 아무리 대단한 사랑도 그 끝이 어떻게 될지는 알 수 없다. 그러나 이제 내 방식대로의 연애를 시작하게 될지도 모른다.

호텔 로비로 들어서자 여자들의 말소리가 들렸다.

"저 남자 봐, 어머 끝내준다."

"어디? 어머나, 조각 같아. 세상에!"

"어머, 저 야생마 같은 머리 좀 봐. 모델이야? 배우야?"

삼삼오오 모여 있던 여자들이 하나같이 감탄사를 내뱉었다. 나는 옅은 하늘색 체크무늬 셔츠위로 짙은 남색 슈트를 걸친 내 모습을 거울에 슬쩍 비춰보았다. 여자들의 관심을 한눈에 받고 있다는 것을 안다는 듯 자신감이 넘쳐흘렀다.

"잘생기긴 정말 잘생겼다. 럭셔리해. 웬일이야?"

"우와, 저 기럭지 좀 봐. 키가 백팔십은 훨씬 넘겠어."

여자들의 수다를 못들은 체 방금 패션화보에서 빠져나온 것 같이 당당하게 걸어 커피숍으로 향했다.

창밖에 여자가 카키색 페라리를 주차하는 게 보였다. 가운데는 잘록하고 양쪽 끝은 봉긋 솟은 보닛, 곤충의 눈을 연상시키는 유선형 헤드라이트, 차체에 파충류 같은 느낌을 주는 공격적인 그릴.

부모가 삼풍백화점 건물더미에 깔려죽어 갑자기 상속자가 됐다는 여자였다. 작은 얼굴과 흰 피부가 귀염성 있는 얼굴이지만 치켜 올라간 듯한 눈매가 도발적이다.

"인상이 좀 강해 보여요. 강남에 잘 아는 성형외과 원장이 있거든요? 서울대 나오셨고. 저도…… 사실 얼굴에 투자 좀 했거든요. 같이 가면 아마 50% 할인은 될 거에요. 어때요?"

여자는 게임기를 선물 받은 어린아이처럼 얼굴이 환해졌다.

"숙부가 교포신데 얼마 전에 돌아가셔서 유산문제로 소송 중이거든요. 상속 받는 거, 복잡하고 비용 많이 드는 거 아시잖아요? 얼마 후면 판결인데, 변호사가 사례금을 먼저 달라는 거예요. 혜미씨 같은 분이 도와주신다면이야 더 바랄 게 없죠."

빨대를 타고 세차게 올라온 주스가 꿀꺽 넘어가는 소리가 역력히 들렸다. 나는 확신할 수 있었다. 여자의 온 신경이 내게 향해 있음을.

"세상에는 두 종류의 남자가 있죠. 착하고 재미없는 남자와 나쁘고 재미있는 남자. 통계자료를 보면 여자들의 대부분이 나쁜 남자에게 끌린다고 하더군요. 당신은 남 주기엔 정말 아까운 남자에요."

최신형 재규어 XF가 고속도로를 질주하고 있다. 흰색가죽, 월넛 벌 무늬목, 브러시드 알루미늄 같은 내장재로 격조 있게 꾸며진 차 실내는 편안하고 안락한 느낌이다.

조수석에 다소곳이 앉은 여자는 눈부시게 새하얀 피부, 도도한 코, 튤립 같은 입술. 모든 남자들을 사로잡을 만큼 예쁜 여자였다.

"이차에 타신 분 중에는 제일 미인이신 것 같습니다. 이런 미인을 만났다는 건 우리 밀양박씨 문중의 영광이죠. 이건 틀림없이 내가 전생에 나라를 구했거나 했기 때문일 겁니다."

여자가 하아, 웃었다. 촛불이 바람에 흔들리는 듯한 웃음.

여자가 선글라스를 벗어 닦는다. 날렵한 뿔테는 그녀의 갸름한 얼굴에 잘 어울린다. 안경을 썼을 때와는 또 다른 느낌이다. 맑고 빛나는 눈. 잘 나가는 펀드 매니저라는 것이 딱 맞아 떨어지는 분위기이다.

"연예 기획사, 요즘 계속 상한가 때리는 거 아시죠? 한류 스타들이 인기가 장난이 아니거든요. 이번 투자로 우리 자주 만나야 할 것 같아요."

나는 코스 요리를 즐기는 사람처럼 천천히 여자의 시선을 음미하기 시작했다.

이때 〈개선행진곡〉이 들려왔다. 누군가 내게 할 말이 있다는 신호.

"아, 박 대표! 어제 TV 봤어? 토크쇼에 그 여자가 나왔더라고. 네가 만나던 희수라던 여자. 글쎄, 그 여자가 수지 최라고 하면서 연예계 스타제조 매니저로 나왔더라고. 얼굴도 몰라보게 달라졌더라. 탤런트 뺨치게 예뻐져서 못 알아볼 뻔 했어. 관우야, 네가 한번 만나봐야 되는 거 아니냐?"

"아, 내가 고속도로 운행 중이니 휴게소에서 전화하지."

슬며시 핸드폰을 진동으로 바꿨다.

휴게소에는 여자와 질투심도 함께 도착했다.

"커피라도 드실래요?"

"어머, 아니에요. 제가 갔다 올게요. 그냥 통화나 하세요. 아메리카노? 카푸치노?"

여자는 아예 친절해 보이려는 태도가 프로그래밍 되어 있는 사람처럼 굴었다. 여자가 종종걸음으로 사라지자 통화 버튼을 눌렀다.

"수지 최, 우리 부사장이야. 나와 환상의 콤비라고 아주 난리들이야. 놀래기는? 그러니까 너희들은 여전히 이 사회의 변두리일 뿐이지. 중심에 올라서서 보면 모든 게 서로 통하게 되어있더라. 열심히 해라. 또 어려운 일 있으면 부탁하고."

볼륨을 죽여 놨던 오디오를 다시 살렸다. 피프티 센트의 P.I.M.P.가 흘러나와 차 안을 채우기 시작했다. 볼륨을 한껏 올렸다. 하만-카돈 사운드 시스템으로 피프티 센트를 들으며 드라이브 해본 사람은 인생에서 결코 포기할 수 없는 자유를 한 가지 더 갖게 되는 법이다.

여자는 커피를 든 채 환하게 웃고 서 있었다. 가지런하고 하얀 치아가 돋보였다.

"이제, 모험의 세계를 향해 한 번 달려볼까요?"

재규어는 폭발하는 소음과 함께 전속력으로 질주하기 시작했다.

호텔 몽골리아

우한용

『월간문학』 신인상에 「고사목지대」로 등단.
『불바람』, 『귀무덤』, 『양들은 걸어서 하늘로 간다』, 『멜랑꼴리아』 등 소설집과,
장편소설 『생명의 노래 1,2』, 『시칠리아의 도마뱀』 출간.

호텔 몽골리아

지난 달 초원문학회 초청으로 몽골에 다녀올 기회가 있었다. 초원문학회 회장의 요청은 간단하면서도 난감한 것이었다. 현대인의 삶의 지혜를 이야기해 달라는 요청이었다. 그런 이야기를 꼭 몽골까지 가서 해야 할 이유는 선명하지 않았다. 그런데 몽골에 가서 별을 구경하는 것만으로도 평생 기억에 남을 테니, 아무 말 말고 가자는 것이었다. 회장의 그런 요청의 밑바닥에는 적빈의 낭인처럼 살아가는 데 대한 물질적 배려가 분명 깔려 있었다.

"가슴에 별이 살아있을 때까지가 청춘입니다."

한물간 수사가 가슴에 봄 강물의 물살 같은 파문을 일으켰다. 나는 아직도 가슴에 별이 살아있는가 하는 물음이 밀려 올라왔던 것이다. 가슴에 별이 살아 있다는 게 정확히 무엇인지 잡히는 상은 없었다. 그러나 백석의 시에 나오는 사내처럼, 간데없는 신세가 되어 있었다. "어느 사이에 나는 아내도 없고, 또, 아내와 같이 살던 집도 없어지고, 그리고 또 살뜰한 부모며 동생들과도 멀리 떨어져서" 월세방에 몸을 의탁하고 지냈다. 말이 좋아 라이프 컨설턴트지 나는 스스로 "내 뜻이며 힘으로, 나를 이끌어가는 것이 힘든 일"임을 잘 알았다. 그렇다 보니 찬밥 더운밥 가릴 형편이 아니었다. 살아가는 일이 따로 없었다. 시간을 죽이는 것, 그게 살아가는 일 자체였다. 몽골에 가서 한 주일을 보내면 그게 삶의 실천이고 삶을 통한 가치 추구의 구체상인 셈이었다.

"방은 따로 드릴 겁니다."

회장은 그런 이야기 끝에, 자유를 존중하는 문인들은 서로 남에게 간섭을 안 하는 방향으로, 자기도 상처를 안 받으려고 한다는 이야기를 했다. 간섭이니 상처니 하는 말들이 새삼 사람의 관계를 좌우하는 핵심어란 생각이 들었다. 특강 제목이 "문학인의 삶과 자유"라고 결정되었다.

문학은 인간이 언어를 통해 자유를 추구하는 역정 그 자체이며, 따라서 문학인이 된다는 것은 자신의 삶을 자유로 이끌어야 할 의무를 스스로 지는 일이라는 요지로 강연을 했다. 회원들은 아낌없이 박수를 보내주었다. 무엇을 어떻게 알고 박수를 치는 것인가 모르지만.

회원들이 묵는 숙소는 '호텔 그랜드 스텝'이었다. 러시아어로 '오텔 벨리키 스텝 отель великий степь'이라는 간판을 단 것이 아직 몽골에 러시아의 영향이 미치고 있는 것인가, 고개를 갸웃하게 했다. 하기는 한국에는 아파트 이름까지 영어로 불어로 갖다 붙이다가, 자이라는 희한한 이름이 나타나기도 하고 'The #'이라는 아파트도 생겨났다. 들리는 말로는 늙은 시어머니가 아파트 이름을 몰라 못 찾아오게 하려고 그랬다고도 한다. 아무튼 몽골과 러시아 이미지를 분리할 수 없는 정황이었다.

몽골에서는 사성급 호텔이면 최고 수준이었다. 방이 널찍하고 트윈 침대도 깔끔했다. 커튼을 열어제치자 자이산 전망대가 한눈에 들어왔다. 러시아의 승전을 기념하기 위해 만든 역사기념물이라고 한다. 여행비 적게 드는 나라 여행의 매력 가운데 하나는 숙박시설이 좋다는 것이지 하는 생각이 들었다.

저녁식사를 마치고 방에 들어왔다. 회장은 첫 날이라 피곤할 터이니, 오늘은 그냥 자자면서 눈을 찡긋했다. 자기들끼리 모이겠다는 이야기를 그렇게 하는 것이려니 하고, 설명을 달지 않고 그저 알았다고 응대했다.

저녁을 먹을 때, 옆자리에 총무 권문숙 여사가 앉았다. 말씀 잘 들었다면서 징기스 보드카 병을 들고 권하는 바람에 서너 잔 받아 마신 게 몸이 노곤하게 젖어들었다. 잠옷도 갈아입지 않은 채 침대에 몸을 던지듯이 누웠다. 깜박 잠이 들었다. 식당에서 들었던 마두금 선율이 기억의 초원을 바람과 더불어 시원하게 흘러갔다.

서쪽 하늘로 무섭게 소용돌이치던 노을이 가라앉고, 날이 어두워지면서 말을 탄 목동은 양떼를 몰아 골짜기로 내려왔다. 골짜기 한 구석에 냇물이 흘러내렸다. 그 옆에서 얼굴이 까만 몽골인 청년들이 양을 잡는 중이었다. 양의 눈에서 피가 흘러내렸다. 흘러내린 피는 흙을 검게 적시며 땅에 스몄다. 그것은 하늘에서 녹아내리듯 흘러내리는 노을이었다. 짙은 피가 사타구니로 흘러들었다. 나도 모르게 눈을 번쩍 떴다. 꿈인지 환상인지 알 수 없는 영상이었다. 요도로 짜릿한 통증이 지나갔다.

잠이 올 것 같지를 않았다. 여행 중에 읽을 작정으로 가방에 넣어 가지고 온 『몽골 현대사』란 책을 펴 들었다. 1920년대 초부터 1990년대 초까지 몽골이 소련 사회주의 통제 아래 있던 시절의 이야기가 박진감 있게 펼쳐졌다. 한마디로 독립에 걸신들린 이들이, 소련의 힘을 빌려 독립을 성취하긴 했지만 결국은 나라 주권을 소련에 넘겨주어, 70년 세월을 그들의 마수에 옭혀 지낸 참담한 세월이 서술되어 있었다. 그 가운데 나의 머리를 때리는 것 하나는 1937년 불교승려를 처단한 일종의 법난(法難)이었다. 승려가 전체 인구의 오분의 일에 가까운 구조적 문제가 없었던 바 아니나, 삼만 명에 가까운 승려를 숙청하고, 그 가운데 절반 넘겨 처형한 사건이었다. 종교의 과도한 팽창이 국가 경영에 어떤 영향을 미치는가를 여실히 보여주는 사례였다. 그러나 그 국가는 얼마나 정당한 권력을 가진 집단인가?

그 때 떠오른 것이 낮에 보았던 쉬크바타르 광장의 칭기즈칸 동상이었다. 광장 이름도 칭기즈칸 광장으로 바뀌고 있다고 한다. 현재 그의 이름을 딴, 쉬크바타르(Sükhbaatar)는 1893년에 태어나 30세에 세상을 떠난, 몽골 독립에 헌신한 인물이라는 가이드의 설명이 기억났다. 말을 달려 평원을 누벼가는 기상은 젊은 혁명가의 이미지를 선명히 드러내 보여주었다. 그런데 국회의사당 앞에 건설된 칭기즈칸의 동상은 너무 비대하고 권위적이어서 평범한 인간으로서는 범접할 수 없는 위엄으로 가득 차 있었다. 몽골 초원에 제국을 건설하고 아시아 대륙과 아랍, 유럽까지 휘젓고 다닌 인물이었다. 이어서 제국이란 무엇인가 하는 의문이 들었다. 그것은 한마디로 약탈의 정당화, 수탈의 조직화와 다를 바가 없었다.

제국에서 백성들의 행복이란 무엇인가? 그게 가능하기나 한가? 나아가 제국에서 백성들의, 문학을 하는 인간의 자유를 외치는 목소리가 얼마나 먹혀들어갈 것인가? 황제와 칸을 칭송하는 송가 말고 어떤 문학이 가능했을 것인가? 정당한 의미에서 제국의 반체제인사가 살아남을 수 있는가? 작은 부족들이 서로 약탈하고 도둑질하고 전쟁해서 사람이 죽고 하는 혼란을 일사분란한 체제 안에 통일해주었다고 강변할 것이다. 그러나 이름만 바뀌었을 뿐, 더욱 엄혹한 학정 가운데 수탈과 약탈을 감수해야 했고, 사랑하는 가족과 단란한 한 쌈을 찾을 길이 없던 것이 제국의 신민이었다.

속이 헛헛하고 느글거렸다. 술에 취한 것은 아니었는데, 기름기 짙은 양고기 먹은 게 소화가 덜 된 것 같기도 했다. 욕실에 들어가 물을 들러썼다. 칫솔, 면도기 등이 놓인 작은 바구니에 콘돔도 한 쌍이 들어있었다. 내 곁에 잠시 머물다 떠난 아내, 속에서 울컥 구토가 올라왔다.

아무 생각 하지 말고 자자는 셈으로 홑이불을 덮고 누웠다. 자이산 전망대에서 내리 쏘이는 보안등 불빛이 호텔 창으로 쏟아져 들어왔다. 일어나 커튼을 단속하고 다시 누웠다. 눈이 알알하고 말똥말똥하니 밖에서 나는 소리에 신경이 곤두섰다.

옆방 문이 펄컥 열리고 사람들이 우르르 몰려들어가는 소리가 들렸다. 무슨 소린지 알 수 없이 지껄임이 벽 저쪽에서 소연하게 들려왔다. 여자들의 목소리도 섞여 들렸다. 목소리가 간헐적으로 들렸다. 남자들은 좋아, 그렇지 하는 걸로 봐서 한국어를 쓰는 사람들이 분명했다. 그런데 여자들은 어떤 말을 하는 이들인지 알기 어려웠다. 처음에는 조금 떠들다 자겠거니 했는데, 점점 더 소란스러워지고 바야흐로 남자들의 고함과 여자들의 교성이 어우러졌다. 각각 여자를 구해와서 스와핑을 하는 것인가 했는데, 그것도 아닌 듯했다. 목소리로 봐서는 남자가 세 명, 여자가 두 명이 되는 것 같았다. 이 작자들이 도무지 무슨 짓을 하는지 그림이 그려지지 않았다. 잠시 조용해졌다가는 다시 영어로 이야기가 오갔다. 오간다기보다는 남자들이 토막영어로 지껄이는 소리와 여자들의 교성이 교차되었다.

"너의 보스는 튼튼한 형제가 일곱이나 돼. 믿으라구."

스트롱 브러더즈? 물건이 튼튼하다는 것인지, 여자들은 깨지는 목소리로 웃었다.

"감미롭고 부드러운 꿀 같은 스킨십……."

텐더, 마일드, 스무디, 밀키, 호니 그런 단어들이 뜨덤뜨덤 들리는 사이, 이 사내들이 여자를 주무르는 것인지, 여자들은 갈갈대다가는 노, 노 땡큐, 퍼큐, 도그 비치…… 그런 단어들이 간간이 들렸다. 욕을 하고 있는 게 분명했다.

"나는 너를 사랑한다."

그 영어 문장 뒤에는 씨바알이 따라붙었다.

"날 믿으라구, 응? 추러스트 미."

갓 땜, 추러스트. 책상을 들러엎고 의자 나자빠지는 소리가 들렸다. 이어서 쌍, 재껴 놔, 열어봐, 튕기긴 졸나 튕기네…… 그런 소리에 이어 울음소리가 들리고, 다시 갈갈대고, 또 어느 사내가, 아이 러브 유, 애소를 하는 소리가 들렸다.

도무지 잠을 자는 것은 고사하고 정신이 어지러워 견딜 도리가 없었다. 당장 쫓아가 들짱을 놓을까 하다가, 내가 당해낼 수 있는 인간들이 아니었다. 공연히 망신을 당할 게 아니라 호텔에 신고해서 조용히 해 달라는 편이 낫겠다 싶었다. 리셉션에 내려가 정황을 이야기하고, 조용히 하게 해 달라고 부탁을 하고는, 종업원이 내려올 때까지 기다렸다. 함께 올라갔다가 망신을 당할 게 두려웠다. 더구나 저들은 한국어를 쓰는 작자들이었다. 외국에 나가서 한국어를 쓰는 사람들이 그렇게 두려웠던 적은 처음이었다.

종업원이 조용히 시켰다고, 검지를 입에 대고 쉿 소리를 내 보이는 것을 보고는, 안심하고 방으로 올라왔을 때, 빙그려 놓았던 문만 닫았을 뿐 그들은 여전히 시끄럼을 떨었다. 한국인 인신매매범, 뚜쟁이, 결혼중개업자, 이민 사기단? 몽골 아가씨들을 데려다가, 저렇게 인생을 망치게 하는구나 하는 생각, 거기 이어지는 유월비 해피, 해피스트 인더 월드, 오 코리아 솔롱고스……. 한국이 무지개의 나라란다. 옆으로 제쳐 눕다가 비행기에서 준 귀마개를 찾아 귀를 막고 누웠다. 몸이 젖은 솜처럼 무겁게 늘어졌다. 저들에게, 자유란 무엇인가 하는 생각을 하면서 밤을 뜬눈으로 새웠다.

아침 식사는 8시. 시간을 맞추어 식당으로 내려갔다. 다른 멤버들이 이미 와서 식사를 하고 있었다. 간단히 식사를 마치고 커피를 마시고 있을 때, 총무 권문숙 여사가 과일접시를 가지고 다가와 잠자리는 불편하지 않았는가 물었다. 건성으로 좋았다고 해두었다.

"밤에 나갔다 오셨어요? 눈이 충혈예요."

"비행기 타고, 강의하고 해서 그런 모양입니다."

"몽골이 원래 그래요. 위험한 나라거든요."

"위험하다는 건?"

"한국인을 노리는 사람들이 많대요."

"그 반대겠지요."

권문숙 여사는 감당하기 부담스러울 정도로, 물기어린 듯한 눈을 반짝이며 다가들었다. 회장을 만나서 숙소를 바꿔 달라고 해야 하겠다고 기다리는데, 회장이 안 보였다. 회장이 먼저 식사를 하고 올라갔는가 물었다.

"아직 몰랐어요? 두집 살림 하는 거……."

한국에 가정이 있고, 몽골에서도 살림을 한다는 뜻인 듯했다. 누구는 집도 절도 없는 신센데, 팔자 한번 잘 폈다는 말은 입밖에 내지 않았다. 그러나 그가 부럽지 않은 것도 아니었다. 그러냐고 맹둥하게 넘어가고 말았다.

회원들은 몽골국립대학에서 몽골 문인들과 미팅이 있다고 했다. 한국과 몽골 문학의 현안 문제를 발표하고, 토론한 다음 시낭송을 하기도 한다고 계획을 일러주었다. 회장은 회의장으로 직접 온다고 했다. 일단은, 몽골국립대학까지 일행과 동행하는 수밖에 없었다. 몽골 문인과 만나는 미팅에는 참여하지 않기로 했다. 그런데 문제는 회장을 만나자면 한참을 기다려야 한다는 점이었다. 두 가지 문제였다. 하나는 숙소를 바꿔 달라는 것과, 다른 하나는 나머지 일정은 혼자 돌아다닐 터이니 가이드만 하나 붙여 달라는 것이었다.

나는 시간이 막연해서 대학 정문 앞에 세워진 동상을 돌아보았다. 그게 그 유명한 초이발산의 동상이었다. Хорлоогийн Чойбалсан, 1895-1952. 동상은 러시아 군인 코트자락 한편을 열어잡고 남쪽으로 멀리 시선을 두고 있는 형상이었다. 천하의 살인마요 몽골을 들어다가 스탈린에게 바쳐 몽골 전국을 얼어붙은 피바다로 만든, 그 인간을 몽골 사람들은 동상을 만들어 세우고 몽골의 근대화 영웅으로 추앙하는 심리는 이해하기 어려운 구석이 있었다. 물론 그의 통치 기간에 몽골의 소련에 대한 경제적 정치적 결속이 굳어졌고, 산업기반시설 확충과 문맹률의 감소, 몽골의 국제적인지도가 높아졌다고 해도, 한국 같으면 어림없는 일을 몽골인들은 아무 탈없이 해내는 것이다. 동상을 바라보다가 햇살이 눈을 찌르고 들어와 벤치에 앉아 있을 때, 권문숙 여사가 스마트폰을 들고 쫓아왔다.

"회장님이세요."

권문숙 여사가 마치 비밀로 진행되는 일을 자기만 보았다는 표정으로, 볼에 보조개를 피우며 실긋 웃다가는 이쪽으로 등을 돌리고 돌아섰다. 회장은 급한 일이 생겨 총무가 대리해서 모임을 진행하기로 했으니 너무 마음 쓰지 말라면서, 불편한 게 없었는가 물었다.

"간단히 이야기하지요."

회장에게 숙소를 바꿔 달라는 이야기부터 했다. 회장은 어떤 숙소를 원하는가 물었다. 어제 시끄러워서 잠을 못 잤다는 이야기를 하고, 조용하게 잘 수 있는 숙소를 마련해 달라고 했다. 알았다면서 미안하다는 인사 끝에, "그놈 자식들이 말을 안 듣고, 죽일 놈들." 어쩌구 하면서 소란의 내막을 다 아는 것처럼 투덜거렸다. 그렇다면, 어제 그 소란을 떨던 패거리들이 회장의 사업과 연관이 있다는 뜻인가. 혹시 몽골에서 여자를 모아다가 강남 술집에 흩어놓는 그런 사업을 하는 것은 아닐까 하는 생각이 퍼뜩 스쳤다.

"삼십 분 안으로 사람을 보낼 터이니, 그 차를 타고 호텔 몽골리아로 가세요. 그러면 가이드가 거기서 기다릴 겁니다."

일이 너무 쉽게 해결된다는 느낌이었다. 회장의 능력을 과시하기 위한 트릭은 아닐까 하는 의문이 들기도 했으나, 어쩌면 내 편에서 먼저 아쉬운 소리를 해야 일을 해결해주도록 맥락을 조정하는 것 같은 느낌도 들었다. 아쉬운 소리 않는데 손을 내밀어 주는 행동은 때로 동료를 잃게 하는 우행이 되기도 한다. 아무튼 석연치 않은 호의를 그대로 받아도 상관이 없는 것인지, 막연한 두려움이 일기도 했다.

회장이 보낸 차는 폭스바겐 에스유비였다. 운전사는 덩치가 듬직한 골격형인데 검으티티한 얼굴에 개기름이 좀 흘렀다. 눈이 작아서 실눈을 뜨고 상대방을 쳐다보며 웃음을 흘렸다. 한국말이 유창했다. 인생의 예지를 통찰하신 분을 차로 모시게 되었으니 생애에 광영입니다, 하는 식이었다. 그런 인물들은 두려움을 불러왔다. 발가벗겨진 채 남에게 모든 것을 드러내야 하는 참혹한 정황이 될지도 모르는 일이었다. 다행인 것은 운전사는 말수가 적었다.

앞에서 비비적거리고 가던 차가 우회전을 하는 바람에 공간이 생겼고, 운전사는 엑셀을 밟아 급가속을 했다. 매끄럽게 달려가 앞차를 따라붙었다.

"차가 좋습니다."

운전사는 백미러로 뒷좌석을 흘긋 쳐다보고는 빙긋이 웃었다.

"좋아봤자, 국민차지요."

자동차 상표 이름이 그렇다는 것인지, 자기가 국민이라는 것인지는 알 수 없었지만, 광영이니 하는 말과 연관되어 이 사람이 순몽골인이 아닐지도 모른다는 생각이 들었다.

"다 왔습니다."

운전사는 잽싸게 내려 차 문을 열어 주었다. 시간이 많이 걸려 죄송하다는 말도 빠트리지 않았다. 그러면서, 몽골 이 나라가 꼭 그렇습니다, 불평을 털어놓기도 했다. 울란바타르에서 호텔 몽골리아까지는 20킬로 미터 거리인데 차가 막혀 무려 한 시간이 걸렸다.

차길 오른쪽으로 동양의 어느 나라 궁성이나 사찰 같은 건물이 들어서 있었다. 당삼채(唐三彩)안료를 짓이겨 바른 것 같은 기와지붕에 햇살이 떨어져 지글거리며 녹아내렸다. 현관을 지나 내정으로 들어서자 제법 잘 꾸민 정원이 나타났다. 주변에 꽃을 심고, 중간에는 연꽃 모양의 커다란 수반을 사방으로 정렬해 놓은 데다 수련을 길러, 깔끔한 꽃이 별처럼 피어있었다. 그 가운데 은으로 장식해서 만든 커다란 나무가 서 있고, 그 나무 꼭대기에는 천사가 하늘을 향해 나팔을 부는 모양의 조각이 새겨져 있었다.

"아, 저거요? 아흐브르 다르장!"

"무슨 뜻이지요?"

"실버 트리 파운틴."

실버 트리, 은으로 만든 나무, 파운틴 분수, 샘 어느 것인지는 묻지 않았다. 다만 운전수가 실버 트리를 불어로 이야기하는 걸로 보아, 무슨 연유가 있는 것 같기도 했다. 혹 몽골어를 말하는 것을 지레짐작으로 그렇게 우그려 넣는지도 모를 일이었다.

운전사를 따라 휴게실로 들어갔다. 운전사는 잠시만 기다리면 가이드가 올거라면서, 짐을 숙소에 넣어 주마 했다. 게르는 채광이 잘 안되어 방갈로를 선택했다고 하면서, 강바람이 잘 들어오고 멋진 풍경이 눈앞에 펼쳐질 거라며, 엄지를 들어 최고라는 표시를 서너번이나 거듭했다.

벌써 점심 때 가까운 시간이었다. 실내는 바람이 불어 공기가 삽상한데, 바깥은 그야말로 작열하는 태양이 대지를 불달아오르게 했다. 나는 은사시나무 숲을 바라보고 앉아서, 몽골 차를 마셨다. 중국 녹차보다 약간 건조한 맛이 났다. 아이스 커피를 준다는 것을 우정 녹차로 선택한 데는 몽골 초원의 풀꽃들을 차로 이용하는 것을 보고 싶어서였다.

휴게실 문 앞에 나타난 가이드는, 유럽의 어느 항구도시 시장의 부인이 은으로 만든 도끼를 들고 진수식에 참여하는 것처럼 성장을 한 모습이었다. 하얀 숄로 얼굴을 살짝 가린 모습이 얼굴 곡선을 더욱 부드러운 윤곽으로 두드러지게 했다. 피부가 몽골사람 답지 않게 우유빛으로 뽀얬다. 물기 머금은 눈망울이 웃음을 띤 눈가를 따라 부드럽게 굴렀다.

"저는, 아리운 체첵 블르를 투이야 헝거를입니다."

자기 소개에 이어서, 만나서 반갑습네다, 인사를 건네고는 자기 이름을 댔다. 순결한 꽃이 수정빛살로 빛나는 헝거를이라고 자기 이름을 설명했다. 깨끗한 잇바디가 립그로스로 잘 다듬은 입술 사이로 깔끔하게 내보였다.

"이름이 너무 길군요."

"선생님 맘에 맞게 줄여 보세요."

"향기를? 아니 향기로, 어때?"

"둘 다 말은 돼요. 헝고르 모리는 황마라는 뜻이고, 항가르는 법회를 뜻해요."

"내 말은, 당신은 향기가 난다는 뜻."

사실 직업이 그래서 가이드라고 할 뿐이지, 그녀는 향기로 다가오는 여성이었다. 말하자면 모딜리아니의 그림에 나오는 여성의 길죽한 목과, 약간 옆으로 기울어져 애조띤 얼굴, 숄 밑으로 드러난 검은 머릿결 하며, 길쭉한 손가락을 곰실거리며 놀리는 모습, 소맷자락에 레이스를 단 옷이 보티첼리의 그림에 나오는 고전미를 갖춘 모양이었다. 거기다가 검지를 들어올려 턱을 괴고 앉아 있는 모습은 정갈하게 시간의 때가 묻은 수월관음의 모습을 떠올리게 했다.

"향기로 씨?"

나는 내가 붙인 그녀의 이름을 불러 놓고 다음 말을 잇지 못했다. 그녀는 청량한 공기 가운데 향기를 솔솔 풍겨내는 관음보살이었고, 나는 무엇을 기도해야 하는지도 모르는 채, 그 앞에 무릎을 꿇고 취해서 옷자락을 붙들고 앉아있는 꼴이었다. 나는 배가 고픈 듯, 목이 마른 듯 향기로를 바라보고 있었고, 향기로는 왜 그러느냐는 듯이 눈을 두어번 깜박일 뿐이었다.

향기로가 의자에서 일어나 숄 자락을 가볍게 날리면서 휴게실을 나갔다. 가는 허리를 이어 팡팡하게 부푼 엉덩이는 육감적인 율동을 타고 흔들렸다. 몽골 초원에서 말달리는 사내들이라든지, 활을 당겨 적을 겨누는 영웅들과는 이미지가 영 안 어울리는 여성이었다. 은빛 나무들이 가득한 궁정에서, 풀밭에 드레스를 끌면서 외국 대사들 사이를 오가는 중에 뇌쇄적인 눈인사로 그들을 녹여내는 역할이 어울릴 것 같았다. 한번 끌어안고 뒹굴고 싶은 의욕이 솟았다.

"점심이 좀 늦어진대요. 예정이 없던 손님이라나."

하기는 내가 예정에 없던 일정을 가고 있는 셈이었다. 나는 휴게실 밖에 펼쳐진 백양나무 숲을 가리켰다. 향기로는 가벼운 눈웃음을 치고는 나를 따라 나섰다. 물가에 선 나무들이라 그런지, 백양나무 잎이 두툼하고 색깔이 짙었다. 그리고 윤기가 자르르 흘렀다. 바람이 지나면서 백양나무 잎들이 자르락 자르락 소리를 내면서 뒤집혔다. 그 사이로 새들이 삐룩 삐룩 울어대면서 날아다녔다. 나이를 먹어 둥지가 망가진 나무들도 여기 저기 섞여서 남은 시간을 길러내고 있었다. 낡은 둥지 한편이 마르고, 그 옆으로 겨우 남은 거죽 사이로 물이 올라가 잎이 그런대로 무성한 나무들이었다. 늙은 나무들이 젊은 나무들과 어울려 숲을 이룬 모습이 아름다웠다.

"이 나무들이?"

"포플러, 몽골에서는 울리안가르 모트라고 해요."

나는 버릇대로, 그 포플러의 어원이 라틴어 포풀루스(populus)에 있고, 민중, 인민, 국민 등을 뜻한다는 이야기를 하려다 입을 다물었다. 어쩌면 향기로에게는 인민이란 말이 가장 익숙할 것이란 짐작을 할 뿐이었다. 우리말에, 극도의 공포를 당했을 때, 온몸을 발발 떠는 모양을 사시나무 떨듯 한다는 이야기도 하려다 말았다.

숲 저쪽으로 강물이 햇살을 받아 비늘을 일으켜 부서지고 있었다. 소련의 몽골 지배, 1937년 무렵의 대학살. 그래도 강물은 흐르고, 살아남은 이들이 또 나라를 세우고, 육신을 탐하고, 아이를 만들고, 아이가 애비들 하던 전쟁을 또 하기도 하면서 강물처럼 흘러가게 마련이다.

울란바타르의 외곽으로 흘러드는 이 강을 툴강이라고 한다고 들었다. 강물은 수량이 풍부했다. 굽이져 흘러가다가는 여울을 이루어 제법 소란한 물소리를 내며 흘러내렸다. 이 강가에서 장래를 약속하고, 청운의 꿈을 부풀리면서 이곳 사람들이 살았을 거란 생각을 하매, 강은 경쾌한 물소리를 내며 미루나무 그늘을 간질이면서 제 길로 흘러갔다. 흐르는 강물처럼 살 수 없을까?그런 생각을 할 때, 어디선가 짙은 쇠똥냄새가 물비린내와 함께 코끝에 다가들었다.

"강이 참 좋습니다."

"이 강물이 바이칼호까지 갑니다."

"흐르는 강물처럼……."

"비유는 무서워요."

눈앞에 펼쳐져 춤추듯 흘러가는 저 물은 톨강의 한 자락일 뿐이다. 비유는 진리를 가린다. 진리? 오랜만에 입에 담아보는 말이기도 하지만, 그 말이 아스팔트에 굴러다니는 말똥처럼 낯설다

어디선가 진원지는 알 수 없는데, 자꾸만 따라붙는 쇠똥냄새가 역했다. 더구나 물비린내는 역겹기까지 했다. 울란바타르 공항에 내리면서부터, 강둑에 소들이 풀을 뜯고 있는 게 눈에 들어왔다. 어쩌면 소똥들의 그 냄새가 여기까지 오는 것인지도 모른다. 향기로는 점심이 거의 준비되었을 거라면서 호텔로 돌아가자고 했다.

햇살을 반사해서 반짝이며 흐르는 물을 다시 한 번 더 바라보자는 셈으로 강쪽으로 눈을 돌렸다. 그 때 그림 한 폭이 눈앞으로 다가왔다. 강가에 낚시의자를 놓고 앉아서 흘러가는 강물을 바라보고 있는 노인 내외였다. 나는 붙박히듯, 강물을 바라보고 앉은 노인들이 있는 풍경 속으로 감아들었다. 처음에는 다가가서 인사라도 청할까 하다가 미안한 마음이 들어 그대로 멀찍이서 바라보았다. 노인들은 몇 분은 고사하고, 10분이 지나도 그림으로 그려 앉히기라도 한 것처럼 미동도 없이 그대로 앉아 있었다.

마침 카메라가 바지 주머니에 들어 있어서, 몰래 몇 컷을 찍었다. 각도를 달리하면서 찍은 사진은 제목만 근사하게 붙이면 작품이 될 만큼 구도가 잘 잡혔다. 최소한 내 카메라에 그들이 잡혀 들어가 있다는 것만이라도 알려주고 싶어서, 제발 좀 움직여 달라는 심정으로 기다렸으나

허사였다.

내가 노인들 곁에서 어정거리고 있는 모양을 보다못한 향기로가 먼저 호텔쪽으로 돌아갔다. 호텔과 초지가 구획지어진 데에 양들이 오몰오몰 몰려서 풀을 뜯었다. 향기로는 어느 사이에 양들과 어우러져 한 장의 풍경을 이루고 있었다. 가이드라기보다는 화가나 사진가의 모델로 나서는 게 더 나을지도 모른다는 생각을 하고 있을 때였다.

"어서 와보시라요."

향기로는 숄이며 블라우스를 벗어부치고, 양을 한 마리 품에 안고 있었다. 발걸음을 서둘러 다가가다가 나는 흠칫 놀랐다. 향기로의 옷이 온통 피투성이였다. 양이 새끼를 거꾸로 낳다가 쓰러져있는 것을 발견했던 모양이다.

"요동치지 못하게 다리 단단히 잡으시오."

졸병에게 명령하는 장교의 어투였다. 향기로는 양을 풀밭에 눕혔다. 내가 앞다리를 잡고 머리는 무릎으로 눌러주었다. 향기로는 한 다리만 삐죽이 나와 있는 새끼를 어미 뱃속으로 밀어넣었다. 그리고는 배를 슬슬 문질러가며 새끼가 문을 잡을 수 있게 돌려놓는 중이었다. 그러나 일이 생각처럼 잘 안 돌아가는 듯 애를 먹었다. 음문에 손을 넣고 얼굴이 일그러지도록 힘을 쓰다가 손을 꺼냈다. 괴기영화에 나오는 원녀의 피 묻은 손을 연상하게 했다.

"되었소. 이제 제 힘으로 낳갔지요."

"가축병원, 수의사?"

향기로는 그 말에는 대답은 안 하고, 이마로 흘러내린 머릿자락을 밀어올려 달라고 했다. 얼굴이 온통 땀에 젖어 있었다. 양 길러 먹고사는 나라에서는 그런 일쯤은 해야 하고, 할 줄 알아야 한다면서, 손을 털고 수로를 찾아가 손을 씻었다. 파랗게 자라 올라가는 창포 줄기 사이로 핏물이 마블링처럼 번졌다. 향기로의 행동이 결국 길 잃은 양을 찾아 광야를 헤매는 그런 심정과 통하는 것은 아닌가 싶었다.

점심 식탁에 나온 양고기 요리가 입에 겉돌았다. 샐러드만 먹고 일어나려고 할 때였다. 향기로가 술이 없어서 그러는가 물었다. 한국 사람들 대개 그렇더라 하면서 코웃음을 치는 흉내를 냈다. 본래 유목민들에게는 술다운 술이 없는 편이었다. 술을 빚자면 집에서 발효를 시켜야 하는데, 유목 생활 중에는 발효할 시간과 공간이 마땅치를 않다. 거기다가 말을 달려 양들을 몰고 다녀야 하는 이들이 술을 마시는 것은 위험한 일이다. 낙마하여 목이 부러지고 팔이 부서질 수 있기 때문이다. 몽골 보드카는 러시아가 대륙에 쏟아부은 독극물인 셈이었다. 강가에 앉아 있던 노인들은 보드카를 안 마셨을까, 하는 의문이 떠올랐다. 어쩌면 보드카의 희생물일 수도 있지 않을까. 몰래 찍은 노부부의 사진을 돌려주고 싶었다.

"강가에서 찍은 사진을 인화하고 싶소."

"제가 해다 드리지요."

그러면서 오후 일정을 물었다. 나는 어제 잠을 설쳐서 피곤하기도 하고 하니 혼자 쉬고 싶다고 했고, 향기로는 알았다, 한 마디를 하고는 식당을 훌쩍 빠져나갔다. 아련한 향기만 남기고 사라진 기억속의 관음상 같다고나 할까. 나는 무연히 앉아있다가 창밖으로 눈을 주었다. 호텔 담 너머 언덕에는 판자집들이 다닥다닥 붙은 채 무질서하게 흩어져 있었다. 호텔과 주변 풍경이 너무나 대조적이었다.

이상하게도, 가이드 향기로의 정체가 무엇인가 하는 의문이 떠올랐다. 가이드들의 공통된 차림이 아니었다. 일반적으로, 끈이 긴 어깨가방을 오른쪽 어깨에서 가슴으로 비스듬히 가로질러 메고, 햇빛에 그을어 까만 얼굴에 선그라스를 걸치고 나타나는 게 가이드들인데, 향기로는 전혀 달랐다. 숄더백 대신 여대생들 모양으로 가죽 가방을 들고, 모자 대신 숄을 걸치고, 무엇보다 얼굴이 투명한 우유빛깔로 윤기가 흘러 고왔다. 파티에 나가는 귀부인처럼 보이기도 하고, 시간의 때가 곱게 묻어 강렬한 색채가 그윽하게 순화되어 가라앉은 관음보살상을 떠올리게 하는 것이, 몽골 사람과는 거리가 멀었다. 말을 아끼는 편이었지만, 한국말이 유창하고 때로는 평양 말투가 잡혀오기도 하는 것은 그의 정체를 더욱 신비경으로 몰아갔다. 몽골인들과는 핏줄이 다른 게 틀림없었다. 그러나 그래서 어떻다는 것인가. 답이 있을 수 없는 한갓된 의문일 뿐이었다.

참으로 모처럼 심심했다. 방갈로를 나가 호텔 기념품점에 들렀다. 몽골의 건축이며 조각 등 예술품을 소개하는 몇 가지 책자들이 비치되어 있었다. 몽골의 가면, 종교, 민속 등을 소개하는 책들이 있었으나 몽골말로 되어 있어서 별 흥미가 일지 않았다. 그 가운데 어디서 본 듯한 책이 하나 눈에 들어왔다. 책 이름이 좀 길었다. 『The mission of Friar William of Rubruck : his journey to the court of the Great Khan Möngke, 1253–1255』 피터 잭슨이란 사람이 번역한 판본으로, 런던에서 1990년에 발간된 것이었다. 이십 달러를 내라고 했다. 아무 토 달지 않고 이십 달러를 건네고 책을 집어왔다.

나는 휴게실에 와서 산 책의 목차를 훑어보았다. 13세기 몽골 제국의 위상과 국제관계를 알 수 있는 내용들이었다. '카라코룸에 있는 황제의 궁전'이란 장이 있어 펼쳐 보았다. 거기에 호텔 마당에 만들어 세운 '은나무(silver tree)'에 대한 묘사가 자세히 나와 있었다. 거대한 은나무 밑에 우유, 포도주, 꿀, 쌀로 만든 밀수(蜜水) 등을 저장해두고, 그걸 은나무 위에 조상해 앉힌 용의 입으로 도관을 통해 연결해놓았다는 것이다. 그리고 나무 밑에 있는 동굴에 시종이 있어, 황제의 손님이 원하는 음료를 말하면, 은나무 꼭대기에 설치한 천사가 나팔을 불고, 그러면 음료가 네 마리 용의 입으로 흘러내려오도록 장치가 되어 있다는 것이었다. 문득 경주 포석정의 유상곡수(流觴曲水)가 떠올랐다. 그런 걸 만드는 사람이나, 즐기는 부류들이나 한갓된 호사취미에 불과할 것이지만, 이런 작품이 몽골제국의 문화재가 된 데는 연유가 있을 듯했다.

'파리의 명장 윌리암'이라는 구절이 흥미를 돋구었다. 휴게실 한편에 인터넷을 이용할 수 있는 공간이 마련되어 있었다. '실버 트리'라는 검색어를 찾아보았다. 파리의 명장 윌리암이라는 인물이 기욤 부셰(Guillaume Boucher)라는 사실을 확인할 수 있었다. 부셰는 몽골군에게 납치된 파리의 장인이었다. 1242년 몽골이 유럽을 쳐들어갔을 때, 당시 헝가리 왕국의 벨그라드에서 잡혀왔는데, 그가 만든 십자가에 달린 예수상이 당시 승려들에게 놀라운 찬사를 받은 모양이다. 승려들이 그 십자가상을 훔쳐갔다는 설도 있으나, 받들어 모셔갔다는 이야기가 더 유력한 것 같다. 아무튼 그가 몽골 제국의 장인이 되어 칸에게 선물한 것이 은나무 분수(샘)이다. 아마 몽골에 천사상이 나타난 최초의 예가 될 것이 아닌가 싶었다.

나는 향기로가 부셰 집안의 핏줄을 이어가는 끝자락 어딘가 매달린 인물이 아닌가 하는 추정을 해보았다. 그러나, 그래서 어떻다는 것인가? 물론 아무 답이 있을 턱이 없었다. 나는 루브럭의 여행기를 들고 방갈로로 돌아왔다. 방갈로 안은 무더운 공기가 시글시글 끓어올랐다. 서쪽에서 다가드는 강렬한 햇살이 실내를 덥히는 중이었다. 책을 침대에 던져놓고 밖으로 나섰다. 혹시 아까 보고 사진을 찍은 노인들이 아직 그대로 있을까 하는 기대를 가지고서였다.

역시 노인들은 강에서 시간을 보내고 있었다. 햇살이 반짝이며 비늘을 일으키는 강물을 배경으로, 남편이 아내 등목을 해 주는 중이었다. 어렸을 때 할머니가 밭에서 돌아온 할아버지 등물을 쳐주던 광경이 떠올랐다. 할아버지는 으흐흐, 어 시원하다, 그런 감탄을 하며 몸을 떨곤 했다. 발을 멈추고 서서 늙은이 내외를 바라보았다.

할아버지 등목이 끝나고, 마침 아내 등에 물을 끼얹어 줄 차례였다. 여인이 물을 한 줌 얼굴에 찰싹 소리가 나게 끼얹고 허리를 굽혔다. 강바닥을 향해 손을 내려 짚자 풍만한 유방이 강물을 배경으로 축 늘어져 보였다. 할아버지가 양손을 모아 물을 움켜 가지고 아내의 등에 끼얹어주었다. 등에 끼얹은 물이 젖가슴을 타고 강물로 주르르 흘러내렸다. 할아버지가 여인을 일으켜세워 가지고는 젖가슴을 애무해주다가는 입을 대고 빨기 시작했다. 여인은 할아버지를 밀어내며 갈갈갈 자지러졌다. 나는 잠시 눈앞이 까뭇해졌다. 그것은 대지모신에게 올리는 성스런 제의였다.

그 때였다. 노인들이 발을 구르며 어어, 너거크, 노거크 외치는 소리가 들렸다. 여인의 브래지어가 물에 떠내려가는 중이었다. 나는 앞뒤 가릴 것 없이 강물로 뛰어들었다. 여울이 거세게 흘러내리는 지점에서 젖가슴 한 쌍이 소용돌이에 휘말리고 있었다. 물이 가슴에 찼다. 브래지어를 움켜쥐는 순간, 몸이 휘청하면서 물길에 휩싸여 돌아가기 시작했다. 멀리서 아득한 공명음이 울려올 뿐, 눈앞은 거대한 암흑의 절벽이 가로막았다.

"오칠라레, 아임 소리!"

내가 눈을 떴을 때 들은 첫마디였다. 노인은 내 등을 두드려 주며, 야즐라크, 야즐라크 하다가, 입에 손가락을 넣는 시늉을 해보였다. 노인이 하라는 대로 손가락을 목구멍에 집어넣어 물을 시원하게 토해냈다.

"바이를라, 댕큐!"

노인이 내 손을 잡았다. 내 손을 잡는 노인의 손이 어딘가 허전하게 느껴졌다. 오른손 검지와 장지가 잘려나가고, 남은 손가락 세 개로 하는 악수라서 그렇다는 것을 금방 눈치챘다. 만만치 않은 세월을 살아간 게 틀림없었다. 거듭 미안하다고 사과를 하면서, 노인은 자기가 묵는 방갈로가 저기라고 손가락질을 해서 가리켰다. 공교롭게도 내 방갈로 바로 옆 동이었다. 노인의 아내는 선글라스를 끼고 남편의 손을 잡고 조심스럽게 발길을 내디뎠다. 여인이 앞을 못 본다는 것을 그제서 알았다. 이들의 생애가 궁금했다.

저녁 식사 자리에서 노인 내외와 같은 테이블에 앉았다. 부인은 여전히 검은 안경을 쓰고 있었다. 노인은 버릇처럼 왼손으로 오른손을 감싸 쥐고, 어설픈 영어로 더듬더듬 이야기를 했다. 나는 어떤 뜻이 있어서라기보다는, 노인이기 때문에 술을 한잔 권해야 한다는 생각을 했다. 종업원에게 보드카를 하나 주문했다. 몽골 최고품이라는 '칭기스 보드카'가 나왔다. 노인은 눈살을 찌푸리며 혀를 찼다. 그리고 나를 애잔한 눈으로 바라보면서 한마디를 던졌다.

"몽골은 영웅병, 바타르 오브친의 나라입니다."

그렇게까지 이야기할 게 있는가 하는 생각이 들었다. 프랑스에서 가장 높은 등급의 코냑에 나폴레옹이 붙은 거와 다를 게 없지 않은가 싶었다. 달리 생각하면 한국은 영웅숭배를 거부하는 나라라는 이미지를 떠올리게 하는 말이기도 했다. 노인은 자기가 다섯 살 때, 아버지가 당대의 영웅에게 처형을 당했다면서 몸을 부르르 떨었다. 올해 자기 나이가 팔십이라고 했다. 소련 세력을 등에 업고 인텔리겐차, 승려, 지주, 이민족 등을 무참하게 학살하던 1930년대 후반 몽골의 공포의 세월을 이야기하고 있었다. 물론 모든 디테일은 노인의 침묵 속에 잠겨 드러나지 않았다.

노인이 방갈로로 찾아왔다. 혹시 기회가 되면 읽어 보라면서 책을 하나 넘겨주었다. 크리스토프 막시모프스키라는 사람이 쓴 『스텝의 영웅들(Heroes on the Steppes)』이라는 제목이 달린 책이었는데, 몇 군데 접혀 있는 데도 있고, 제법 손때가 묻은 책이었다. 「몽골의 스탈린」이란 장 제목이 붙은 데서는 몽골국립대학교 정문 앞에 서 있던 초이발산의 영웅적 행적을 기술하고 있었다.

영어로 Khorloogiin Choibalsan이라고 표기하는 초이발산은 몽골어로는 Хорлоогийн Чойбалсан이라고 쓴다. 1895년 2월 8일생으로 되어있고, 1952년 1월 26일 담낭암을 치료하러 모스크바에 갔다가, 거기서 죽은 걸로 기록되어 있다.

초이발산이란 이름을 들었을 때, 순간적으로 머리를 스치는 게 초발심(初發心)이라는 말이었고, 한국 소주판을 휩쓸던 '처음처럼'도 거기 연결되는 사항이었다. 초발심? 신앙이 냉랭하고 지지부진해질 무렵, 주지 스님들이 신도를 불러놓고, 초발심으로 돌아가라 하는 맥락에서 쓰는 말이라는 걸 누가 모르랴. 허나 달리 생각해보면, 처음 불자 수계를 받을 때의 그 마음으로 평생을 산다면 그것 또한 여간 곤란할 게 아닌가 싶기도 했다. 피가 끓는 젊은 시절의 정열과 지적 인식을, 장년을 거쳐 늙어서까지 지녀간다면, 늙은이의 넉넉한 무관심을 어떻게 얻을 수 있는가. 영웅의 처음 먹은 억하심정이 평생을 악으로 치달리게 하는 것 또한 초발심일 수 있는 게 아닌가.

아무튼 내몽골 출신의 젊은이가, 가난한집 양치기 여자를 덮쳐서 애 넷을 뽑아냈는데, 초이발산은 그 막내였다. 그 여자 이름이 코를로였는데, 초이발산 앞에 붙은 코를로진은 그 어머니 이름을 딴 것이었다.

그가 13살 되던 해, 동네 절간에 들어가 라마승이 되려고 공부를 했다. 절간에서 지낸 오년은 그에게 악몽 같은 세월이었다. 당시 라마승들은 세속화되어 도덕적으로 문란한 것은 물론, 교단은 정치에 휘둘렸다. 한마디로 배울 게 하나도 없었다. 절간에서 초이발산이란 이름만 얻고 튀쳐나온 그는 왼갖 잡스런 일을 하면서 지냈다. 그런데 다행인 것은, 그가 절간으로 다시 돌아갈 것은 염려한 부리야트 교사 니콜라이 단치노프라는 사람이 그를 러시아의 노몽통역학교에 넣어주었다. 한 해 뒤, 국가가 주는 장학금을 받아 이르크츠크에 있는 러시아 고등학교에 들어가, 19세에서 22세까지 공부하게 된다.

22세 되던 해가 러시아 10월 혁명이 일어나던 해고, 그는 거기서 사회주의 가능성에 눈을 뜨게 된다. 몽골 인민당을 조직하고, 이 당이 러시아와 접촉하게 되는 중에 몽골청년혁명연맹의 의장이 되는 등 권력자로 부상하는 길을 걷게 된다. 이어서 정치적인 좌우파를 오가며 맹렬한 활동을 전개한다.

1936년 몽골인민군의 총책으로 선발되고, 새로 신설된 내무장관 자리에 앉게 된다. 이때 그의 스탭진용의 삼분의 일이 내무인민위원회(NKVD) 멤버들이었다. 당시 스탈린은 몽골 내의 불교관료를 제거하라는 요청을 했고, 소련과 선을 대고 있던 초이발산은 이를 미적거리면서 처리하지 않은 겐덩을 숙청해 버린다. 총리실겸 외무부 행정실을 쫓겨난 겐덩은 모스크바로 이송되었고, 한 해 뒤 거기서 처형되었다. 이후 삼년간 소련은 초이발산으로 하여금 '대숙청'을 계획하고 이행하도록 목줄을 조여들었다. 초이발산은 고위 정치인 체포를 용이하게 법을 개정했다. 그리고 곧 고위직 라마승 23명을 '반혁명조직'에 참여했다는 이유로 체포하여, 이듬해 공개처형했다. 라마승 처형에 반대하던 행정장관은 체포하여 총살했다.

1937년 정부고위직 관료 65명 체포, 그 가운데 일본 간첩활동 혐의로 13명 처형, 이어서 반혁명분자 라마승 17,000명 처형, 처형되지 않은 승려는 환속조치했다. 사찰 746군데가 폐쇄되고, 수천명이 넘는 지식인, 정치인, 행정관료 등을 '혁명의 적'으로 딱지를 붙여 매장시켰다. 아무튼 그의 생애는 '체포와 처형(arrested and executed)'으로 얼룩져 있었다.

그 뒤에 이어지는 내용은 대충 훑어보고 말았다. 독재자의 말로가 어떻게 미화되는가 하는 생각을 더 이끌고 가고 싶지 않았다. 그리고 영웅화되거나 애국자로 둔갑하는 이야기에는 신물이 날 지경이었다. 노인이 하던 얘기대로, 영웅병에 걸린 이들이 사태를 바로 보지 못하고, 지루하게 이어가는 개인의 영웅화 그 과정 속에 한국의 초원문학회 회원들이 와 있는 것은 아닌가 싶기도 했다.

아린 눈에 눈물 안약을 넣고 침대에 누웠다. 살풋 잠이 들었다. 어디선가 총성이 연속적으로 들렸다. 나는 꿈속에서 전투에 참여하고 있었다. 적군이 방공호에서 일제히 상체를 내밀었다. 나는 적들을 향해 기관총을 난사했다. 적들이 방공호 저쪽으로 몸이 구겨지면서 떨어져 들어갔다. 투두둥 투루루 어깨에 기댄 총개머리로 전달되어 오는 울림은 마음 속 깊은 데서 울려오는 증오의 음향을 닮아 있었다. 선제공격을 하지 않는 적을 총으로 쏘았다는 죄목으로 나는 사형을 당해야 한다고 했다. 꿈속에서도, 내 생애가 이렇게 끝나는가, 서럽게 울었다.

꿈은 다른 장면으로 이어졌다. 라마불교 승려들은 혁명의 적이라는 붉은 글씨가 쓰인 플래카드를 들고 있어, 얼굴을 알아볼 수 없었다. 사수들이 기관총으로 그들을 쏘아댔다. 벌판에 밀대처럼 쓰러지는 옷자락들, 그리고 피가 땅을 검게 물들이면서 퍼졌다. 그 위로 강물이 흘러 들판이 벌창했다. 들판을 벙벙하게 메운 흙탕물 위로 분홍색 브래지어가 갈매기떼처럼 무리지어 흘러다녔다.

장면이 이르크츠크로 바뀌었다. 나는 러시아어를 공부하는 청년 학도였다. 내 이름이 최발상이라고 했다. 강물이 조용히 지줄거리는 소리를 내며 흘렀다. 얼굴이 분홍 장밋빛깔로 반들거리는 러시아 아가씨들이 흘러가는 강둑에서 노래를 불렀다. 스텡카레진 같기도 하고, 부리야트 민요 같기도 했다. 마두금을 켜는 듯 시원한 바람이 스쳐갔다. 최발상은 읽던 책을 던져버리고 얼어나 아가씨들을 쫓아갔다. 아가씨들이 놀란 닭 도망치듯 풍겨서 달아나고, 최발상의 손에 잡힌 건 스마르포바, 그녀는 양치기 처녀였다. 최발상은 스마르포바를 풀밭에 눕히고 스커트자락을 들치기 시작했다. 보드카 냄새, 징그러워. 너한테서는 쇠똥냄새가 물

씹거려, 이년아. 헤비 드링킹, 우머나이징, 바이어런트 템퍼라먼트, 그런 단어들이 돌멩이처럼 입안에서 굴러다녔다. 「초원의 영웅들」 어느 페이지던가에 그런 단어들이 열거되어 있었다.

전화벨이 울렸다. 창밖이 훤하게 밝아와 있었다. 향기로의 목소리는 조금 다급하게 들렸다.

"조금 이상한 일이, 사건이 생겼어요."

"이상한 사건이라면?"

초원문학회 회원 가운데 몇이서, 보드카를 마시고 초이발산 동상에 불을 질렀다는 것이었다. 나는 참, 이상하기는 이상한 일도 다 있다면서, 대석의 높이만도 2미터는 더 될 터인데, 그게 어떻게 불이 붙느냐고 웃었다. 그런데 일이 복잡하게 된 것은, 한국인들의 지랄발광—향기로는 꼭 그렇게 말했다—을 말리던 러시아 관광객과 싸움이 붙었다는 것이었다. 주먹이 오가고, 마침내는 서로 코피가 터지도록 대판 싸움이 벌어졌고, 모두 경찰에게 잡혀갔다는 것이다.

"자기들이 해결할 문제군?"

"아니, 그게 우리 오빠걸랑요."

내막이 간단치 않아 보였다. 사진은 기사편에 보낼 터이니 노인들에게 전해주고, 자기랑은 점심때나 만나자고 했다. 사진을 먼저 보내놓고 전화를 한 것인지, 전화를 끊고 금방 기사가 사진을 가지고 왔다. 기사는 오전에 가보고 싶은 데가 있으면 어디든지 모실 터이니 말씀만하라고 친절을 보였다. 나는 그저 알았다 하고 말았다. 그런 문제가 아니라도 초원문학회 회장이 전화를 할 만도 한데, 낯선 안내인한테 맡겨놓고는 소식이 감감인 게, 사람을 이렇게 대접해도 되는가 싶어 섭섭했다.

사진을 오해 없이 전해주어야 한다는 억압감이 속에서 뒤틀어 올라왔다. 노인을 식당에서 만나 인사를 하고, 이따가 잠시 방갈로로 들르겠다고 했다.

"여기서 만납시다."

그러면 잠시 기다리라 하고는 방갈로에 가서 사진을 가지고 나왔다. 선물을 하나 드리려고 한다고 했더니, 노인은 몸을 불불 떨었다. 검은 선그라스를 쓴 그의 아내가 노인을 부축했다. 브로마이드로 뽑은 사진은 신문지 반절지만한 크기였다. 햇살이 부서지는 강물결을 배경으로 노인 내외가 등을 보이면서 앉아서 시간의 흐름을 음미하는 분위기가 살아나는 사진이었다.

"사실은……"

"충분히 압니다."

자기 아내는 눈을 못 보는 대신에 소리에 아주 민감하다는 것이었다. 당신이 우리 둘을 사진기에 담는 소리를 들었다는 것이었다. 나는 갑자기 얼굴이 달아올랐다. 은밀한 내 행동을 들키고 말았다는 겸연쩍은 생각이 올라오는 까닭이었다.

"역사의 진짜 얼굴은 그렇게 아름답지 않아요."

당신은 우리들 등판과 강물의 물무늬만 보았지, 그 옆에 놓인 의족을 못 보았을 거라고 했다. 사진을 다시 들여다보았다. 낚시의자 밑으로 바지가랑이 끝이 살짝 잘려 있는 게 카메라에 잡혔다. 영웅을 만들기 위해 나는 다리를, 아내는 눈을 바쳤다우. 그의 아내는 남편이 집어주는 티슈로 선그라스 밑으로 흐르는 눈물을 찍어냈다.

결국 노인에게 사진을 못 돌려주고, 죄송하다는 말만 거듭하다가 자리를 떴다. 몽골은 가히 영웅의 나라였다. 도시 이름 자체가 붉은 영웅이란 뜻의 울란바타르고, 의회 앞의 광장 이름이 '도끼영웅'이라는 쉬크바타르라지 않던가. 그와 함께 몽골 혁명을 이끈 초이발산은 애국영웅으로 추앙되면서 소련의 앞잡이로 몽골의 문화유산을 말살한 무뢰한이 아니던가. 승자의 기억으로 편집된 몽골의 역사, 제노사이드 저자의 말대로 '기억의 정치'를 태연하게 수행하는 중이 아니던가. 그런데 이들 영웅의 공통점 가운데 하나는, 아버지가 처녀를 덮쳐서 얻은 아들이라는 점이었다. 그리고 젊은 시절의 뼈아픈 가난. 또, 그리고 혁명의 시대. 무언가 의미망이 얽어질 듯도 한데 선명한 개념틀이 떠오르지 않았다.

나는 울렁거리기 시작하는 배를 부여잡고 호텔 마당으로 나갔다. 그 유명짜한 '은나무 분수 샘'이 눈앞에 버티고 서서 햇살을 반사하고 있었다. 몽골 칸에게 은나무 분수 장식품을 만들어 바친 파리의 공예명장 기욤 부셰가 몽골에 잡혀왔던 게 팔백 년 저쪽의 일인데, 그게 어제 있던 일처럼 기억의 줄을 타고 이어져 왔다. 초이발산이 풀밭에 눕히고 덮쳤던 러시아 여자 스마르포바가 어쩌면 기욤 부셰의 핏줄을 이어받은 여자일지도 모를 일이다.

향기로에게 러시아인 오빠가 있다면, 그의 정체는 다시 무엇인가? 아무튼, 그게 사실이라면, 초이발산이 러시아 여자와 관계해서 낳은 핏줄의 자손들이 몽골에 살고 있다는 이야기인가? 할아버지의 동상에 불을 지르는 놈들의 소행이 곱게 비칠 까닭이 없을 터.

백석 시에 나오는 남자처럼, 갈매나무 이파리에 눈이 치는 소리나 듣고 앉아있는 삶이어서는 안 된다는 생각이 고물거리면서 머리를 들기 시작했다. 향기로가 보고 싶었다. 밖으로 나가 백양나무 숲, 민중의 숲을 걸었다. 강바람이 시원했다. 향기로가 난산으로 죽을 양을 살려 주었던 담너머로 쇠똥냄새가 구수하게 풍겨왔다. 몽골에 와서 쇠똥냄새가 구수하게 느껴지기는 처음이었다. 내 편에서 향기로에게 전화를 했다. 향기로는 금방 전화를 받았다.

"여기 언제 와요?"

"미안해요. 기다리지 마세요."

목이 잠겨 있는 목소리였다. 몽골서도 한국 텔레비전 볼 수 있으니, 정오뉴스를 보라고만 했다. 무슨 일이 있느냐고 다시 물었다. 잠겨있던 목소리는 울음으로 변했다. 하기는 여행 중에 가이드를 기다리고, 보고 싶고 하는 행태는 우스운 일이었다.

노인네 내외가 손에 낚시의자를 들고 강가로 나가는 뒷모습이 보였다. 외다리 노인은 목발을 짚고 절뚝거렸다. 타르르 떨면서 햇살을 반사하는 백양나무 잎에 부서지는 햇살이 눈부셨다. 노파는 저 햇빛을 못 보고 생을 마감해야 할 터였다.

어디에서 기다리고 있었던지 운전기사가 다가와서 귀에다 대고 작은 소리로 말했다.

"회장님이 인신매매 혐의로 경찰에 잡혀갔습니다."

나는 푸른 하늘에 빛을 산란하는 해를 바라보다가 컬컬컬, 헛헛하게 웃었다. 이어서 재채기가 거우러졌다. 호텔 앞마당의 은나무 분수가 햇빛 속에 화염처럼 타오르고 있었다.

신라 여왕 시절의 도림사 픽션

채 길 순

1983년 『충청일보』 신춘문예 당선하고, 1996년 『한국일보』 광복50주년기념 1억원
장편공모에서 「흰옷 이야기」가 당선되어 소설가로 활동하고 있으며,
명지전문대학 문예창작과에서 소설창작을 가르치고 있다.
장편소설 『어둠의 세월』 상 · 하(도서출판 마루, 1993), 『흰 이야기』 ①-③,
(한국문원, 1998), 『동트는 산맥』-⑦, (신인간사, 2000), 〈조캡틴 정전〉(2011)이 있다.
기타 저서 『소설창작 여행』(한올출판사, 2006),
『소설창작의 길라잡이』(모시는사람들, 2010)

신라 여왕 시절의 도림사 픽션

1. 글머리

신라의 어느 시절. 지금이 태평성대라고 말하는 이가 없다고는 하지만, 여기저기서 이대로는 못살겠다는 백성들의 원성이 하늘을 찌르던 시절이었다.

서라벌 변두리에 도림사(道林寺)라는 절터가 있었는데, 오래 전부터 나라의 처형 터였다. 그러다보니 온갖 사연의 원혼들이 모여 산다고 할 수 있다. 여러 귀신이 모여 산다고 해서 떨그럭 딸그락 살림하고 사는 것이 아니라, 천길 땅 속 도솔천의 물이 넘쳐날 때 어쩌다 한 가닥씩 찔끔 찔금 솟아올라온다고 할 수 있다. 이렇게 땅위로 올라오는 원혼들은 여느 귀신의 혼과 달라서 구천에서도 잠들지 못하고 한밤중에 일어나 한숨지을 때 땅위로 솟아올라온다. 이것이 땅에서는 서리로 맺히거나 바람으로 바뀌기도 하며 때로는 울음이나 웃음으로 바뀐다고 한다.

어느 시절에는 밤마다 갓난아이의 구슬픈 울음이 흘러나와 듣는 사람에게 서러운 심사를 자아냈는데, 이는 에밀레란 갓난아이의 넋이 천길 땅 밑 저승으로부터 연기가 새어 나오듯이 올라왔기 때문이라고 했다.

어느 때는 한이 서린 여인의 울음이 들려서 오싹 소름을 돋게 했는데, 이는 세도 있는 벼슬아치가 임자 있는 아녀자를 제 것으로 빼앗으니 더럽혀진 몸으로는 살 수 없다고 목을 매고 죽어서 한이 대숲에 서린 까닭이라 했다.

또 어떤 때는 '푸하하! 아하하!······우리 임금님의 귀는 당나귀 귀다!' 하고 소리치며 웃다가, 홱까닥 바뀌어 '아이고! 아이고!' 통곡하는 또라이 같은 귀신도 있었더란다. 남의 아픔을 이렇게 말해서는 안 되겠지만, 웃음과 울음이 뒤섞이니 듣는 사람 쪽에서는 우습기 짝이 없었다. 이는 제 속에 든 비밀이 부풀어 가슴이 터질 듯해서 마침내 천기를 누설하여 목 베임을 당한 복두(幞頭)쟁이의 해골바가지에 바람이 들어갔다가 빠져나올 때 나는 소리라 했다.

여기에 소개하려는 사연도 한이 서린 귀신 이야기는 맞지만, 꾸며낸 이야기처럼 좀 각별하다.

2. 달밤, 서라벌 가는 길

사람의 키가 작으니 달그림자도 짧았다. 게다가 갈대같이 가는 몸매이니 그늘도 흐릿하여 있는 둥 마는 둥이었다. 그래서 갈대라고 부르기로 한다. 갈대는 앞장 선 덩치 큰 사내의 뒤를 힘겹게 바짝 붙으면서도 연신 말을 걸었다. 달빛 그림자가 큰 그림자 속으로 먹혀들어 갔다. 목소리도 사람을 닮아서 계집처럼 여리고 가늘었다.

"그래, 서라벌엔 무슨 일로 가시오?"

아까부터 여러 차례 말을 걸었으나 귀가 막힌 사람같이 걷기만 하던 덩치가 뒤는 돌아보지도 않고 툭 던지듯 말했다.

"넋을 찾으러 가오."

"넋? 넋이라!······."

갈대가 앞서가는 덩치가 던져놓은 말을 꼼꼼하게 헤아리듯 중얼거렸다. 이어서 덩치가 금방 제가 던져놓았던 말을 풀었다.

"변방에 수자리 살러가는 대신 서라벌로 부역을 나갔던 아우가 이태 만에 넋을 빼앗겨 돌아왔소. 해 뜨면 해바라기를 하고 달뜨면 달바라기 하며 염소처럼 하냥 웃기만 하오. 어차피 수자리 살다가 이런 저런 이유로 죽어가는 군사도 수두룩한 마당에 살아서 돌아온 것도 다행이고, 지독한 가뭄에 굶어죽는 백성이 부지기수인데 살아 숨쉬는 것만도 다행이라지만······행여 아우의 넋이라도 찾아올까 하여 가는 길이오."

"쯧쯧······."

갈대가 어깨 아래로 늘어진 누더기 옷을 걷어 올리며 종종걸음으로 뒤 따라 붙었다. 아무리 보아도 옷차림이 여기저기를 떠도는 거지였다.

서라벌로 들어가는 마지막 문턱인 서드리 고갯길로 들어섰다. 둘러선 산악도 목이 타서 안개 서린 물기라도 핥느라 숨을 헐떡이는 듯 보였다.

"살다 살다 이런 가뭄 첨이오! 한스런 가뭄이오."

갈대의 목소리는 수심을 지나 신음에 가까웠다.

"맞소! 요즘은 까마귀가 사람을 따라 다니며 넘어질 때를 기다린다지 않소. 백성들은 가뭄이 나랏님이 부덕한 탓이라고 원성이 자자하오."

덩치가 근엄하게 근심스러운 말을 내었다. 갈대의 말대꾸가 없으니 한동안 침묵이 이어졌고, 두 사내는 말없이 달빛이 흐르는 고갯길을 탔다.

이윽고 고갯마루로 올라섰다. 검푸른 달빛을 안은 먼 토함산이 멀찍이 물러나 앉았고, 산 아래 서라벌 거리는 꽃등이 걸린 것처럼 화사했다. 두 사내가 고갯마루 바위에 걸터앉아 한동안 불꽃이 활짝 핀 서라벌 밤풍경을 내려다보았다. 산마루까지 차올라온 여름날의 후덥지근한 열기가 이슬이 어른거리는 밤까지 이어지고 있었다.

"옛적, 이 나라 태평 시절에 꽃같이 어여쁜 여왕이 계셨더랍니다."

갈대가 가녀린 말로 다시 말머리를 꺼내며 덩치를 힐끗 쳐다보았다. 예쁜 여왕의 이야기를 하는 달빛 속에 드러난 갈대의 얼굴이니 웬만하면 훤해 보이련만 워낙 떡같이 생겨 먹어서 온통 그늘에 잠겨 있었다. 덩치가 물었다.

"대체 얼마나 예뻤다오?"

"달에서 내려온 선녀라오. 볼은 철쭉꽃 같이 붉고, 눈썹은 청수숫대 대궁같이 푸른 절세미인이었더랍니다."

"처녀가 겉만 아름다워서 뭣에 쓰오?"

"어디 겉뿐이겠소? 속까지 아름답지요. 어느 총각 녀석이 턱없게시리 여왕을 사모하다가 상사병이 들어 죽었는데, 넋이 도림사 대숲에 서려서 슬픈 울음을 내는데, 애절하기가 꼭 조석으로 젖에 주려 에미를 찾는 봉덕사 에밀레 종소리 같더랍니다. 사연을 전해들은 여왕께서 당신이 신고 있던 꽃신을 던지자 금새 꽃뱀이 되었는데, 전하의 인자함이 총각의 넋을 달래었던지 그 뒤부터 꽃뱀은 독을 감춘 채 생전 찔레나 산딸기 넝쿨 아래에서 조용히 살더라지요."

"……."

"이런 얘기야 여러 백성들 입에 오르내리는 이야기입지요만, 들어도 들어도 물리지 않는 듣기 좋은 이야기 아닙니까? 헤헤헤."

갈대가 떡 얼굴에 흉측한 웃음을 달았다.

"모든 백성들이 여왕을 흉보는데 당신만 좋게 말하니 대체 당신은 누구 편이오?"

"백성 편이오. 본디 왕은 인자하나 부덕한 신하들이 왕의 덕을 가리고 있는 형국이지요."

"그러면 나라가 이 꼴이 된 것이 단지 신하들 때문이란 말이오?"

덩치가 비웃으니 갈대가 얼른 말머리를 돌렸다.

"나는 대야주(大耶州) 사람이오. 거기서는 마포(麻布) 대신 명주(明紬)를 뽑지요."

"대야주라면 왕거인(王巨人)이 사는 고향이 아니오?"

"왕거인을 어찌 아시오?"

"신라 천지에 학행이 높기로 왕거인 따를 자가 없다고 소문이 났는데 어찌 그 어른을 모르겠소? 백성들은 왕거인이 서라벌로 들어가셨다니 곧 백성들 목을 옥죄던 세(稅)도 줄고 장정들 변방 살이나 부역도 줄 거라고 기대에 부풀어 있다오. 당장에야 힘들어도 좋은 날이 오기만을 기다리며 산다오."

"이제 기대는 물 건너갔소. 그 왕거인지 왕거지인지 하는 자의 시대는 끝났소."

"그게 무슨 말씀이오? 왕거인은 아직 백성들의 마지막 희망이오."

덩치의 확신에 찬 말이었다.

이번에는 갈대가 넋 잃은 듯 중얼거렸다.

"그러자면 여왕 폐하께서 친히 칼을 내려 주실 때 못된 벼슬아치를 목 벨 권한도 함께 내려 주셔야 하는데 그렇지 못하다고 들었소."

덩치가 범처럼 매섭게 번뜩이던 눈빛을 닫고 나서 긴 탄식 끝에 말했다.

"그렇군요! 그렇지만 왕거인은 어떻게든 왕으로부터 칼과 권한을 꼭 받아낼 거요!"

덩치가 이 말끝에 한참 뜸을 들이고 나더니 말소리를 낮춰서, 그러나 결연히 말했다.

"아니면……왕거인이 왕의 목을 베어버리거나!"

갈대가 잠시 걸음을 멈췄다. 덩치가 대낮 같이 밝은 달빛 어스름 속으로 아득히 멀어져가자 갈대가 덩치를 놓치지 않으려고 잰걸음을 놓아 따라 붙었다.

고갯마루를 내려오자 이번에는 갈대가 말머리를 바꿔 말했다.

"서라벌로 들어가는 길목은 군사들이 지키고 섰다는데, 당신은 무슨 수로 들어가려오?"

"본디 백성의 땅에 백성이 들어가지 못한다면 누가 들어간단 말이오?"

"그 말이야 맞소! 하지만 군사들이 서라벌 들고나는 문을 지키고 있다지 않소?"

"방법을 찾아야지요."

덩치가 일어서서 등에 지고 있던 짐을 풀더니 발치까지 밀려와 있는 안개 속으로 들어갔다. 산 아래에 머뭇거리던 안개는 그동안 산마루까지 거슬러 올라와 있었다.

덩치는 안개 속으로 들어갔다가 돌아와 바위 위에 걸터앉았다. 이번에는 등에 지고 있던 봇짐을 풀어 가야금을 꺼냈다. 달빛을 받은 가야금이 온몸으로 하얀 달빛을 받아냈다. 지그시 눈을 감고 차분하게 숨을 고른 덩치의 줄 위에 얹었던 손이 파르르 떨렸다. 손가락이 열두 줄을 천천히 넘나들면서 오동나무통에서 빠져나온 가락이 달빛 가득한 허공으로 퍼져 나가기 시작했다. 잠들었던 들풀이 일어서고, 곳곳에 잠들어 있던 넋들이 깨어났다. 먼 강과 산이 깨어나 길게 한숨을 토해내며 울었다.

술대를 잡았던 덩치의 손이 멈추자 가야금 가락에 홀린 듯 앉아있던 갈대가 자리에서 일어섰다.

"아, 실혜 선생!"

가야금 소리에 붙들려 있던 갈대가 소리쳤다. 그러나 덩치는 골짜기로 내려가 아까 안개 속에서 묵직한 자루를 거두어 돌아왔다.

"그것이 무엇이오?"

갈대는 아직까지 좀 전에 흘러나온 가야금 소리에 휘감겨 있는 듯했다.

"뱀이오! 이것으로 이 세상에 참다운 백성이 있다는 것을 보여줘야 하오!"

덩치는 신명난 사람같이 자루를 메고 빠른 걸음으로 고갯마루를 내려가기 시작했다.

이윽고 서라벌로 들어가는 길목이었다. 이제는 갈대가 따라갈 수 없는 잰 걸음이었다.

"실혜 선생!……"

그러나 그가 정말 실혜 선생이면서 대답을 하지 않은 것인지, 아니면 그냥 덩치인지 모를 사내가 푸른 달빛 어스름 속으로 아득하게 사라지고 없었다.

"실혜 선생!"

뒤에서 갈대 사내가 따라 붙으며 소리쳤으나 산악을 부딪친 목소리는 메아리로 되돌아올 뿐이다.

3. 구중궁궐 이야기

항아루(姮娥樓). 호피가 씌워진 용상에 몸을 깊이 묻은 여왕의 뺨은 석양에 젖어 꽃 같이 붉어 있었다. 여왕은 늘 이런 시간에 파초선 아래 그림처럼 우아하게 앉아 있기를 즐겨했는데, 이는 하늘궁의 여왕으로 보이기 위해서였다. 충성된 신하들은 여왕이 밤늦도록 유희를 즐기시는데 모자람이 없도록 백성들에게 열심히 조세를 거두어들이고, 변방으로 수자리를 살러 갈 장정들을 궁정 안으로 불러들여 오직 화려한 궁전을 짓고 치장하는데 썼다. 백성들의 피와 땀을 모아 만든 궁을 월선궁(月仙宮)이라고 이름 붙였고, 누각 이름도 항아루라 이름하여 사방에 보이는 노리개가 누구도 가본 적도 없는 하늘 궁전을 흉내내었다. 그러면 자신은 저절로 달 속의 선녀가 되는 줄로 알았다.

여왕의 가장 충성한 신하 아진함은 지금 여왕의 시선이 어디를 향하고 있는지 얼른 가늠하여 그 속을 읽어내는 탁월한 재주를 지녔다. 여왕의 시선은 언제나 두 방향에 두었는데, 누각의 남쪽 방향에는 푸른 갈대

밭이 꿈결처럼 펼쳐져 있고 하얀 학 떼가 연잎 위에 이슬방울같이 굴렀
다. 이런 모양을 바라보는 여왕은 갓 스물을 넘겨 보송보송한 솜털이 보
일만큼 홍조가 감돌아 구름 위를 앉은 듯 황홀해 보였다. 그러나 반대쪽
서라벌 거리를 바라볼 때에는 심통을 부리기 일쑤였다.

"폐하!……"

종종걸음으로 모란 꽃밭을 짓밟고 달려온 병부(兵部) 시랑 노사가 숨이
턱 밑에 북받쳐서 다급한 말을 토막쳐 내놓았다. 여왕은 궁전의 모란꽃
밭을 짓밟는 신하를 충신으로 여겨졌다. 그것은 한 나라의 왕인 내가 꽃
이나 아끼는 여린 여왕이 아니라는 걸 과시하려 했기 때문이었다. 여왕은
노여움이 가득찬 눈으로 금방 달려온 노사를 바라보았다. 짜증내는 걸 보
면 여왕께선 지금까지 서라벌의 북쪽에 시선을 던지고 있었던 게다.

"강주(康州) 고을에 민란을 평정하러 갔던 검죽이 민란 주동자의 목을
잘라 오기는커녕 관복만 찢기는 수모를 당하고 돌아왔다고 하옵니다."

"그래? 날카로운 무기로 무장한 변방의 군사의 침입도 아니고, 맨손
으로 일어선 백성의 민란 따위도 다스리지 못했다는 말이냐?"

"황공하오나 그렇다고 하옵니다."

"못난 검죽은 어디에 있느냐?"

여왕은 대번에 짜증을 넘어 화증으로 바뀌어 있었다.

"궁에 들어서자마자 옥에 가두었다 하옵니다."

"가둘 것 없다. 당장 목을 베도록 하라!"

여왕께선 사람의 목을 무 자르는 명을 이르듯 가벼이 말하고, 다시 서
라벌 거리로 눈을 돌렸다. 명을 받은 신하의 말발굽소리가 사라지자 궁
안의 분위기는 무겁게 가라앉았다. 곧은길로 뻗은 서라벌 거리는 거문

고 가락이 은은히 울리기 시작하고 있었다. 그 가락은 태평성대를 송축하는 가락이라 할지라도 여왕의 심사는 쉽게 풀어지지 않았다. 여왕은 머리를 조아리고 있는 신하 아진함에게 짜증을 냈다.

"사람들이 상대등을 일러 늙은 여우라 한다는데 그게 사실이오?"

요즘 여왕의 심사가 꼬인 이유를 곰곰 헤아리고 있던 아진함은 여왕의 물음에 바짝 긴장했다. 머뭇거리는 동안 여왕이 다시 아진함을 한번 더 먹어 말했다.

"세상 사람들은 변덕스런 계집을 일러 여우라 하는데 사내를 두고 여우라 하니 좀 우습지 않은가?"

여왕은 다시 서라벌 쪽으로 시선을 돌렸다. 석양은 검은 빛에 눌려 차츰 무겁게 가라앉아가고 있었다.

"황송하오나 그것은 일찍이 신(臣)이 선왕 때부터 은총을 입사와 나랏일을 조금 헤아릴 줄 안다고 한 말인 줄 아옵니다."

아진함이 말을 하는 동안 여왕의 어안에 찬바람 같은 비웃음이 스쳐 갔는데, 아진함은 그걸 놓치지 않고 알아챘다. 아진함의 등줄기로 서늘한 기운이 쓸고 내려갔다.

"그렇게 속을 잘 들여다본다니 어디 짐의 마음속을 헤아려 보시오."

아진함은 주저하지 않고 아뢰었다.

"아뢰옵기 황송하오나 강주 고을 민란을 토평할 새 인물을 헤아리심과 또 하나는……"

잠시 말허리를 잘라 놓고 망설이는데, 여왕의 어안은 저녁 꼬리 햇살만으로도 붉게 타올랐다. 여왕이 보내는 시선 끝에 먹빛에 잠긴 도림사 대숲으로 새가 날아올랐다가 검은 갈대숲으로 내려앉고 있었다. 아진함

스스로 안도감이 느껴졌다.

"상대등은 지금 민란을 토평할 인물이 누구라고 생각하시오?"

"당장 용맹스런 거타지 같은 장수를 보내 단번에 쓸도록 해도 좋으나 먼저 신라의 모든 백성들에게 어진 이로 소문난 대야주 왕거인을 보내 전하의 높은 덕을 한번 더 보여주시는 것이 어떨런지요. 이를 헤아려 미리 대기시켜 두었습니다."

아진함의 말에 여왕이 비로소 천천히 고개를 끄떡이었다.

"과연 여우로다."

여왕이 말끝에 칭찬인지 비아냥인지 모를 말을 떨어뜨리고 나서 뜸을 들였다.

"왕거인이라……"

여왕이 잠시 뭔가를 곰곰이 헤아렸다.

왕거인은 가야산 줄기에 있는 대야주 고을 사람으로, 당나라에서 들어온 효경(孝經) 예기(禮記) 문선(文選) 등 경서를 두루 섭렵하여 학식과 덕망을 갖춘 이로, 온 신라에 이름이 높았다. 그동안 벼슬에 뜻을 두지 않아서 이름이 더 높아졌고, 신라 사람들은 왕거인이 여왕을 거들어 나랏일을 해주기를 갈망했다. 그런데 궁중에서 제아무리 삼고초려(三顧草廬)가 아니라 백고초려(百顧草廬)에도 도무지 궁에 들 생각을 하지 않았다.

그런 인물이 뜻밖에도 궁으로 스스로 들어와 전하에 엎드렸는데, '거인'이란 이름은 장난으로 붙여 놓았던지 키도 작고 조망 조망하여 이목구비 그 어떤 것도 큰 것이 없었다. 여왕께서 한동안 '호호호' 한바탕 웃으시다가 이것저것을 물으시는데, 묻는 대로 조목조목 설파하되 막힘이 없었다. 여왕께서 작은 왕거인에게 큰 벼슬 '대사(大舍)' 관등을 주어 백성들의 생활을 살펴 낱낱이 보고하는 일을 맡기게 되었다. 대뜸 왕거인이 선뜻 벼슬자리를 덥석 받아서 여왕이 괴이하게 여겨 물었다.

"덕 있는 자는 벼슬을 주어도 겸손하게 거절한다고 들었고, 그동안 여러 번 불러도 응하지 않던 이가 어찌 발걸음 했으며, 거절 않고 벼슬까지 받는가?"

"학문이 제 앞가림만 한다면 어찌 바른 학문이라 할 수 있겠소이까? 학문을 백성을 위해 쓸 수 있다면 주저할 이유가 없을 것입니다. 더구나 지금은 몇 해째 가뭄이 든 데다, 백성들이 온갖 이름을 붙인 세곡에다 수자리 부역에 시달리는 마당이라 모든 백성이 죽을 지경이니 살게 해야겠지요."

여왕이 감동하여 천존고(天尊庫) 열쇠를 하사하시어 궁 안에 재물을 마음대로 거두고 쓰게 했다. 다른 것은 그만두고 왕거인은 먼저 제 누더기 옷을 바꾸고 거지살이를 바꿀 것이라고 기대했는데, 여전히 누더기를 걸치고 살았다.

"모든 일은 경이 알아서 하오."

결국 여왕이 총신 아진함에게 나랏일을 맡기고 용상에서 일어섰다. 그동안 등 뒤에 가려졌던 호랑이의 사나운 입과 눈가의 포악한 흉상이 '어흥!' 호령하며 드러났다. 호랑이 가죽 앞에 선 여왕은 죽순처럼 나약한 여인이었다. 양 옆에 선 파초선이 행여 햇살을 맞을세라 옹위하여 따르는데, 한 떼의 나비가 날아나가는 모양으로 사뿐했다.

여왕의 행렬이 시야에서 사라지자 아진함이 서둘러 말했다.

"왕거인을 대령토록 하라!"

아진함이 누각 아래 선 군사를 향해 이르고, 여왕이 앉았던 용상을 마치 제 자리 같이 털썩 주저앉았다.

"여기저기 대중없이 돌아다니는 왕거인을 어디서 찾겠습니까?"

"마구간에 가봐라. 그놈의 몸에서는 말똥 냄새가 나지 않더냐?"

아진함이 좀 전에 여왕에게 받은 수모를 되돌려 주듯 역정을 냈다.

"예, 알겠습니다."

시자가 황급히 모란을 짓밟으며 사라졌다.

아진함은 좀 전에 여왕이 하던 대로 몸을 낮춰 턱을 괴어보았다. 어둠이 내린 갈대밭에 아까 내렸던 한 떼의 학이 흰 빛을 말아 올리며 깊은 하늘 어둠 속으로 사라졌다.

왕거인이 이내 들어와 아뢰었다.

"왕거인 대령이오!"

누각 아래 고슴도치 모양으로 엎드린 왕거인을 보자 아진함은 문득 장난스러운 심사가 일어서 물었다.

"경은 대체 무엇이 커서 왕거인인가?"

"사람들 눈에 보이지 않은 게 큽지요. 히힛!"

왕거인이 작고 여린 몸을 더 작게 움츠리며 말대꾸하고 나서 웃었다. 만일 웃지 않았다면 무거운 뜻이 들어 있거니 했겠지만 웃음 때문에 아주 가벼워졌다.

"예끼……점잖은 사람이 별 상스런 말을 입에 올리오."

아진함이 어두워진 어전에 등이 내걸리기를 잠시 기다린 끝에 다시 말이 시작되었다.

"그래, 왕거인이 보기에 요즘 백성들 살이가 어떠하던가?"

천천히 고개를 든 왕거인이 밝은 황촉불에 부신 눈을 돌려 마침 토함산 마루로 떠오르는 달을 보며 한숨을 쉬어 말했다.

"저 달이 서라벌 안에서는 유희 속에서 뜨고 지지만 서라벌 밖에선 시름과 눈물로 뜨고 집니다."

"맞소! 지금 신라에는 경과 같은 어질고 충성된 신하가 필요한 때요. 당장 강주로 달려가 민란을 평정하고 괴수 들쇠의 모가지를 끊어 오시오."

"황공하오나, 성난 민초는 군사로도 다스릴 수 없고, 오직 하늘의 섭리로 다스려야 하는 줄 아뢰오."

"어명이오! 섭리로 다스리든 주둥이로 다스리든 당장 강주 고을로 떠나시오!"

아진함의 말이 끝나기 무섭게 모란을 짓밟고 달려온 한 필의 말이 가볍게 왕거인을 채어서는 어둠 속으로 사라졌다. 말발굽 소리가 가시기 전에 아진함이 다급하게 일렀다.

"거타지 장군을 불러라!"

얼마 지나지 아니하여 거타지 장군이 말을 달려 누각 아래 엎드렸다. 쇳조각 투구와 갑옷에 둘러싸인 흉상은 흡사 해골바가지 같았다.

"거타지 대령이오!"

"강주 고을로 달려가 민란을 일으켰다는 수괴 들쇠의 목을 베어 오라!"

"알겠소이다! 칼을 휘둘러도 되옵니까?"

거타지 장군이 자발스럽게 손으로 제 목을 베는 시늉을 하며 물었다.

"장군이 칼로 싸우지 주둥이로 싸운단 말이냐?"

"진정 칼이라고 말씀하셨습니까?"

거타지의 해골 흉상이 웃으니 마치 저승사자 같은 모습이 되었다.

"그렇다. 칼을 뽑아도 좋다!"

마침 어두워진 서라벌 거리에서 종소리가 일제히 살아올라 잿빛 토함산 자락에 부딪쳐 메아리에 실리니 거기에 귀신이 섞였는지 새롭게 들렸다. 에밀레……흡사 갓난아이의 울음이었다. 이런 슬픈 에밀레 종소리를 상서로운 징조로 듣는 이도 있었다.

"지금 당장 달려가도 되오니까?"

"덤벙대지 마라! 금방 떠난 왕거인이 돌아올 때까지 토함산에 들어가 군사들의 녹슨 칼을 갈면서 출동 명을 기다리도록 하라."

아진함이 벌써 말 등에 올라 떠날 채비를 마친 거타지 장군을 나무랐다.

"무기도 없는 백성들을 치는데 무슨 무기 다듬을 필요가 있겠습니까? 당장 명을 내려 줍시오. 헤헷!"

"그렇게 덤벙대니 넌 안되겠다. 딴 장수를 보내야겠구나."

"아, 아니옵니다. 분부대로 칼을 갈고 진득하니 기다리겠습니다."

거타지가 풀죽은 해골 흉상을 숙여 인사를 남기고 말 등에 올라 말허리를 걷어차니 말발굽 아래 모란꽃 모가지가 다시 우수수 떨어졌다. 아진함이 자리에서 일어서자 신하들이 기다렸다는 듯이 우르르 일어섰다.

그동안 서라벌 거리에서는 풍악과 연꽃등이 환하게 걸려서 검은 집들이 밝게 살아서 떠올라 있었다.

아진함이 월성궁으로 돌아왔을 때는 연등이 대낮처럼 밝혀져 있었고, 사방에서 연꽃 향기가 진동하고 있었다. 기둥에 기대섰던 계집들이 개펄의 게 구멍으로 숨듯 사라졌다. 아진함이 기둥 뒤로 손을 집어넣어 계집의 머리를 단박에 낚아챘다.

"어찌 방자스레 구느냐?"

벌써 한줌으로 오그라들어 턱만 들까부는 계집을 발로 걷어찼는데, 아진함의 발길에 살이 끼었던지 계집이 몇 번 자반뒤집기를 하다가 사지를 쭉 뻗었다. 주인을 잃은 하얀 비단결 속 연꽃 바구니가 뒹굴면서 마지막으로 독한 향기를 풍겼다.

"냉큼 치우라!"

뒤따르던 종자에게 일렀는데, 아진함은 경솔했던 자신을 잠시 후회하고 속으로 '나무관세음보살……' 외면서 돌아서니 시녀가 미끄러지듯 나와 조용히 아뢰었다.

"마마께옵서 오늘은 옥체가 불편하시다 하옵니다. 오늘은 연회도 없삽고……"

아진함이 연회장으로 향하던 발길을 돌렸다. 어차피 좀 전에 벌어진 뜻밖의 일 때문에 마음이 언짢은 터라 마침 잘되었다 싶었다.

4. 월성궁의 고뇌

신하들이 머리를 바닥에 대고 있고, 바로 당하에 작은 왕거인이 엎드려 있었다. 여왕께서는 수심이 가득한 용안으로 앉아 계시었다.

"민란을 평정하러 들어갔던 왕거인이 혀를 내두르며 되돌아 왔으니 이제 화평으로 다스릴 때가 지난 줄 아뢰오. 어제는 당나라로 떠나는 조공배가 해적의 습격을 당하여 침몰했다고 하옵니다. 뿐만 아니라 조정을 향하여 오던 세곡 수레가 곳곳에서 도적에게 침탈당했다고 하옵니다. 도처에 도적이 창궐하니 온 나라가 위급합니다. 게다가 민란을 토평하러 들어간 왕거인이 빈손으로 돌아 왔으니 마땅히 전날의 노사처럼 목을 베임이 지당한 줄 아뢰오."

"그래, 목을 벨 때 베더라도, 장차 난을 어찌 다스려야 하는가?"

여왕이 피곤한 눈을 들어 오라에 묶인 왕거인을 향해 물었다. 몸은 묶여있을 망정 말은 올곧았다.

"오늘의 민란은, 온 몸에 두드러기가 날 지경이 되어도 먼저 눈에 보이는 곳에 뾰루지 하나가 삐져나온 일과 같습니다."

왕과 신하 모두 대체 무슨 말인가 눈만 끔벅대며 왕거인의 뒤에 나올 말을 기다렸다.

"신라의 좋은 땅은 서라벌 벼슬아치들이 다 차지하고 있는데, 모두 원래 주인인 백성들에게 나누어 주어 민심을 수습하는 것이 마땅한 줄 아뢰오."

"저런, 방자한 놈!"

욕은 한 신하의 입에서 나왔지만 쏘아보는 눈은 온 신하였다. 왕거인의 기왕 터진 입에서는 말이 계속 흘러나왔다.

"게다가 백성 치고 벼슬아치의 종 아닌 자가 드문 지경이니 당연히 불러가는 건 벼슬아치의 배요. 높아지는 건 백성들의 원성이옵니다."

"마마! 왕명을 받아 역적을 토평하러 간 자가 소맷귀 하나 뜯기지 않고 돌아와 방자한 혀를 놀리니 저 놈이 필시 괴수 들쇠와 통모하고 돌아온 역적이 분명하옵니다."

신하가 한 발 기어 나와 간곡하게 아뢰었고, 다른 신하가 그 말에 동조하고 나섰다.

"듣기에 강주 고을 역적 들쇠와 몇 날을 동숙하고 돌아왔다고 하오니

괴수 들쇠와 통모하고 돌아온 역적이 분명하옵니다."

그러나 여왕은 신중했다. 이럴 때 여왕은 가히 신중한 성군의 모습이었다. 왕거인은 말을 멈추지 않았다.

"조정의 모든 신하는 백성들이 밤을 새워 짜준 베옷을 걸쳐 입고 행여 제 재물을 잃을까 염려하고 있으니 그들의 마음속에 백성이나 나라가 있겠습니까?"

왕거인의 말을 인내 있게 듣고 나서 여왕이 잔잔히 말씀하시었다.

"경이 벼슬다운 벼슬을 해보지 않았으니 입에서 그런 말이 나오는 것이네."

"벼슬아치가 백성들의 살이를 바로 보지 않으니 민심이 떠나는 법이옵니다."

"그러한가? 끌어내어 가두도록 하라. 몸소 왕거인을 국문하리라."

여왕의 얼굴에 잠깐 비웃음이 스쳐지나 가더니 돌연 태도가 바뀌시었다.

왕거인이 끌려 나간 뒤 한동안 침묵으로 잠잠했다. 지금까지 상대등 아진함이 등청하지 않은 건 아무래도 이상했다. 신하들은 목을 조금씩 비틀어 아진함이 나오기를 초조하게 기다렸지만 끝내 보이지 않았다.

상대등 아진함이 있었다면 저리 방자한 왕거인의 입을 당장 못쓰도록 찢어놓았거나 아니면 벌써 칼을 뽑아 목을 뎅강 베었을지도 모른다.

이때 잰걸음으로 들어오는 신하가 있었다.

"어젯밤 상대등 아진함 나리께서 급살했다 하옵니다."

신하는 무슨 말인지 더 이었지만 너무 급히 달려온 터라 숨이 턱까지 닿은 데다, 울음까지 북받쳐 올라서 더 알아듣지 못했다.

"무슨 말인지 소상히 아뢰어라!"

충격을 받은 여왕께서 갑자기 용상에서 일어섰다. 그 바람에 시녀가 들고 섰던 날 버려지 날개 같은 파초선이 왕관이 닿아 굴러떨어졌다. 금 방 물 긷는 아낙의 모습이었다가 급히 왕관을 얹자 바로 여왕으로 돌아 왔다.

"예. 아닌 밤중에 웬 서러운 가야금 소리가 나고 갑자기 신음 소리가 들려 문을 열어보니 벌써 온 몸은 바람 든 맹꽁이 몸뚱이처럼 부풀어 숨 을 헐떡이다 이내 돌아가시더라고 하옵니다. 언뜻 보니 이만한 뱀이 창 밖으로 넘어가고 있었다고 하옵니다. 뱀이 돌아가자 가야금 소리가 비 로소 멎더랍니다."

군사가 팔뚝을 들어 민망스럽게 팔꿈치를 잡아 끄떡여 보이더니 그 끝에 '흐흑!' 울음을 놓았다.

"오! 충성스런 신하를 잃었도다!"

여왕께선 외마디 비명과 함께 용상에 털썩 주저앉았고, 금세 예쁜 용 안이 눈물로 흥건히 젖었다. 한참 울더니 이윽고 여왕께선 결연히 일어 나시어 하교하시었다.

"아진함은 일찍이 짐의 유모 유로 부인의 부군으로 내게는 아비와 같 은 즉, 혜성(惠星)이란 아름다운 시호로 대왕에 추증하노라."

신하들은 머리를 조아리고 있었기에 망정이지 자칫 비웃음을 여왕에 게 보일 뻔했다. 그동안 여왕이 유모의 부군과 정을 통했으니 그렇다면 부녀간의 간통이란 말인가. 게다가 왕족도 아닌 자에게 내린 터무니없 는 추증이라니. 그렇지만 엎드려 통곡을 시작하던 신하들이 머리를 들 어 여왕을 바라보았는데, 여왕의 자세가 너무 결연하여서 감히 부당하 옵신 말이라고 말 한마디를 아뢰지 못했다.

여왕께서 급히 퇴청을 하시었다. 이제부터 누가 아진함을 대신하는 여왕의 총신이 되느냐가 신하들에게선 더 중요한 일이었다.

5. 승자와 패배자가 가는 길

총신 아진함이 죽은 뒤로 여왕께선 침전에 틀어박혀 앓아 누우셨다. 전하는 병세에 따르면 골을 패는 듯 아프고, 몸이 오한이 나도록 떨려서 반 낮 반 밤을 혼미한 상태로 지내게 되었다.

여왕의 병은 오래 가지 않았다. 얼마 전에 아진함의 유지를 쫓아 강주 고을로 갔던 거타지 장군이 돌아오자 씻은 듯 부신 듯 자리를 털고 일어났다.

"겨우 풀을 묶어 홰를 돌리는 난민을 두고 철옹성이라고 거짓말을 아뢴 검죽이란 놈과 왕거인이 필시 역적이옵니다."

거타지 장군은 전날 목 베어진 검죽과 왕거인을 차례로 욕하고 난 뒤 제 공을 뽐냈다.

"군사들의 사기는 아직 하늘을 찌르고도 남음이 있사옵니다."

밖을 바라보던 여왕은 슬며시 고개를 돌려 버렸다. 횃불에 드러난 창 끝에는 매달린 역적 두령들의 머리들이 사월 초파일의 연등처럼 매달려 있었다. 벌써 피비린내를 넘어 썩은 냄새가 궁 안에 진동했다.

"군사들에게 베 한 필씩 나눠 주고 술과 떡으로 호궤토록 하라. 그리고 거타지 장군을 삭주 태수로 제수하노라. "

"황공하여이다."

난민의 목과 벼슬자리를 바꾼 거타지 장군의 투구 혀가 연신 바닥을 핥았다. 여왕의 은전이 군사들에게 전해지자 군사들이 난민들의 목을 매단 장대를 하늘로 불쑥불쑥 찔러 올리며 기뻐했다.

"쯧쯧…… 어리석기 짝이 없구나! 대줄기를 꺾었다고 어찌 움이 없을 쏘냐."

옥에서 목이 베어지기를 기다리던 가련한 왕거인이 강주 고을을 평정하고 돌아온 거타지 장군의 말을 전해 듣고 길게 탄식을 했다.

6. 패배자가 승자 되는 길

비단창으로 흘러드는 달빛이 관옥이 꿰인 발에 부딪쳐 미끄러져 내리고 있었다. 흘러내린 달빛 방울들이 사방으로 둘러선 석경에 부딪쳐 다시 먼 어둠 속으로 흘러가고 있었다. 어디서 흘러드는 가야금 소리인가. 가야금 소리에 흐르던 달빛조차 멎었다.

단정히 누운 여왕의 하얀 알몸 위로 달빛이 쌓이더니 비늘이 돋아나기 시작했다. 호흡을 가다듬은 가야금 가락이 여왕의 몸을 타고 올랐다. 뱀이 혀를 내어 돋아나는 비늘을 쓰다듬기 시작했다. 여왕의 몸이 뒤틀리며 천천히 신음을 토해냈다. 가야금 소리는 끊임없이 비늘을 세우고 뱀은 비늘을 다스리고 있었다. 아아. 마침내 여왕은 기진하여 사지가 힘없이 늘어졌다. 이윽고 가야금 소리가 멎고 달빛도 어둠과 적막 속으로 잠겼다. 그 어둠 속에서 작은 사내가 숨을 후욱 몰아쉬면서 떨어져 나왔다.

여왕과 왕거인이 거친 숨을 내몰아 쉬고 있을 때, 서라벌 밖에서는 백성들이 죽살이의 경계를 넘나드는 거친 숨을 내몰아쉬고 있었다.

7. 도림사 대숲으로 간 자와 남은 자

"실혜 선생, 마지막으로 잘 생각해 보시오. 부귀영화가 바로 당신 눈 앞에 있소. 그렇지 않으면 실혜 선생 당신이 가져온 그 뱀에 물려 죽을 수도 있소! 지난날의 아진함처럼 말이오."

갈대가 덩치를 내려다보며 말했다.

"그런 부귀영화는 당신이나 누리시오."

덩치가 피에 젖은 머리를 도리질하여 기진하여 말했다.

"됐소! 나는 도림사에 이 들풀 같은 백성의 넋 하나 더 걸어두는 것으로 족하오. 다만 한이 되는 것은 밖에서 당신을 기다리며 사는 백성들이 딱할 뿐이오."

갈대가 버럭 성을 냈다. 꼭 전날의 아진함을 닮아 있었다.

"당장 이놈을 도림사 대숲으로 끌어다가 목을 치도록 하라!"

"여왕을 모시더니 제법 용맹스러워졌소 그려."

큰 칼을 찬 군사들이 달려들어 기진해 있는 피투성이 덩치를 일으켜 세웠다. 그 바람에 덩치의 품에 있던 가야금이 '찌링!' 소리를 내며 울었다. 갈대의 가죽신이 가야금을 짓밟았다. 빠지직-. 가야금이 주인보다 먼저 비명을 지르며 부서졌다.

"내 가야금은 다시 살아 울 거요. 그때는 이 서라벌에 독을 품은 뱀이 기어다닐 것이오."

덩치가 옥문을 나서면서 마지막으로 한 말이었다.

밖에는 눈이 내려 기나 긴 겨울을 예고하고 있었다.

봄날 아지랑이 가물가물

양 영 수

제주에서 출생하다. 서울대 문리대 영어영문학과를 졸업한 후
제주대 사범대 영어교육과 교수를 역임하다.
저서로는『산업사회와 영국소설』『세계 속의 제주신화』등이 있으며,
2002년『소설시대』를 통하여 문단에 데뷔하다.
2008년 중단편소설집『마당넓은 기와집』을 발표하고,
2014년 장편소설『불타는 섬』으로 제2회 제주 4 · 3평화문학상을 수상하다.

봄날 아지랑이 가물가물

모친이 우리 집안으로 다시 돌아온 것은 결국 죽기 위한 준비가 아니었던가. 30년 넘게 잠적해 있다가 불쑥 나타난 모친의 입에서 나온 말이, 박씨 집안 귀신이 되기 위해 돌아왔다는 것이었다. 그리고, 박씨 집안으로 다시 돌아온 모친이 5년이 넘게 종갓집 봉제사에 극진한 정성을 바친 것은 당신의 저승가는 길을 닦아놓으려는 심산이 아니었나. 그렇다면, 어제 내 전화를 받을 때 모친이 오늘 제사에도 오지 못하겠다고 말한 것은 어인 일일까. 더구나 이번에는 바로 나의 부친의 제사, 그러니까 모친의 입장에서는 남편의 제사가 아닌가.

아직 러시아워가 안됐는데도 교통량이 폭주하면서 자동차 속도가 마냥 줄어들고 있었다. 차내 라디오 방송을 틀자 경쾌한 목소리의 크리스마스 캐롤이 왁자하고 울려 퍼졌다. 바로 오늘이 성탄절 전야구나 하는 생각과 함께, 오늘 아침에 아내가 건넨 말이 떠올랐다. 모친이 이번 제사에 오지 않는 이유는 몸이 편찮기 때문이 아니라 모친이 다니기 시작한 교회 탓이라는 것이 아내의 주장이었다. 조상의 명복을 빌고 자손들에게 유대감을 길러주는 의례가 제사라고 보면 예수교 신자라고 해서 제사 못 지낼 이유가 뭐냐고 하는 것이 내 의견이었지만, 아내의 말은 그게 아니었다. 천주교는 제사 명절을 종교의례로 보다는 하나의 사회 풍속으로 인정하고 있으나 개신교에서는 이것을 우상숭배로 규정하는 교파가 많다는 것이고, 게다가 누이가 속해 있는 교파에서는 제사 지내는 일을 유달리 엄하게 금단하기 때문에 가족간 다툼이 잘 난다는 것이 아내의 말이었다. 가만히 생각해 보니 아내의 추측이 옳을 듯 싶었다. 내가 아는 한에서의 모친은, 몸이 좀 불편하다는 이유로 종갓집 대사인 봉제사의 도리를 저버릴 사람이 아니었다. 그만큼 모친은 깐깐하고 철저한 데가 있는 성격이었던 것이다.

제삿날 다음 날이 성탄절이라, 모친이 느낄 심리적인 갈등이 짐작될 만도 하였다. 성탄절을 앞두고 교회에서는 신도들의 신앙 열기를 고조시키게 마련이다. 그런 상황이라면 모친의 마음을 돌리기가 더욱 어려울 터이다. 모친이 오늘 제사에도 나타나지 않을 때 숙부는 또 어떻게 나올까. 저번 제삿날에 이 문제를 가지고 격노하던 숙부의 모습이 떠올랐다.

숙부가 모친에 대해 노발대발한다는 건 예상 못한 일이 아니었다. 마음 단단히 먹고 애초의 시가로 돌아왔으면 한곳에다 정성을 모아야지 족보가 다른 딸자식을 따라가면 어떻게 하느냐, 종손 며느리 역할을 젊을 때에 못했으면 이제라도 그 벌충을 해얄 게 아니냐, 이제 죽을 날이 얼마 안 남은 나이인데 저승 가서도 제사 명절 때 찾아갈 곳 없는 원혼이 될 것이 두렵지 않은가, 그렇게 조상 제삿날도 몰라라 할 양이면 모친이 죽어도 발트집을 하지 않을 줄 알아라……. 숙부가 대로하는 것도 나름대로는 일리가 있고 수긍이 가는 데가 있었다.

자동차 행렬이 막히는 통에 나의 마음은 더 조급해졌다. 좀 전에 모친을 만나던 장면들이 문득 머리에 떠올랐다. 요즘 시내 도로망이 잘되어 있어서 보통 때에는 반 시간밖에 소요되지 않을 거리인데 오늘은 한 시간 가까이 걸려서 누이네 집에 도착하였다. 다행히 모친은 누이와 함께 집에 있었다. 모녀 두 식구만 살고 있는 조그만 집이었다. 모친은 딸을 옆에 앉혀두고 자리에 누워 있었다. 누이가 앉았던 몸을 일으키면서 나에게 앉을 자리를 권하였으나, 반기는 표정이 아님은 분명하였다. 모친의 건강이 아주 좋지 않다는 것이 누이의 말이었다. 오늘 아침부터 온몸에 열이 나고 어지럼증 두통이 심하다는 것이었다. 식사도 거의 하지 못하고 있으며 약국에서 사온 약조차 먹기가 힘들 정도라고 했다. 나는 모친 가까이로 다가앉아서, 반백의 머릿결이 어지럽게 흘러내린 늙은 이마에 가만히 손을 대 보았다. 축축하게 땀에 젖은 이마의 더운 열이 나의 다섯 손가락 끝에 진득하게 전해왔다. 헝클어진 머리칼, 숨쉬기가 힘든 듯이 입을 헤벌리고 씩씩거리는 모습, 고통을 참는 듯 일그러진 얼굴 표정, 게다가 주름진 눈자위에서부터 축 늘어진 관자놀이께로 흘러내리는 추레한 눈물 줄기……. 나는 반사적으로 모친의 얼굴에서부터 고개를 돌려 버렸다. 옆에서 누이가 나직이 말하는 소리가 들려왔다. 어머닌 이런 몸으로 아무데도 나갈 수가 없으세요, 가끔 이런 열병으로 고생하시지만 멀지 않아 낫기는 하실 거예요.

단단히 준비해왔던 말들은 어느 틈엔지 목구멍 아래로 내려가 버리고 내 마음은 이미 모친의 몸 상태를 종손 며느리 결례의 부득이한 사유로 인정하고 있었다. 다른 이유 때문이라면 모르지만 이렇게 몸이 아프고 제 정신이 아닌 사람을 일으켜서 걸어나가게 할 수는 없는 노릇이었다. 숙부한테 이 같은 사정을 알리고 모친의 불성실을 변명할 확실한 구실을 얻고 가는 것만으로도 이 방문의 의미는 충분할 터이었다. 적어도 오늘 만큼은 모친이 거동하지 못하는 이유가 신앙심 때문이 아니라 신병 때문이라는 믿음이 나의 마음에 따라붙던 걱정을 얼마간 덜어주었다. 여러 말 없이 누이네 집을 나온 것은 잘한 일이었다.

귀가 길의 거리는 점점 혼잡해지고 있었다. 교통 혼잡이 거리의 성탄절 분위기를 돋구워 주는 것 같았다. 시간이 많이 지체되어 조급해진 나는 거리의 흥청거리는 분위기에 짜증이 났다. 네거리 하나를 건너는 데에 신호등 바뀌기를 두 번 세 번 기다리곤 하였다. 이대로는 한 시간으로도 집에 도착하기가 어려울 것 같았다. 모친과 숙부 사이에서 어정쩡하게 찡겨있는 나의 처지가 마치 찻길에서 이렇게 꽉 막혀 있는 꼴과 같구나 싶었다.

밀고 밀리는 자동차 행렬에 묶여있는 동안 나는 곰곰이 생각해 보았다. 내가 지금 겪고 있는 문제의 시작은 어디에 있었을까. 모친을 누이와 함께 살게 만든 것이 잘못이었을까. 우리 부부가 노병 수발을 달가와하지 않음을 눈치챘기 때문에 누이가 모친을 모셔갔다고 보면 우리의 잘못도 없다고는 할 수 없는 일이었다. 저번 제삿날에 들었던 숙부의 노기띤 음성이 아직도 귓가에 들리는 듯했다. 모친의 병세가 그렇게 중한 것이라면 왜 입원시키지 않느냐, 자기 집에서 간병하기 어려우면 모친을 입원시키고 병원비를 대서라도 아들 노릇을 해야하지 않느냐, 노친네 봉양을 성씨 다르고 가문이 다른 여동생네 집에다 왜 맡기느냐……

나는 문득 고개를 흔들어 생각의 다른 실마리를 잡으려 들었다. 문제의 진짜 출발점을 찾고 싶었던 것이다. 현대사의 도도한 격랑에 휩쓸리면서 가정의 질서가 한번 어긋나기 시작하니까 줄줄이 흐트러지는 꼴이었다. 해방후의 어지러운 시국을 줄타기 하듯 살아오던 부친이 결혼 5년만에 행방불명이 되어버리고 그 후 몇 해 안 가서 모친까지 홀연히 사라져버린 것이 내 나이 네 살 때였기 때문에 성장기간 중 부모에 대한 기억은 거의 아무것도 없다. 그 때는 조모가 살아있어서 부모 없는 나를 키워주었지만, 몇 년이 못 가서 조모마저 세상을 뜨는 바람에 나는 숙부의 신세를 지지 않을 수 없었고, 이렇게 하여 이 집안 장손의 눈칫밥 신세가 시작되었던 것이다.

모친이 느닷없이 아들 앞에 나타나서 우리들의 모자관계를 복원하게 된 것은 내가 결혼한지 10년을 넘기던 해의 일이었다. 그동안 무엇을 했는지, 내력담도 별로 없었다. 그러나, 자신의 어리석음 때문에 헛고생하러 집을 나갔던 것이고, 이제 환갑을 넘긴 나이가 되어서야 도리를 깨우쳐서 박씨 가문 귀신이 되고자 되돌아왔다고 사죄를 하는 데에야 아무도 거절할 명분이 없었다. 아들인 나로서도 생이별했던 모친을 다시 놓아보낼 수는 없는 일이었다. 엄격한 성격의 숙부도 별로 반대하는 말을 하지 않았다. 모친이 가출한 시기는 전쟁중의 혼란기여서 가족의 행방불명을 당하는 일은 비일비재하기도 했으며, 숙부의 입장에서 볼 때에도 모친의 귀환을 환영해야 할 특별한 이유가 있었다. 부부의 함자가 나란히 올라있어야 할 족보의 빈곳을 그대로 남겨두는 것도 무심한 일이거니와, 부친의 제삿상에 두 내외 몫의 멥밥 두 그릇을 올려 놓지 못하고 있음을 뼈대있는 박씨 가문의 치부로 여겨오던 숙부였다. 저승살이 이치도 이 세상 이치와 같은 법이라 부부귀신의 구색을 갖추어야 한다는 오랜 관습에 따라 적당한 집 처녀 귀신을 초치해다가 부친 영혼과 죽은 혼사를 맺어주어야 할 것이라고 생각하던 차에 모친이 느닷없이 출현했던 것이다.

그 당시 숙부가 조용히 귀띔해준 말로는, 모친의 귀환을 받아주는 일은 그 밖에도 그럴만한 이유가 있었다. 만약에 제 발로 들어온 모친의 귀환 희망을 들어주지 않는다면, 그것은 제삿날에 갈 곳 없는 원혼을 만드는 셈이 되고 그런 원혼은 반드시 이승 사람들에게 짖궂은 해코지를 하고야 만다는 이야기였다. 그 때 숙부가 모친의 복귀를 받아들이면서, 박씨 집안 귀신이 되려면 조상제사 모시기를 정성껏 해야한다는 다짐을 받아두었던 것인데 그만 그 다짐이 헛방으로 끝나고 말았으니 숙부가 저번 날 보여준 노여움도 그 딴에는 무리가 아니었다.

애쓴 끝에 집에 도착하고 보니 숙부네 쪽 제관들은 이미 와 있었으며, 좀 있다가 부친의 누님인 고모가 메쌀 바구니를 들고 들어왔다. 옛날부터 여러 가지 제물들 차리는 중에도 역시 중요한 것은 정성어린 멥밥이었는지, 고모는 그전서부터 부친의 제삿날에는 이렇게 꼭 메쌀을 가져오는 것이 습관이었다.

제관들이 모여앉은 자리에서의 화제는, 자연히 그 동안의 안부 이야기부터 시작하는 게 보통이었다. 요즘에는 가까운 친척간에도 제삿날에야 오래만에 만나는 경우가 많기 때문이다. 아직도 시골의 고향 마을을 지키고 있는 숙부가 우리 집에 올 때마다 으레 하는 말은, 신도시 개발과 새 도로 건설 등으로 세상풍경이 너무 빨리 바뀌기 때문에 도무지 딴 세상 같다는 얘기였다. 나는, 이번 제사에 모친이 나타나지 못하는 이유를 조심스럽게 이야기하면서 숙부가 또 어떤 불호령을 내릴지 조마조마하였다. 그러나, 그전처럼 장황하게 훈계하는 말투로 나오지는 않고 혼잣말처럼 몇 마디 비웃는 소리만 하였음은, 아마도 몇 년만에 제사 보러 거동한, 칠순 나이의 고모가 옆에 있어서가 아닌가 생각되었다.

나는 이튿날 모친을 다시 방문하지 않을 수 없었다. 전날에 보았던 모친의 병세가 걱정되었던 것이다. 그러나, 내가 찾아간 누이네 집은 밖으로 굳게 잠겨 있었다. 대문간 별채에 세들어 사는 모친 또래의 노파에게 물어보았더니, 모친은 누이와 함께 성탄절 예배를 보러 교회에 갔다는 것이었다. 밖으로 나갈 때의 모친의 모습이 어땠는지를 물어보았더니, 제 발로 꼿꼿이 걸어나가는 품이 아픈 사람 같지 않더라는 대답이었다.

나는 모친의 갑작스러운 병세 호전이 의아스러웠다. 어제 보았던 모친의 모습은 분명히 열에 들뜬 중환자의 것이었는데 그 후 몇 시간이나 지났다고 스스로의 힘으로 교회에까지 나갈 만큼 나아졌단 말인가. 그만 돌아갈까 하다가 나는 모친이 돌아올 때까지 기다리기로 하였다. 밖에 세워둔 자가용차 안으로 들어가 앉아서 그럭저럭 한 시간쯤 보냈을 때 모친이 혼자서 돌아왔다. 누이는 교회 일이 좀 남아있어서 돌아오지 못했다는 이야기였다. 좀 전에 들은 대로 모친의 얼굴은 언제 아팠었느냐 싶게 혈색도 좋고 기운이 넘쳐보였다. 나는 자리에 앉자마자, 어제 그렇게 심했던 병세가 어떻게 된 것인지 물어보았다.

걱정되어 묻는 사람의 궁금증에 비하면 대답하는 사람의 어조는 예삿일처럼 심상하였다. 하룻밤 되게 시달렸더니 오늘 아침에는 씻은 듯이 머리가 상쾌해졌다는 것이다. 분명히 주님이 내려준 성탄절 은총일 것이라고 덧붙이는 품이 독실한 신앙인의 굳건한 어조 그대로였다. 글을 읽지 못하는데 성경은 어떻게 읽고 찬송가는 어떻게 부르느냐고 물었더니, 성경 책을 읽지 못해도 목사님 말씀을 들을 수는 있고, 찬송가는 옆자리 사람들이 부르는 것을 들으면서 대강 따라하는 정도라는 것이고, 글자를 읽지 못하는 무식쟁이 할머니가 자기 혼자만은 아니라는 말을 덧붙였다.

나는, 모친이 성경에 나오는 말들을 얼마나 이해하고 있는지 믿을 수 없었지만, 그런 것을 문제삼고 따질 일은 아니었다. 중요한 것은 변화의 원인보다 그 결과라고 생각되었다. 교회에 나가서 병이 낫는 건 좋은 일이지만, 제사 명절 잘해서 자손들 복되게 하겠다던 말씀은 어떻게 됐느냐고 내가 물은 것은 모친의 앞으로의 거취가 걱정되었기 때문이었다. 이에 대한 모친의 대답은, 사람의 마음이 그렇게 쉽게 바뀔 수 있을까가 의아스러울 정도였다. 조상들 음덕이라는 것도 하나님의 품 안에 있는 것이고, 자기는 그동안 하나님 품안을 너무 멀리 벗어나 있었기 때문에 그 죄값을 치르기 위해서 교회에 더 열심히 나가야 한다는 게 모친의 대답이었다.

모친하고 이말 저말 주고받다 보니 시간이 많이 지났는지 늦게 들어온다던 누이가 돌아왔다. 나는 누이에게 모친의 병 수발을 잘해준 것에 대해 치사를 하였다. 누이는, 모친의 신앙심이 자기도 감탄할 정도여서 이번에 열병이 낫게 된 것도 그 같은 신앙심에 내려진 축복이며 이 같은 상태에서 모친이 조상 제사 모시는 일을 다시 하지는 못할 것 같다고 하였다. 그러고 보니, 모친이 누이네 집으로 거처를 옮긴 후 첫 번째 부친 제사에 못 나온 것은 교통사고 후유증의 신병 때문이었을지 모르지만, 두 번째 제삿날인 어제 나타나지 않은 것은 모친의 신앙심 때문임이 명백하였다. 나는 말로만 듣던 신앙의 위력을 보는 것 같아서 한동안 할 말을 못 찾고 누이의 얼굴을 바라볼 뿐이었다.

누이가 이어서 들려주는 이야기는 아무리 호의적으로 들으려고 해도 광신적인 신앙론이라고 아니 할 수가 없었다. 제삿날에 찾아오는 귀신은 조상들 영혼이 아니라 잡귀나 마귀이다, 사람이 죽어서 되는 영혼은 이 세상에 다시 찾아오지 못하기 때문이다, 제삿상을 차려놓고 절하는 것은 마귀가 날뛰게 하는 일이고 이 같은 마귀가 잠자는 사람들에게 달라붙어서 괴롭히는 것이 바로 병마이다, 제사 명절 때에 들어와서 날뛰는 마귀들은 제삿날에 나온 음식물에까지 달라붙어 있기 때문에 그 교회 신자들은 이웃집에서 나누어준 제사 떡조차도 받아먹지 않는다, 교회 열심히 다녀야만 죽어서도 하나님 나라에 갈 수 있고 하나님 나라의 문밖으로 쫓겨나면 두고두고 마귀들에게 시달린다……. 나는 신념에 찬 누이의 열변을 들으면서 매우 당혹스러웠다. 알지도 못하는 죽음 저편의 세상에 대한 환상이 눈앞에 살아있는 생사람의 삶을 짓밟는 격이었다.

나는 얼떨떨한 심정으로 누이의 말들을 들으면서 모친이 쓰는 방 안을 둘러보았더니 어제 왔을 때는 미처 보지 못했던 이상한 그림이 눈에 들어왔다. 크지도 않은 방의 한 쪽 벽에 휘장같은 하얀 광목천이 걸려있고 그 천 위에는 아이들 만화 같은 그림이 그려져 있었는데, 뭔가 하고 자세히 들여다 봤더니, 막대기 후려치는 싸움 장면 같은 것이 마치 유치원생 작품처럼 단순한 필치로 그려져 있었다. 누이에게 물어보았더니, 이것은 모친처럼 글을 못 읽는 신도들에게 하나님이 마귀를 쫓아내는 형상을 보여주는 그림인데, 이 그림을 보면서 손뼉 치고 찬송가 부르면 마귀가 놀라 달아나게 되어있고, 이렇게 마귀가 쫓겨나는 그림을 옆에 두고 잠을 잔 이후로는 모친을 괴롭히던 사나운 꿈자리가 없어졌다는 설명이었다. 그 꿈자리가 어떤 것이었느냐는 나의 질문에 대한 누이의 대답이 나를 잠시 아연케 하였다. 모친이 교회에 다니기 시작해서 몇 달 동안은 꿈 속에서 박씨 집안 조상신들이 나타나서 봉제사 않는 며느리라고 욕설을 퍼붓는 바람에 이를 피하기 위해 달아나다가 낭떨어지 아래로 떨어지고 하는 등 단잠을 자기가 어려웠다는 것인데, 이렇게 강대한 힘을 행사하는 하나님의 벽화를 옆에 끼고 자면서부터는 그 무섭던 조상신들이 뿔 달린 마귀들과 함께 쫓겨나는 것을 보게 되어 다리 뻗고 편안하게 잠을 자고 있다는 얘기였다.

　나는 모친의 거취 문제는 좀 더 두고 보자는 말과 함께 몸을 일으키고 집으로 향하였다. 일이 마구 꼬이게 된 것은 모두 누이의 소행에서 나왔음을 생각하니 한동안 조금씩 가까이 느껴지던 누이가 이제 갑자기 먼 나라 사람 같이 여겨졌다. 모친의 거처를 지금 상태대로 두고 보자고 말한 것은 결국 두 모녀의 동거를 무기한으로 연장하는 셈이었다. 나는 누이와 헤어져서 집으로 돌아오는 동안 의문투성이인 누이의 과거와 현재에 대해 갖가지 상상을 피어올리면서 생각의 갈피를 잡아보려고 하였다.

　누이는, 모친이 우리 집을 나가 있는 동안에 얻은 딸이었는데도, 내가 누이라고 부르는 이 여자가 세상에 있는 줄 알게 된 것은 불과 2년 전이었다. 재작년 봄 어느 일요일 날 내 앞에 불쑥 나타난 누이는, 모친의 가출기간에 일어났을 법한 일들, 유별나게 팔자 드센 남녀가 뜬금없이 만나고 헤어지는 기구한 사연에 대해 무성한 추측을 불러일으켰다. 그러나, 별로 내세울 만한 것이 없었는지 두 모녀는 한결같이 그 동안 어떻게 살다가 어떻게 헤어졌는지에 대해 속시원히 해명해 주지를 않았다. 모친처럼 초라해 보이는 누이의 인상을 보고 그 동안 얼마나 구차한 세월이었을지 막연하게 상상해 볼 따름이었다. 손이나 얼굴 모습이 거칠고 겉늙어 보이는 것은 그만큼 모진 세파와 풍상을 겪었다는 것을 말해 주었다. 말투에서도 표준말이나 유식한 어휘를 구사하지 못한다는 것은 그만큼 문화생활이나 교양과는 거리가 먼 삶을 이어왔음을 암시하는 것이었다.

모친의 과거가 별로 많이 알려지지 않은 것은 나 자신의 무성의 탓도 있음을 인정해야 할 것이다. 근엄한 숙부의 손에 붙잡혀 살면서 정상적인 가정생활의 희노애락을 맛보지 못하고 자란 나였다. 나에게 집이란 위로와 안식의 보금자리가 아니라 무거운 책임과 의무를 부과하는 곳이었으므로 나는 장손이라는 나의 가정내 위치에서 꼭 필요한 정도만큼만 가족들의 안위를 걱정하였다. 그런 습성이 굳어져 버렸는지 새로 만난 모친에 대해서도 별로 자상한 관심이나 따뜻한 감정을 가지고 접근하지 못하였다. 우리 집 식구로 복귀한 모친은 다행스럽게도 선대로부터의 오랜 거주지인 시골 마을에 혼자 살면서 제사명절을 치르는 며느리 역할을 하겠다고 나섰기 때문에 나는 이를 은근히 속으로만 반기는 심정이었다. 그 때 마침 나는 내가 속한 지역 미술인협회의 회장을 맡게 되는 등 사회활동이 많아지면서 시골마을에서 30킬로 정도 떨어진 이곳 신개발 도시지역으로 옮길 계획을 세우고 있었으므로 갑자기 출현한 모친은 나의 훌륭한 협력자 역할을 했던 셈이었다.

나는 모친의 도움으로 제사명절 걱정을 덜고 시골마을을 벗어나 살게 되어 내심 후련한 심정이었지만, 내 예측대로 아주 속시원하게 후련하지는 않았다. 모친이 조상제사를 모시면서 시골에 있었던 5년 동안 나는 모친의 부름을 받고 여러 차례 고향 나들이를 해야 했던 것이다. 모친은 고향에 정착한 후 두 번 째 맞는 봄 어느 날 나를 시골로 호출하였다. 부친의 묘소를 만들어야 하지 않겠느냐는 것이었고, 모친은 이미 이를 위해 상당한 준비를 해놓고 있었다.

그 때까지는 부친의 묘가 있을 수 없었다. 난리통에 실종되어 오래도록 소식이 없자 죽은 것으로 치고, 생일날을 죽은 날짜로 잡아 제사를 지내고 있기는 했지만, 아직 누구도 부친의 묘소가 없다는 걸 문제삼은 적이 없었다. 모친은 그게 될 일이냐는 얘기였다. 아들을 무릎 가까이 앉혀 놓고서, 꿈에 니 아부지가 나타났니라, 죽은 혼백이 무덤 하나도 없어서 천지사방을 떠돌아 다닌단다, 니도 생각 좀 해 봐라, 세상에 묘소없는 제사가 어디 있으며 지 애비 묘에 벌초하지 못하는 아들자식이 무슨 자식이냐, 이렇게 차근차근 이르는 모친의 면전에 나로서도 이에 반대하는 말을 꺼낼 엄두를 내지 못하였다.

모친은 부친의 묘소를 만들기 위해 꼬박 1년을 애쓴 모양이었다. 어수선한 시국에 부친이 어디서 죽었는지는 아무도 모르고 있었는데 모친은 그것이 동해안의 어느 지점이었다고 믿는 모양이었다. 나에게 직접 말은 하지 않았지만, 모친은 영험있다는 어떤 점쟁이가 말하는 부친의 사망지점에 가서 빛깔좋은 자갈돌을 몇 개 줏어다가 하얀 베 헝겊 속에 정성껏 싸놓고 있었다. 시신이 없으면 그 대신에 죽은 곳의 흙이나 돌을 묻는 수도 있다더라는 모친의 말에 대해서 누구도 반대하지 못하였다. 숙부는 부친이 어디에서 죽었는지 그 당시에 들어서 아는 것이 있었던 모양으로 점쟁이 말을 듣고 덜컥 믿어버리는 모친을 매우 못마땅하게 타박하였지만 이미 상당한 준비를 해놓고 있는 모친의 정성을 제지하지는 못하였다. 모친은 그밖에도 함께 매장할 물건을 꽤나 많이 모아 놓고 있었다. 보관중이던 부친의 사진중에 국민방위군 훈련소 수료 기념사진이 있었는데 이것을 가지고 부친 얼굴만 따로 나오게 확대사진을 만들어 놓고 있었다. 집안 깊숙히 어디에 들어있는지도 잘 몰랐던 자잘한 물건들 중에서 부친과 관련있는 것들을 용케 찾아서 싸놓고 있었는데 그 가운데에는 부친이 혼인 날에 입었다는 예복의 일부도 들어있어서 이를 보는 사람들을 잠시 놀라게 하였다. 그러나 이 같은 진행과정을 지켜보는 숙부의 표정은 내내 마뜩지 않은 내색을 보였다. 합장할 물건으로 모친이 챙겨놓은 물건들이 정말로 부친이 썼던 물건인지 알 수 없다는 것이며 그 중에는 분명히 모친이 어거지 주장으로 내놓은 것들이 있을 것이라는 말까지 하는 것이었다.

모친이 부친의 묘소를 만들 준비를 많이 해놓았다고는 해도 아들로서 해야 할 일도 적은 것이 아니었다. 묘소를 차리려면 알만한 지관한테 찾아가서 묘지의 터와 장례의 날짜를 법식에 맞춰서 잡아야 하고, 터닦을 일꾼들을 알아봐야 했다. 숙부를 통하여 수소문한 끝에 알게된 팔순 나이의 지관 어른은 자초지종 사연을 들어보더니, 부친의 묘 자리를 공동묘지의 제일 뒤켠, 길이 멀고 험하여 남들이 별로 탐내지 않았던 묘역 끝자락에 잡아주었다. 성분(成墳)할 일꾼들 문제는 장의사에 주문하여 쉽게 해결되었다. 그러나 이런 일들보다도 더 신경쓰이는 것은, 사망후 30년 넘게 긴 세월을 건너와서 치르는 이 매우 이례적인 장례절차 봉행의 취지와 경과에 대해 먼 일가 어른들에게까지 일일이 방문하여 고지해야 하는 일이었다. 나는, 속으로는 정말 탐탁지 않게 생각하면서도, 모친이 요구하는 이 모든 일들을 싫어하는 기색없이 잘 치러냈다.

장례절차를 모두 끝냈을 때 모친은 나를 부친의 묘소 한켠 조용한 곳으로 불러가서는 나직이 말했다. 오늘 이곳은 내가 죽으면 옆에 합장할 산터이니라, 내가 니 애비하고 혼인했지만 5년도 같이 못 살고 헤어졌지 않으냐, 니 애비 물고한 다음에 니네 집에서 내처 살지 못한 것이 한이 된 내다, 살아생전엔 내가 떠돌아다녔어도 죽고 나서야 니 애비하고 떨어져 있어서 되겠느냐, 니 애비가 내 꿈에 나타나 나를 몰아세우는 것도 그 얘기이다, 내 말 알아듣겠느냐…….

모친은 자신이 죽으면 남편 옆에 합장한다는 결의를 실천함에 있어서 매우 단호하였다. 부친 장례가 있던 해 초가을 성묘날에 모친과 함께 공동묘지에 갔을 때, 부친의 묘 바로 옆에 쌓아올린지 얼마 안된 봉분이 나의 눈길을 끌었다. 모친은 잠시 나의 눈치를 살피더니, 그것이 바로 자신의 묘라는 알 수 없는 말을 하는 것이었다. 의아해하는 나의 손을 잡아 앉히고서 들려주는 모친의 말은 기상천외의 것이었다. 요즘 공동묘지 땅이 얼마 남지 않아서 자기가 죽을 때에는 여기에 합장할 터가 있을지 믿을 수 없기 때문에 이렇게 가짜 봉분의 모양을 만들어 놓아서 남의 집 묘가 들어올 수 없게 해두었다는 말이었다. 에미가 살면 얼마나 살겠냐, 아뭇 소리 말고 있다가 때가 되거든 이곳을 후딱 파내고 묻어다고…….

나의 얼굴을 빤히 쳐다보면서 나직하면서도 간절한 목소리로 애원하는 모친의 두 눈은 억하심정을 감추느라고 가늘게 감겨져 있었지만 어느덧 눈물방울이 맺혀져 있었다. 모친의 당부를 차마 거절할 수가 없는 나는 가볍게 고개를 끄덕이며 순종을 약속하였다. 그렇게까지 무리한 방법으로 남편 묘의 옆 자리에 묻힌다는 것이 얼마나 부질없는 일인지 설명하려면 이야기가 언제까지 길어질지 막막한 마음이 앞섰던 것이다.

박씨 집안 혼백이 되기 위해 모친이 바친 정성은 남편 영혼의 장례로 끝나지 않았다. 파격적인 장례절차를 무사히 마친 모친은 지치지도 않고 다음 차례의 정성을 끝도 없이 고안해 냈으며 끈질긴 집념으로 이를 실천했다. 부친의 영혼을 장례지낸 다음 해에 나는 또 다시 모친의 호출 전화를 받고 시골 마을로 내려갔다. 집에서 기다리던 모친은 내가 자가용차에서 내리자마자, 자, 갈 데가 있다, 어여 가자, 하면서 명령하듯이 내 차에 다시 시동을 걸게 하더니 어떤 절간으로 차를 몰도록 다그쳤다. 그리 유명한 사찰은 아니었으나, 나도 이전부터 여러 번 들어서 알고 있던, 풍광이 수려하고 역사가 있는 절이었다. 차를 타고 가는 동안 대강 들은 얘기로는, 부친의 장례는 일가권속들이 모두 알게 했지만, 이번 절간에서의 치성은 괜히 알렸다가 가타부타 말이 많아질 것 같아서 우리들 모자만 남몰래 하는 것이라 하였다. 그 치성이라는 것이 어떤것이냐고 물었더니, 모친은 잠시 머뭇거리다가 부친에 대한 소상제(小祥祭)라고 하였다. 요즘 세상에 소상제 지내는 집이 어디 있느냐고 물었지만, 모친은 엉뚱한 생각을 하고 있었다. 부친이 죽었을 당시에는 소상뿐만 아니라 대상까지 했었다는 것이고, 절간에 스님 말씀이, 두 모자만이라도 열심히 치성드리면 집에서 소상 대상 다 지낸 것 같은 효험이 있을 것이라고 했다는 대답이었다.

누구한테서 들었는지, 육신을 떠나 저승길로 가는 영혼은, 제삿상에 차린 제물들 하고 그 앞에서 엎드려 절하는 사람들을 보면서 힘을 얻는 것인데 부친의 경우에는 초상제나 장례식이나 그 어느것도 제대로 치러

본 것이 없지않으냐는 것이 모친의 말이었다. 제삿상은 잘 차려주도록 절간에 부탁해 뒀으니까 소상제에 다녀가는 사람들 수 만큼 많은 횟수로 아들인 내가 절을 하면 된다는 것이 모친의 말이었다. 모친을 따라서 절간 경내로 들어선 나는, 뭔지 모를 집채를 두어 개 지나서 어떤 자그마한 법당으로 들어갔다. 자비로운 미소를 머금은 불상이 위에서 내려다보는 정면 위치에 제삿날 차렛상 같은 것이 차려져 있었고, 그 위에 부친 이름의 위패가 놓여 있었다. 스님 한 사람이 들어와서 앉더니 목탁을 치면서 유창한 목소리로 염불을 외우기 시작하였다. 나는 모친이 시키는 대로 양손을 높이 치켜올렸다가 내리면서 앞에 엎드려 큰 절을 올리기 시작했다. 마음에 없는 절을 한다는 것이 어색하기는 했지만, 이렇게 된 마당에 모친의 당부를 거절함으로써 애잔한 노파심의 여린 바탕에 생채기를 내고 싶지는 않았던 것이다.

내가 모친의 말을 거역하지 못했던 데에는 또 다른 이유가 있었다고 해야 할 것이다. 그것은 뭐랄까 말로 설명할 수 없는, 미묘하면서도 강력한 어떤 느낌이었다. 그래서 부모자식이라고 하는 것인지, 숙부로부터 무슨 시킴을 받을 적에는 모종의 반발심 같은 것이 앞섰던 것인데, 나를 몰아쳐 무슨 일을 시키는 모친에게서는 어떤 부정할 수 없는 푸근함이 느껴졌던 것이다. 모친이 믿음에 찬 단호한 목소리로 나를 다그칠 때, 그런 목소리에 담겨있는 당당한 기세에 나의 마음이 압도되었음일까. 어디서 어떻게 살다 온 사람인지 모르는, 생전 처음 보는 늙은 여자가 어느 날 갑자기 나타나서, 내가 네 에미니라 했을 때에도, 나는 솔직히 어머니라는 말이 입에서 잘 떨어지지 않는 심정이었었다. 어쩌다가 손을 마주 잡을 때에도 혈육으로서의 따뜻한 느낌이 전해지지가 않았다. 그렇게 데면데면하고 서먹서먹하게만 대하던 주름살 투성이 늙은 여자에게서, 이 어쭙잖은 노파가 바로 내 어머니이다 하는 불가항력적인 느낌이 드는 것은, 다른 사람들에게는 고분고분 비위를 잘 맞추던 그 입을 가지고 나에게는 맞대놓고, 너 같은 환쟁이가 세상 넓은 걸 알겠느냐, 뭘 모르면 에미 말이라도 들어서 할 일이지, 이렇게 가차없이 몰아세울 때였던 것이었다. 생각건대, 나 말고 이 세상 누구에게 또 이런 땅땅거리는 말을 건네볼 것인가 싶은 모친이었다. 그 모친이 애오라지 아들 하나에게 느꼈을 무조건적인 안온함이 나에게 전해져 왔음일까, 당돌하고 뜬금없는 모친의 요청을 들으면서 나는 뒤늦게야 맛보는 아들 자식으로서의 뿌듯함이 느껴지는 것이었다.

고향 마을로부터의 부름은 다음 해에도 계속되었다. 부친의 저승길 닦기를 위해 모친이 바치는 정성이 아직 끝나지 않았던 것이다. 이번에는 해원굿이었다. 제명에 죽지 못한 부친이 꿈 속에 나타나서 원을 풀어 달라고 하소연한다는 얘기였으나, 필시 입담좋은 판수나 무당들의 사주에 따른 것이라고 생각되었다. 나는 그러나 모친이 시키는 대로 부친의 해원굿에 함께 참례하기 위해 두 번이나 고향 나들이를 하였다. 이번 일에 대해서는 아내가 크게 반대하였으나, 나는 최고의 이해성과 인내심을 발휘하여 모친의 말대로 따라주었다. 어디서 스스로 벌어놓은 돈이 있었는지, 굿판 벌이는 경비를 아들에게 요구함도 없이 다만, 제 명에 죽지 못한 니 애비의 명복을 비는 일이니라, 하면서 다녀가라고 하명하는 것을 거역할 엄두를 내지 못했던 것이다. 내 마음 한켠에서는, 남편의 저승길 닦기에 대한 모친의 믿음과 집념에 탄복하고 있었다. 내 머리에서는 인간이 죽은 다음에 들어가는 세계에 대해 단 한 발자욱만큼도 떠오르는 것이 없는데, 내세에 대한 이런 믿음을 갖고 있는 사람은 산과 나무와 온갖 생명을 보는 눈도 어딘가 영험스러워질 것이 아닌가, 그런 눈으로 세상을 보는 사람이 그림을 그린다면 그 그림은 뭐가 달라도 다를 것이 아닌가, 하는 생각까지 들었던 것이다.

　모친이 고향 마을을 떠나 우리가 사는 신개발 도시지역으로 이사 오게 된 직접적인 계기는 이제까지 살던 시골 집이 헐리게 된 때문이었다. 그 마을에도 개발 바람이 불어닥쳤는데 새로 생기는 고속도로가 하필이면 모친이 살던 가옥을 직통으로 지나가게 되었던 것이다. 고향 마을 안에서 새 거처를 마련하는 궁리도 해봤지만, 결국 내가 사는 집으로 들어오기로 합의가 되었다. 모친이 지금 당장은 건강하다고 하나 육순이 넘는 나이에 앞으로 멀지않아 노쇠현상이 나타날지 모른다는 점이 고려되었다. 때 마침 아내가 문방구 개업을 계획중이었기 때문에 옆에서 집안 일 도와줄 사람이 생겨서 잘됐다는 말로써 아내의 반대도 무마시킬 수 있었다.

　내가 모친의 도시 이주를 주장한 데에는 또 다른 이유가 있었다. 영혼 장례식이다, 해원굿이다, 소상제 생략을 벌충하는 불공 치성이다 하면서 유교식과 불교식과 무교식 사이를 무원칙하게 왔다갔다 하는 저승길 닦기 정성도 문제였지만, 모친의 허황된 믿음은 이 밖에도 별 희한한 형태로 나타나고 있었음이 밝혀졌던 것이다. 모친은 내가 모르게 무당이나 절간을 통하여 여러 종류의 크고 작은 치성을 바쳤다는 눈치가 보였으며, 심지어는 야바위꾼 장사치들에게 농락당한 예도 있었음이 드러났다. 한번은 모친이 나를 당신의 이부자리 있는 데로 불러가서 한다는 소리가, 어디서 신통스러운 담요를 하나 샀다고 했다. 만면에 회심의 미소를 지으면서 모친이 들려준 설명을 들어보니, 노인네가 이 담요를 깔고

자면 말년에 노망기 막아주고, 죽어갈 때 관 속에 넣어주면 저승길 가는 동안에 추운기도 막아준다는 것이었다. 어떤 입심좋은 장사꾼에게서 샀는지 붉은 줄무늬가 유난히 눈에 띄는 것만 빼고는 보통 침구점에서 흔히 보는 담요와 별반 다를 것이 없는 물건이었는데, 그런 것에 대해 꽤나 많은 값을 치른 모양이었다.

모친은 우리와 동거를 시작한 다음에 내가 바랐던 많은 변화를 보여주었다. 집을 나가면 동서남북 방향을 모르니 무당이나 절간 스님을 만나러 갈 수가 없었고 야바위 장사꾼이 우리 집에 들어올 염려도 없었다. 그러나, 산 너머 산이라고, 있던 문제가 사라지더니 이제까지 없던 새로운 문제들이 발생하였다. 도시공간의 공기가 나빴는지, 집안에만 들어앉아서 운동부족이 됐는지, 우선 건강상태가 눈에 띄게 악화되었다. 도시로 옮긴지 1년이 채 지나지 않아서 고혈압에다 당뇨까지 겹치기로 얻어서 병원 출입을 자주 하는 지경에 이르렀다. 나는 병원만 믿기는 어렵다고 생각하고 모친의 건강회복을 위한 다른 대책을 세웠다. 얼마 멀지 않은 뒷산에 가는 길을 알으켜 드린 것은, 모친이 공기 맑은 그곳에서 건강회복과 함께 같은 또래의 말벗도 얻을 수 있지 않을까 해서였다. 과히 험하지 않은 작은 산이었는데, 이곳은 맑은 물 흐르는 개천과 우거진 소나무숲이 있고, 무엇보다도 장수약수터라고 불리우는 샘물 못이 한켠 기슭에 있어서 거의 연중무휴로 노인층의 발길이 이어지는 곳이었다.

건강문제 말고 점차로 불거져 나온 것은 고부간의 갈등문제였다. 한동안 별탈이 없이 원만하게 이어지던 고부간의 관계가 틀어지게 된 것도 따지고 보면 저승길 닦기에 대한 모친의 강고한 염원에 기인했다는 점에서 고향 마을에서 있었던 문제의 연속선상에 있었다고 볼 수 있다.

애초부터 모친은 자식들에게 폐가 될 것을 저어해서인지 부엌은 따로 쓰겠다면서 문간방에다 독립된 살림을 차렸고 우리도 이를 고맙게 받아들였기 때문에, 고부간에 정면으로 충돌하는 것을 미연에 방지할 수가 있었다. 이들의 갈등관계는 말하자면 매우 은밀하고 미묘한 형태로 전개되고 있었기 때문에 나는 한참 뒤에야 그 낌새를 알아차리게 되었다.

한번은 모친이 자신이 요리한 동태찌개가 맛있게 잘되었다면서 가져왔다. 처음에는 아내가 이 찌개 요리에 손도 대지 않는 것에 대해 나는 별로 관심두지 않고 두 번에 나누어서 내가 다 먹어치웠다. 그러나 이와 비슷한 일이 여러 번 일어나더니 마침내는 모친이 갖다준 음식은 속이 받지 않는다는 아내의 고백이 나왔다. 언젠가는, 자잘한 일에 대범한 성격인 아내가 미처 마치지 못하고 싱크대에 남겨둔 설거지 그릇들을 모친이 보고서는 깨끗이 치워준 일이 있었는데, 그 다음부터는 아내가 못다한 설거지 일감을 남기는 예가 없어지게 되었다.

며느리한테 환심을 사려고 하는 모친의 행동은 여러 가지 형태로 나타났다. 지저분하던 대문 안팎에 빗자루질도 잘 해주었고 쓰레기통이나 심지어는 화장실 휴지통까지 일찌감치 비워 주었으며, 시어머니한테 신세지지 않으려는 며느리의 노력까지 가세하여 우리 집은 예전보다 훨씬 더 깨끗한 곳이 되었다. 뭐 별난 음식이 있으면 우리한테 가져오는 일도 계속되었다. 아내가 별로 싫다 좋다 내색을 하지 않아서인지, 며느리가 어떤 반응을 보이는지에 대해서 모친은 크게 신경쓰지 않았다. 생각다 못해 내가 며느리한테 잘해 줄 필요가 없다고 넌지시 말해 보았는데 모친의 대답은 간단하였다. 제사 명절 정성껏 차리는 것은 아들보다도 며느리니라…….

모친은 지극정성으로 시어머니 구실을 잘하려고 하였지만 며느리에게서 존대받거나 환심을 사는 일에는 무참히 실패하였다. 모친이 며느리에게서 어른 대접을 받지 못하고 별로 큰 발언권을 갖지 못한 큰 이유는, 자기가 직접 키우고 장가 보낸 아들에 대한 며느리가 아니었기 때문이었을 것이다. 게다가 모친은 시골에서 따로 거주했을 때부터 며느리에게서 존경받기는 고사하고 자신의 딱한 처지에 대해서 동정을 받지도 못하였는데, 그렇게 된 한 가지 이유는 귀신 위하는 일에 턱도 없이 많은 공을 들이면서 이를 제지하는 며느리의 말을 잘 듣지 않았기 때문이었다. 모친은 우리 집안으로 복귀하고나서 부친의 묘소를 만드는 일에 유별나게 극성을 피웠고 갖가지 미신행위로 설치면서 이 같은 정성으로 가문이 융성하는 것처럼 행세하였는데 그런 일들은 며느리에게 가소롭고도 한심한 것으로 비쳐졌을 법하다. 심지어는 아들의 그림 작품들이 좋은 평을 듣고 그것이 돈도 되고 하는 것까지 귀신 잘 모시는 자신의 치성 덕분이라는 내색을 보여서 며느리의 코웃음을 샀던 것이다. 나에게라고 모친이 벌이는 일들이 마땅할 리는 없었다. 나 자신은 내가 그리는 그림들이 끝없는 습작이고 엉터리없는 사이비 미술로 보이는데 이같이 되는 것은 모친이 불러들이는 악귀들의 소행이 아닌가 섬찟할 때도 있었던 것이다.

모친이 시골 마을에 거주했을 때에는 며느리의 눈총을 받으면서도 모친 자신의 소신대로 대소사를 챙겼었지만 아들네 집으로 옮긴 다음에는 며느리의 간섭을 많이 받게 되었다. 그러는 중에도 모친은 어떤 일에 대해서는 자기 고집 피우다가 경을 치는 일이 벌어지기도 하였다. 그 중에 한 가지가 제사명절 때의 미신행위에 관련된 다툼이었다. 모친은 애초에 우리 집안에 복귀할 때의 약속대로 며느리로부터 조상들 봉제사의 책임을 이어받아 수행했을 때 그 격식은 달라진 것이 거의 없는 것처럼 보였고 그리하여 시골에 있을 때에는 제사 격식을 가지고 고부간에 다투는 일이 별로 없었다. 그러다가 모친이 아들네 집으로 옮겨오고 난 후에 며느리하고의 불화가 소리를 내기 시작하였다. 모친은 시골에서 제사 명절을 지낼 때 조상신들을 위해 큰 마루방에 차려진 차례상 말고도 구석진 고팡 안에다 귀신 하나 몫의 제물을 따로 차려놓았다는 것인데 이제 아들네 집에서도 자신이 시작한 이 같은 치성을 계속하지 않으면 액운을 당한다고 며느리에게 애걸복걸 사정하기에 이르렀다. 이런 치성 물은 예전에 이 지역의 가례풍속에 덧붙여진 무속신앙에따라 조왕할망 신에게 바치는 것이었던 모양인데 이 같은 미신행위를 가만히 두고 볼 만큼 녹록한 며느리가 아니었기 때문에 이 일로 인하여 고부간의 냉랭한 관계가 한동안 덧나게 되었던 것이다.

　며느리와 한 울타리 안에서 티격태격 다투고 심기가 불편하던 모친의 생활에 커다란 전기가 된 사건이 발생하였다. 오래 헤어졌던 딸과 상봉하게 된 것이다. 어느 해 5월이었다. 봄 기운이 무르익는 어느 일요일 오후 모친은 뒷산 약수터로 놀러갔다가 돌아올 때 어떤 젊은 여자 한 사람을 데리고 들어오더니, 그동안 오래 헤어졌던 딸이라고 하였다. 30대의 어느쯤으로 보이는 야무지게 생긴 여자였는데, 우리는 그 자리에서 처음으로 남매간의 수인사를 했다. 난생 처음 누이라고 불러보는 기분이 나쁘지는 않았다고 해야 할 것이다. 이들의 두서없는 내력담을 들어보니, 모친은 우리 집에서 가출한 다음에 여기저기 헤매다가 어떤 뜨내기 남자와 짧은 기간 동거생활을 할 때 이 누이를 얻었던 모양이었다. 모친은 딸 하나를 데리고 그럭저럭 괜찮게 살아가고 있었는데, 이 딸이 고교를 졸업하고 무슨 교회 관련 직장에 나가기 시작하면서부터 어머니와의 관계가 잠시 틀어지고 결국 집을 나가기까지 했다는 얘기였다.

나는 그 때, 남의 집 자녀를 가출시킬 정도로 극성스러운 교회가 어떤 곳이었을지 궁금하였다. 누이는 어떤 교파에 속하는 교회명을 대었는데, 그런 교파의 이름은 나도 어디선가 들어본 기억이 났다. 아마도 어느 주간지에서 이단 시비가 많은 것으로 소개되었던 교파인 것 같았다. 나는 초대면의 누이에 대한 호감을 종교적인 이유로 해치고 싶지 않았다. 그 주간지에서 이 교파에 대한 시빗거리로 예거한 것도 그리 대단한 비리라고는 생각되지 않았다. 교회에서 신도들이 대성통곡하거나 손뼉치고 뛰면서 춤 추는 행동, 또는 목사가 신도들의 등이나 가슴을 치며 기도하는 행동 등 좀 특이한 예배방식을 들고 있었는데, 사람이 이지적인 사고로만 사는 것이 아니라 정서적인 감흥의 영향을 크게 받는 존재인 이상 예배의 수단으로 언어만을 사용하는 단조로움을 피하여 다양한 신앙체험을 추구하는 것이 무슨 잘못인가, 하는 생각이었다. 또한, 목사의 안수기도로 신도의 질병을 치료한다는 것도, 심인성 질환의 경우에 터무니없는 말이 아닐 것이라는 생각도 들었다. 모든 새로운 종교는 이단에서 시작되었다고 생각하는 나는, 광신자냐 독신자(篤信者)냐 하는 문제에 대해서 매우 자유로운 견해를 갖고 있었다. 더구나 수십 년만의 모녀상봉 기회를 만들어준 것이 바로 이 교회였다는 말을 들은 나는, 이 교파에 대해 호의적인 선입감을 갖고 싶은 것도 사실이었다. 바로 이 날 오전에 누이네 교회 신도들이 뒷산 소나무숲 공터에서 야외예배를 보던 중, 때마침 그 근처에 놀러갔던 모친과 얼굴을 마주하게 되었다는 말이었다.

오래만에 상봉한 두 모녀는 그 이후 자주 만나서 여기저기 구경도 다니고 하는 눈치였다. 딸의 거처가 그리 멀지 않은 곳이기도 했고, 섭섭했던 과거사의 기억들도 오랜 세월의 강물에 씻겨지면서 희미해진 모양이었다. 이렇게 반년 가량 지나던 중 모친은 뜻밖의 사고를 계기로 하여 거처를 우리 집에서 누이네 집으로 옮기게 되었다. 일의 발단은 교통사고였다. 시골생활에 익숙했던 모친은 복잡한 도시에 와서도 교통규칙을 잘 지키지 않았다. 횡단보도에서는 푸른 신호등이 켜질 때 건너야 한다고 신신당부했지만, 다른 사람들도 그러더라면서 교통규칙을 무시할 때가 많았던 것이다. 혼잡한 대로에서 승용차에 허리를 부딪치는 사고였는데 전치 3주의 진단이 나온, 과히 심하지 않은 상처라서 다행이었다. 그러나, 연로한 데다가 고혈압에 당뇨까지 겹친 몸이라 약효가 잘 들지 않는다고 애를 먹었고, 정신적인 타격 또한 가벼운 것이 아니었으며, 3주 후에 퇴원할 때에는 자연스럽게 아들네 집 대신에 딸네 집으로 몸을 의탁하는 신세가 되어 버렸다. 퇴원해도 옆에서 시중을 잘 들어주어야 한다는 의사의 말에 대해 며느리보다는 딸이 먼저 간병 수발을 하겠다고 나섰고 모친도 딸에게서 더 친근감을 느끼고 있던 차여서 우선 건강이 회복될 때까지만이라도 딸네 집에 가 있기로 했던 것이다.

오늘 모친과 누이의 말을 들어보니, 어제 부친 제삿날에 모친이 아팠던 것은 봉제사 못하는 며느리한테 가하는 조상신들의 해코지 같은 것이었고, 병이 빨리 나은 것은 강대한 성령의 가호 덕분으로 여기는 것일 터이었다. 모친은 딸과 함께 동거하는 그 동안에 이 같은 광신자가 되어 버렸다는 것인데, 여기서 파생되는 집안 문제를 상상해 보니 막막하였다. 모친은 이제 교통사고 후유증 문제에서는 벗어났지만 우리 집안으로 다시 귀환할 가망은 없을 터이었다. 며느리보다 딸의 공대가 더 확실하고 조상신들보다 하나님의 힘이 더욱 크다고 믿는다고 할 때 모친이 어디에 의지하고 싶어할지는 뻔한 일이었다. 어제 밤 숙부에게는 모친의 건강이 좋아지는 대로 우리 집으로 다시 들어올 것이라고 말했지만, 이 약속은 이제 공수표가 되어버릴 참이었다.

그날 저녁 나는 아내에게 미처 하지 못하던 말을 털어놓았다. 광신자적인 환영 속에서 사는 모친이 우리 집으로 다시 복귀하는 일은 없을 것 같다고 하였더니 아내는 싫다 좋다 아무런 감정 표시도 없이 묵묵히 앉아서 듣기만 하였다. 나는 여자의 침묵은 긍정의 표시라는 말이 생각나면서 아내의 침묵도 그런 의미로 보고 싶었으며, 그 동안 있었던 고부간의 불화를 돌이켜 볼 때 더욱 그러하였다. 하여간 이 문제를 가지고 우리 부부가 더 이상 옥신각신할 필요는 없다고 생각한 나는 그냥 그대로 세월을 보내기로 하였다.

그리고서 며칠 후 나는 내가 속한 미술협회의 한일 정기교류전시회가 일본 나고야에서 열린다는 통보를 받았다. 나는 잠시 생각 끝에 여기에 참가신청을 냈다. 명목상으로는 한국대표단의 한 멤버로 가는 것이지만 교통비와 체류비의 대부분을 자비로 충당하는 것이었다.

미술협회에서 마련한 계획에 따르면 우리의 일본 체류기간은 대충 한 달 정도로 되어있었는데 나는 이 동안만이라도 복잡한 집안일에서부터 홀가분히 벗어나 자유로운 일탈을 즐길 생각이었다. 한국측 대표단의 우리 일행 십여 명은 한일 교류전의 공동 주최를 맡은 일본측 미술협회에서 주선한 나고야 근교의 한 여관에 머물면서 틈틈이 미술전시장에 나가 일본 화가들을 만나보고 적절한 교류 시간을 갖는다는 자유로운 스케줄이었다. 소문으로만 들었던 고풍스럽고 아담한 일본식 전통여관은 그곳에 며칠간 머물러본다는 것만으로도 색다른 인상으로 남을 만하였다. 이제는 일본에서도 흔히 볼 수 없다는 역사 오랜 건물들과 실내장식들을 바라보는 것만으로도 우리가 다른 나라에 와있음을 실감할 수 있었다. 특히 여관 건물 앞에 조성된 일본식 정원이 인상적이었다. 고도로 정교하게 디자인된 일본식 정원은 자연의 축소판이라는 서술이 어울릴 만큼 한 폭의 수려한 산수화였고 한정된 공간 안에 연출해 놓은 훌륭한 설치미술이었다. 인공으로 조성된 연못, 언덕, 바위, 돌다리, 소나무 숲 등이 어우러져 아기자기하고 단아한 조형미의 공간 구성을 보여주고 있었는데 한켠에 펼쳐진 검은 색 모래밭에 흰 자갈들이 깔린 것은 별빛 비치는 밤 하늘을 재현한 것이라고 하였다.

　나는 여관방의 문을 열면 바로 내 눈앞에 나타나는 일본정원의 풍경을 아침 저녁으로 바라보면서 생각에 잠기고는 하였다. 그림 그리는 사람의 본능적인 감각이자 직업의식의 발동이었다. 나는 처음 보는 이색적인 풍경을 바라보면서 여기에서 어떤 그림 소재와 영감이 나올 수 있을지 곰곰이 새겨보았고 실지로 그림 그리는 도구와 캔버스를 대충 준비하고서 크고 작은 그림붓을 들어보기까지 하였다. 그러나 번번이 헛수고였다. 나는 캔버스 걸어놓은 삼각대를 면전에 두고서 여러 날을 고심해 보았지만 새로운 그림 소재나 영감이 잘 떠오르지 않았으며, 나의 그림붓은 공중에서 헛놀림만 허우적거릴 뿐 거의 아무런 형상도 만들어 내지 못하였다. 분명히 내가 이제까지 습관적으로 보던 사물들과는 다른 인상적인 풍경들이 내 눈 앞에 전개되고 있었으나 이것들이 어떤 그림으로 재현되기에는 어딘가 역부족임이 느껴지는 것이었다. 이러기를 며칠이 지나면서 나는 나의 그림붓이 헛놀림으로 끝나는 이유를 알 것 같았다. 나는 내 눈에 보이는 사물의 겉보기 현상만을 보았지 그 현상들을 덮어씌우고 있는 나 혼자만의 환영을 보지는 못하였던 것이다. 그림이란 바깥세상에 저절로 보이는 명료한 현상에서 나오는 것이 아니라 현상들의 뒤꼍으로 어른거리는 아슴푸레한 환영에서 나오는 것이라는 인식이었다.

　세상과 격리된 채로 그럭저럭 소일하는 동안에 계절은 어느덧 늦겨울이 초봄으로 바뀌고 있었다. 그러던 중 나는 어느 날 교류전시장에 나갔다가 나와는 동향인 한국사람 관광객을 우연히 만나게 되었는데, 나와는 친척관계가 되는 그는 나에게 아주 충격적인 소식을 들려주었다. 그것은 모친의 행방에 대한 불행한 소식이었다. 내가 들은 바에 의하면, 누이가 속한 교회의 교역자들이 사기횡령죄와 공갈협박죄 명목으로 경찰에 연행되는 통에 교회는 풍비박산이 났고, 누이도 어디로 갔는지 자취를 감추었다는 것이다. 그 바람에 이제까지 딸 하나의 말에 의지하여 살던 모친은 실성한 모습으로 여기저기로 헤매다니는 떠돌이 신세가 되어버렸다고 하였다. 이에 덧붙여 알게 된 한 가지 사실이 나의 마음을 더욱 슬프게 만들었다. 모친은 이제까지 신명을 걸고 믿음을 바치던 교회가 문닫힌 다음 어느 날, 부친의 분묘에 제주 한 병을 올려놓고 두 손 모아 절하는 모습이 숙부에게 들켜서 불호령을 듣고는 질겁하고 달아났다는 얘기였다.

　나는 일본에서 계획하고 있던 모든 일정을 취소하고 서둘러서 귀국하였다. 급거 귀국하기는 했지만, 나의 발길이 향할 곳은 막연하기만 하였다. 숙부를 찾아보는 일은 마음에 큰 준비를 요하는 일이었다.

나는 우선 부친의 무덤을 찾아갔다. 원로 귀성할 때의 선영 참배가 아니었다. 모친의 어두운 그림자가 가장 짙게 드리워져 있는 곳이 바로 이곳이었던 것이다. 사람의 시신 대신에 색바랜 종이 나부랭이들이 묻힌 부친의 허묘, 그 옆에 나란히 누워있는 모친의 가짜 무덤, 방황하는 모친의 영혼의 아늑한 종착지가 되지 못하고 잠깐 동안의 기착지, 급기야는 외롭고 굴욕적인 또다른 방랑의 시발지가 되어버리고 만 빈 껍데기 가묘, 이런 데가 나의 발길을 끌어당길 수 있는 유일한 곳이었다.

부친의 무덤이 있는 공동묘지 뒷켠 끝자락에 당도하여 무거운 걸음을 옮겨놓던 나는 그 자리에 우뚝 멈추어 서지 않을 수 없었다. 모친이 당한 고독과 굴욕의 현장은 내가 생각하던 것보다도 훨씬 더 가혹한 모습을 하고 있었다. 모친의 가짜 무덤은 없어져서 봉분 쌓았던 흔적까지 싸그리 지워져있었고, 옆에 있던 부친의 무덤까지 을씨년스러운 모습으로 마구 파헤쳐져서 여린 속살 같은 흙덩이들이 시뻘겋게 드러나 있었으며 부친의 유물 항아리가 묻혔던 땅속 구덩이에는 시커먼 먹돌 덩어리들이 들어가 앉아 있었다. 그간에 있었음직한 이곳에서의 사건들과 숙부의 노기 띤 얼굴표정이 나의 머릿속을 스치고 지나갔다. 나는 멍하니 선 자리에서 눈앞을 바라볼 뿐 어느 방향으로도 움직일 줄 몰랐다. 돌기둥처럼 우두커니 서있는 나의 모습에 대해서는 아랑곳하지 하지않는 듯이, 파헤쳐진 무덤 저 건너에서는 때이른 봄날 아지랑이 무리가 꿈속에서처럼 가물가물 피어오르며 불현듯 이제까지 못 보던 아슴푸레한 환영을 만들고 있었다.

기쁨의 섬